徳間文庫

はちまん 上

内田康夫

徳間書店

目次

第一章　奥信濃　5
第二章　サッカーくじ法案　54
第三章　秋田路　134
第四章　土佐の空　187
第五章　放浪の秘密　248
第六章　闇の警告　315
第七章　神風特別攻撃隊　384

第一章　奥信濃

1

トンネルを出ると、北信濃《しなの》の山々が遠く近く、行く手を遮るように隙間《すきま》なく聳《そび》え立っていた。春は浅く、中腹付近から上はまだ真っ白な雪に覆われている。風はほとんどないらしい。何を焚《た》くのか、淡い青白色の煙がいくつか、田園のそこかしこから立ちのぼり、上空で霞《かすみ》のように拡散する。「信州中野出口」の標識を見て、小内美由紀《おうちみゆき》はアクセルを踏む力を緩めた。胸の内で「さて……」と無意識に呟《つぶや》いている。初めての土地を訪れるときは、いつも多少の緊張を覚えるものだ。

軽井沢には毎年のように来るし、上高地や安曇野《あずみの》には大学の写真部の合宿でなんどか訪れたが、信州も長野市より奥のこの辺りに来たことはない。そういえば、「信州信濃の山奥の、そのまた奥の一軒家」という唄があったっけ——と思い出した。この唄に歌われた小林一茶《いっさ》の生家は、ここからそう遠くないはずである。

雑誌「旅と歴史」から、信州の中野へ行って土びな作りを撮《と》ってきてくれ——と緊急の注文が入ったのは一昨日のことだ。あそこの編集部はいつだって緊急である。編集長の藤田《ふじた》というのが、業界でも評判の強引な男で、それに、思いつくと、善悪や後先のことを考えずに方針を決める性格だ。こんどのことだって、どこかで土びなの話を聞いて、「あ、それいい」と思ったに違いない。

藤田の話によると、土びなの産地は全国に百カ所ぐらいあって、その中でも長野県中野市は日本一なのだそうだ。「何が日本一なんですか？　生産量ですか、それとも品質ですか？」と訊《き》くと、「そんなこと知るもんか」と無責任な答えが返ってきた。

「とにかくそこへ行って、土びな作りのじいさんの写真なんかを撮ってくればいいんだ。いいかい、頼んだよ」

こっちの都合を確かめることもしないで、言うだけ言うと電話を切った。相手の都合だの迷惑だのは、彼のスケジュール表にはまったく影響しないらしい。

じつは美由紀はこの日、オフにして松浦勇樹《まつうらゆうき》とデートするつもりでいた。松浦が「ひさびさに、休めそうだ」と連絡してきたのが一週間前。遅れに遅れていた国会の予算審議が、ようやく見通しがついて、文部省の下っぱである松浦にとっては束の間の休息というわけだ。もしよかったら、銀座で映画でも観て食事しようという。「いいわよ、私も空いてる」と、美由紀もふたつ返事で応《こた》えた。

「だけど、美由紀のことだから、また何か仕事が入ったりするんじゃないのか。そのときはそっちを優先していいよ」

美由紀には前科があるので、先回りして松浦がそう言っていた、そのとおりになった。「信州へ行くんだけど、一緒にドライブしない?」と誘ったが、だめと断られた。役所からの呼び出しにいつでも応じられるよう、東京近郊から離れられないのだそうだ。「うまくいかないな」と松浦は悲しげであった。

上信越自動車道の信州中野インターで下りて、およそ五、六分で中野市の市街地に入って行く。なんだか雑然とした街ね——というのが、美由紀の第一印象であった。雪解けが終わったばかりで、道路や建物が埃《ほこり》っぽいせいもあるかもしれないが、街のたたずまい全体にまるで精彩がなかった。

中野市は「カチューシャの唄」「ゴンドラの唄」「砂山」「肩たたき」などで知られる作曲家・中山晋平《なかやましんぺい》の故郷である。隣の豊田村では「うさぎ追いしかの山、小ぶな釣りしかの川」の学校唱歌「故郷」の作詞家・高野辰之《たかのたつゆき》が生まれている。

そういう予備知識があったから美由紀はそれなりのイメージを描いてやってきた。周辺の山々や、すぐ脇を流れる千曲《ちくま》川、広々としたリンゴ園など、街を取り囲む風景はいかにも信州らしく牧歌的で美しいのだが、人々が生活を営む場となると、どうしてこんなにもゴチャゴチャしちゃうのかしら――と興ざめする。

土びなのメーカーがどこにあるのか分からないので、まず市役所の観光課を訪ねた。二階の仕切りのないフロアの真ん中を縦貫する通路があって、その左手の中央付近に商工観光課があった。ざっと見たところでは、六、七人が係の人らしい。どのセクションを見渡しても、意外なほど女性職員の姿が少ない。美由紀はなるべく若く、気さくそうに見える男性職員を目当てに声をかけた。

職員は「はい、なんでしょう?」と、甲高い声で応じて、席を立ってきた。フリーのカメラマンですと名乗ると、「へえー、女性カメラマンですか」と珍しそうに、名刺と本人を交互に眺めた。ジーパンにベルトつきのブルゾンという、男のような美由紀の恰好《かっこう》も、珍しいのかもしれない。「小内《おうち》さんというと、そこの八幡《はちまん》神社と同じ名前ですね」とも言った。

「そういう神社があるのですか?」

「ありますよ、青獅子《あおじし》舞いで有名な神社です。祭りのときはずいぶん遠くから見物に来るみたいですよ。小内さんていうのはあまりない名前だけど、ひょっとすると、あなたと遠い縁戚《えんせき》関係じゃないですかね」

真面目なのかジョークなのか分からなかったけれど、美由紀は追従笑《ついしょう》いをした。

「土びなのメーカーを取材したいんです」と言うと、職員は笑って「メーカーというほどの大げさなものじゃないですよ」と言った。「昔はずいぶん大勢が作っていたみたいですが、いまは中野市ではわずか二人の方が土びなの伝統を守っているにすぎません」

「じゃあ、質のほうですね」

思わず美由紀は言ったが、相手には通じなかった。

「編集長から中野の土びなは日本一だと言われたので、量的か、質的かどちらかなって思ったのです。二人だけというと、質的に日本一なんですね」

この褒め言葉に気分をよくしたのか、職員は少し得意げに解説してくれた。

中野の土びなには二派があって、一つは京都伏見系《ふしみ》、もう一つは愛知三河系《みかわ》なのだそうだ。職員に「どちらへ行きますか?」と訊かれたが、美由紀は分からないので「両方」と答えた。

京都伏見系の土びなを作るのは籾山光雄《もみやまみつお》という人で、住まいは市街地の北、市立体育館のすぐ近く——と教わった。その辺りは新開地なのか、建物と建物のあいだに少しゆとりがあって、落ち着いた感じだ。工房はふつうの民家とそう変わらない建物だが、仕事場にはところ狭しとばかりに、制作中の人形が置かれていた。その真ん中で、素焼きの人形にしきりに彩色を施しているのが、籾山家五代目の当主であった。

写真撮影とインタビューを申し入れると、籾山は照れながらＯＫしてくれた。年齢は六十四歳、頭髪はかなり後退しているけれど、藤田が「土びな作りのじいさん」と言っていたよりは、はるかに若々しい。

こっちが人形のお世辞を言う前に、「あんた、若いのに立派だねえ」と褒められて、機先を制せられた恰好になった。

「女のカメラマンていうのは多いのかね」

「けっこう増えましたけど、そんなに多くはありません」

「そうやって独りであっちこっち出かけて行って、いやなこととか、危ないこととかあるんじゃないのかい」

「多少はありますけど、好きでやっている仕事ですから」

「そうかね、えらいもんだ。わしなんか、おやじに教わってこの仕事始めて、かれこれ五十年にもなるが、ほんとに仕事が好きだと思うようになったのは、ほんのここ十年くらいのものだもんなあ」

喋《しゃべ》りながら手は休めない。美由紀のほうも負けずに、相槌《あいづち》を打ちながら、籾山の仕事ぶりにレンズを向けて、連続シャッターを切った。「好きになって十年」というけれど、本当に楽しそうな仕事ぶりだ。表情や手の動き、ポーズがそのまま絵になる。被写体としては最高であった。

そのあと、出来上がったばかりの、だるま恵比寿、フグ乗り大黒といった、京都伏見系独特の人形をカメラに収めた。

取材を終えて、美由紀が編集部から預かってきた、わずかばかりの礼金を出そうとすると、籾山はそんなものは受け取れないと顔を赤くして、憮《いか》ったように言った。

「そう言われても困ります」

美由紀も頑張って、押し問答になった。

「あんたも強情だな」と籾山は笑った。

「だったら人形を買って行きなさい。口はばったいようだが、わしの人形を買って損はないよ」

籾山が自分で選んで、だるまを抱えた恵比寿さんの人形をくれた。スズメの涙ほどの謝礼が恥ずかしくなる、高価そうな作品であった。

籾山家を辞去すると正午近かった。もう一人の人形作りを訪ねる前に、美由紀は市役所の職員が言った神社を探してみた。

小内八幡神社は、信州中野インターから市街地へ向かって来る途中の道を、北に少し外れたところにあった。

信号を右折したバスにくっついて曲がると、そのバスが停まったところが「安源寺」というバス停だった。地図に安源寺という地名がある。道路の右側に鳥居と「延《えん》喜式内《ぎしきない》 小内八幡神社」の石碑が立ち、その向こうに広い境内と社殿がある。道路の反対側にはその境内の十倍はありそうな長い参道が延びている。かつては奥の境内まで長くつづいていた参道を、バス道路が横切ってしまったものらしい。

美由紀は参道のほうに車を乗り入れて停めた。参道といっても、ふつうの神社なら境内といっていいほどの広さがある。ケヤキらしい丈の高い社叢《しゃそう》が稠密《ちゅうみつ》に生え、芽吹いたばかりの若葉をつけた枝が天を覆って陽射しを遮っている。車から出ると、ここだけ冬が取り残されたように、ひんやりとした空気が漂っていた。

参道の脇には古い二階家がある。宮司の家だろうか。少し期待したのだが、表札は「小内」ではなく「片山」だった。生け垣の上から様子を見た。誰か人がいたら小内八幡神社の「小内」のいわれを聞いてみたかったのだが、建物も周辺も、しんと静まり返って、人のいる気配は感じられなかった。

いったん参道の入り口まで行ってみた。「一の鳥居」の前に立って長い参道を透かして本殿の方角を眺めると、神社の規模がかなり大きいことを実感できる。しばらくそうしていてから、鳥居を潜《くぐ》って、参道を歩いた。参道の真ん中辺りに四本柱に瓦《かわら》屋根を載せただけの、四阿《あずまや》のような建物があって、その中に木製の太鼓橋が鎮座していた。

灰色にくすんで、朽《く》ちかけたような古い橋の残骸《ざんがい》といったところだ。それにしても、参道から境内に至るまで、まったくの平地で、どこを見回しても川らしきものはない。ひょっとすると、あのバス道路にかつては小川が流れていて、この橋はそこに架かっていた神橋なのかもしれない。

朽ちかけた橋をこんなふうに大切に保存していることや、広大な境内や、有名だという「青獅子舞い」などからいって、この地方ではかなり由緒正しい神社なのだろう。その神社の名前が「小内」であることに、美由紀は心楽しい気分であった。

考えてみると、神社をこんなふうにしげしげと眺めるなんて、これまでにはなかったことだ。もっとも、動機はただただ自分と同じ「小内」を冠した神社だから興味を抱いたにすぎない。だいいち「八幡様」というのが何なのかすら、美由紀は知らなかった。

そういえば、祖母が「うちの守り神様は八幡様だよ」と言っていたような記憶が、かすかにある。美由紀の家は祖父母の代に熊本県を出て、現在の神奈川県平塚《ひらつか》市に住むようになったらしい。熊本のことなど、両親からはもちろん、祖父母からも美由紀はまったく聞いたことがない。

きっと祖父母の郷里にも、こういう神社があるんだ——と、美由紀はふと思った。

何気なくそう思ったとき、美由紀は網膜の裏側に、見たはずもない祖父母の郷里の「八幡様」の風景が浮かんだような気がした。いま見ている、目の前の情景とは異なる、それでいて、どこかに共通点のある風景が、二重焼きの写真のように、たしかに見えた。

美由紀は驚いて瞬《まばた》きをして、思わず周囲を見回した。そこにはあるがままの、少し陰鬱《いんうつ》な暗さを湛《たた》えた風景が見えているだけだ。

（いまのは何?——）

目の錯覚かしら——と思った。カメラマンにとって視覚的な障害は最悪だ。美由紀はその点、自信がある。左右の目はきっちり一・二で揃《そろ》っている。しかしいまは、にわかに自信を喪《うしな》って、何度も目を瞬いて視覚の正常なことを確かめた。

不思議なのは、一瞬だけ見えた風景を、なぜ「祖父母の郷里の八幡様」と思ったのかである。心理学のことはよく分からないが、空想が視覚化するということは、現実にもあるものだろうか。もしかすると、祖父母の記憶を持った遺伝子が自分の中に生きているのかもしれない――。

（ばかみたい――）と、美由紀はじきに、妙な考えに囚《とら》われている自分を笑った。単なる錯覚をそんなふうに深刻に思い詰めることはないのだ。

2

参道と境内を仕切っているバス通りを渡って、二の鳥居を潜り、本殿のある境内に入った。正面の社殿の軒下には「齋覺殿」という文字を浮き彫りにした額が懸《か》かっている。「さいかくでん」と読むのだろうか。祭礼のとき、氏子たちが詰めかけてお祈りするところかな――と漠然と思った。いわゆる権現《ごんげん》造りという神社独特の建物ではなく、回廊もない、板囲いそのままを立ち上げたような壁の上に、寄せ棟の屋根を載せた質素な建物だ。その二十メートル奥にある本殿もほとんど同じ造りで、なんだか古い穀物倉庫を連想させる。

建物の右手に創建の由緒を書いた看板があった。それによると、創建年代は不詳だが、「延喜式内社に比定さる」とある。美由紀には何のことか分からないが、延喜式というのは延喜五（九〇五）年の詔勅《しょうちょく》によって編纂《へんさん》された律令の施行細則のことだ。そのときにできた名簿（神名帳《じんみょうちょう》という）に記載されている神社を「延喜式内社」という。

その時点ではすでに信濃地方の神社として中央で認められていたのだから、詳しいことは分からないなりに、とにかく古く由緒正しい神社であることぐらいは、美由紀にもうすうす理解できた。

小内神社の祭神は誉田別尊《ほむたわけのみこと》、大気津姫命《おおげつひめのみこと》、息長足姫尊《おきながたらしひめのみこと》、天照大神《あまてらすおおみかみ》と書いてあるけれど、美由紀が知っていて、かつ読むことのできる名前は天照大神ぐらいのものだ。

看板の文字を読んでいる背後から、ふいに「お勉強ですか」と声がかかった。人の近づく気配に気づかなかったので、ギクッとして振り返ると、くたびれたような登山帽を被《かぶ》った、「老人」と呼んでいいくらいの年配の男が、人懐《ひとなつ》っこい笑顔でこっちを見ていた。

美由紀は意味もなく「あ、どうも」とお辞儀をして、看板の前から身を除《よ》けた。

「ああ、いや、どうぞそのまま」

老人は恐縮したように言った。「お勉強」の邪魔をしたと思っているらしい。美由紀は「いえ、もういいんです」と手を振った。

「読んでもあまりよく分かりませんから」

「ほう、分からないとおっしゃると？……」

老人は興味深そうに美由紀の顔を見つめたが、すぐに表情から笑顔を消して、「失礼だが、以前どこかでお会いしましたかな？」と訊《き》いた。

「いいえ……」

首を横に振りながら、美由紀はあらためて老人を眺めた。もしかするとどこかで会っているのかもしれない――と思った。

老人は少し厚手の開襟シャツの上にツイードのジャケットを着て、右手にボストンバッグ、左腕にはバーバリーのコートを抱えている。一見して旅装であることが分かる。比較的上背もあり、都会的なセンスのいい様子だが、帽子からはみ出た白髪や、顔に刻まれた皺《しわ》、褐色のシミのようなものなどから推測すると、年齢はたぶん、七十代半ばぐらいだろう。

「お目にかかったことはないと思います」

美由紀はきっぱり言った。カメラをやっているせいか、一度でも出会ったことのある人の記憶には自信がある。

「さようですかな……」

老人はやや窪《くぼ》んだ眼窩《がんか》の奥から、鷲《わし》のような目で美由紀を見つめた。少し怖い感じがしたが、なぜか視線を外す気にはならない。数秒後、老人のほうが、たじろいだように、ふっとあらぬ方角に視線を向けた。

「わしの勘違いでしたか。それにしてもよく似ておられる」

相手を敬うような言い方が気になった。

「どなたに似ているんですか？」

「いや、勘違いです。お気になさらんでください」

そう言った言葉の裏から、「どちらからおいでかな？」と訊いた。まだ関心を捨てたわけではないらしい。

「神奈川ですけど」

「神奈川……」

失望した様子だが、それでも一縷《いちる》の望みを繋《つな》ぐように、「お名前は何とおっしゃる？」と訊いて、すぐに気づいて、「あっ、失礼」と名刺を出した。もうとっくにリタイアしたのだろう、「飯島昭三《いいじましょうぞう》」という名前と、東京都目黒区碑文谷《ひもんや》の住所だけが印刷された名刺である。

「東京からいらっしゃったんですね」

「そうです。わしは生まれも育ちも東京。一時期、大分のほうにいたこともありますが、それ以外はずっとその住所のところです」

そういえばかすかに九州訛《なま》りのあるようなイントネーションだと思った。

今度はこっちが名乗る番であったが、（どうしようかな——）と美由紀は逡巡《しゅんじゅん》した。品のいい老人だし、べつに悪意のありそうな様子にも見えない。ただ、妙にこだわって、こっちの素性を探り出そうとしている感じなのを、少し警戒した。

「私は松浦といいます、松浦美由紀」

口をついて出たように、そう言った。松浦の名字に変われればいい——という願望も、どこかではたらいたのかもしれない。

「そうですか、松浦さんですか……」

どういうわけか、老人はあからさまに落胆の色を見せた。肩を落とし目の光が消えて、ただの疲れた年寄りでしかなくなった。

「松浦さんは神奈川からわざわざ、この神社にお参りに来られたのかな？」

「いえ、土びなの取材で中野に来て、ついでに寄っただけです。あの、飯島さんはこの神社がお目当てなんですか？」

「はいそうです、まあ、近くに来たついでということもあるのだが、小内八幡様をこの目で拝見するために参りました」

「じゃあ、ここはよっぽど由緒ある神社なんですね」

「そうですなあ……いや、由緒や格式からいえば、同じ長野県でも、こちらよりは更《こう》埴《しょく》市の武水別《たけみずわけ》神社のほうが上かもしれんですが、こちらの神社のお名前がですな、ちょっと気になったもので……」

「あらっ、おんなじ」

つい口走った。

「は？　同じとおっしゃると？」

「ええ、小内っていう名前が、あの、私の知ってる人と同じだったもんで、もしかすると関係があるのかなって思ったんです。でも、宮司さんは片山さんでした」

「ははは、宮司さんと神社のお名前は別のものですよ。あなたは面白い方だ」

飯島老人はおかしそうに笑った。

「飯島さんもどなたか、小内っていう人をご存じなのですか？」

「さよう、いささか心おぼえの方がおられましてな。それで何かゆかりでもあればと思って参ったのだが。どうも由緒のほうははっきりしないようで……」

「というと、神社の由緒をお調べになったんですか?」

美由紀はがぜん、興味を惹《ひ》かれた。

「はい調べました。先ほど宮司さんにもお会いしたし、市の図書館や教育委員会、それにこの近所の古老にも聞いて歩きました。しかし、はっきりしたことは誰も知らないし、記録にもないようです。ただ、傍証的な記録として、この地方にはかつて庄《しょう》内《ない》八幡宮というのがあったらしい。その『庄内』の音読から転じて『小内』のアテ字をつかったのが、いつのまにか『おうち』と呼び換えられたのではないかという説があるようです」

「なあんだ、そうだったんですか」

「いやいや、正確なところは分かりませんがね。しかし、いずれにしても、どうやらわしの思っておる小内さんとは結びつかんようでした」

老人はいっそう疲れたような顔になった。

飯島老人は腕時計を見て「さて」と踵《きびす》を返し、看板の前を離れながら、ふと思いついたように言った。

「もしよければ、どこかで食事をご一緒にいかがですかな」

まったく他意を感じさせせない、茫洋《ぼうよう》とした表情に誘われて、美由紀は「ええ、ぜひ」と答えた。

とはいっても、この付近には食べ物屋は見当たらない。

「どうせ車ですから、小布施《おぶせ》まで行きましょう」

美由紀が言い、飯島も「ああ、それはいいですな」と賛成した。

小布施は中野市と須坂《すざか》市に挟まれた小さな町である。むろん、美由紀は行ったことはないが、ガイドブックには必ず出てくる。江戸期には、土地の素封家《そほうか》のところに、しばしば文人墨客が屯《たむろ》して、その中には「富嶽《ふがく》三十六景」の葛飾北斎《かつしかほくさい》もいたそうだ。道路は狭いが、格子戸や白壁のある町並みは、ちょっと木曾《きそ》の妻籠《つまご》や馬籠《まごめ》に似た、街道沿いの宿場町の雰囲気がある。

訪れる観光客はかなりの数のようだ。宿場の本陣をイメージした、和風の大きなレストランに入って、「山家めし」という定食を注文した。籐《とう》で編んだ、昔の弁当入れのような容器に栗おこわが入ったのと、ヤマメの甘露煮に山菜の煮物などが添えられた、素朴だが調《ととの》った昼の膳《ぜん》である。飯島は「うん、なかなかしゃれてますな」と満足して、ゆっくり、モグモグと口を動かしている。

美由紀は対照的に早飯食いだ。大学の写真部時代と、プロカメラマンのアシスタントを務めていた頃を通じて、寸暇《すんか》を惜しむような食事の習慣が身についてしまった。大学では山岳写真を中心にした風景や、花や動物、それに街の風物など、あまり金のかからないものばかりを撮っていた。

社会に出て最初に美由紀がついたカメラマンは、コマーシャル写真専門で、ほとんどが商品撮影だった。小さい物は万年筆から、大きな物は車まで、この人にかかれば最高の商品価値が表現される――といわれる名人だった。アシスタントは何人もいて、そのいちばん下っぱとして働いた。

美由紀はそこをわずか半年で「卒業」してしまった。勤務がきびしかったこともあるけれど、それよりも、ぜんぜん動かない被写体ばかりを相手にする仕事が好きになれなかった。ただし、そこにいたおかげでライティング技術の勉強ができた。同じ品物でも、光の当て具合一つで、まるで違う物のように、文字どおり精彩を放つことを学んだ。

その次にファッション関係専門の写真家についた。こっちはモデルを使ったスタジオ写真が主流で、ときには海岸や森へ出ての撮影もあった。ポーズ、表情、動き、色彩、アングル、構図など、瞬間芸のようなテクニックには、目を洗われるような思いがした。

しかしそこも一年と少しで「退学」した。写真家夫人の公私混同もはなはだしく、自宅の掃除や犬の散歩から、ご飯の給仕までさせるのに参った。おまけに、アシスタントの先輩の男に、露骨なセクハラめいたことをされたのが、我慢ならなかった。

ちょうどそんなとき、大学の写真部で先輩だった松浦勇樹が、知人のいる「K」という出版社の女性週刊誌に紹介してくれた。若い女性カメラマンを欲しがっているという。

「まだ見習いしかしたことのない、ほんの駆け出しですけど」

尻込《しりご》みするのを、「そんなこと、黙っていれば分かりはしない」と笑った。だめでもともとのつもりで面接に行くと、五十がらみの恰幅《かっぷく》のいい人が応対した。名刺の肩書を見るとけっこう上の役職の人間である。

「早速、明日からでも来ていただきましょうか」

丁寧《ていねい》な口調でそう言った。これまで使ってもらった写真家にしろクライアントにしろ、ずいぶん横柄《おうへい》に扱われてきただけに、美由紀は面食らった。「うちの社は教科書出版もやっているもので、松浦さんには、これから先、なにかとお世話になりますからなあ」

（ああ、そういうことなのか――）と納得した。松浦は当時は二十六、七歳だが、文部省の役人であることに変わりはないらしい。そういう理由で採用されるのは、やはり気がさした。先方は専属で――とも言ってくれたのだが、美由紀はあえてフリーのまま仕事をさせてもらうことにした。前の二つの例に懲《こ》りて、いつでも撤退できる自由を確保しておきたい意味もあった。

それからおよそ二年、フリーでいたことは美由紀の場合は正解だった。真面目で要領のいい仕事ぶりが口コミで伝わって、K社以外からも少しずつ仕事の注文が増えた。数少ない女性カメラマンであることと、若くて気軽に頼めることも重宝したらしい。

そのことがあって、松浦には恩義を感じているけれど、それ以上に、美由紀は彼に対して特別な感情を抱いていた。松浦のほうも美由紀が嫌いであるとは思えない。明らかに好意らしきものを仄《ほの》めかすのだが、具体的に態度に示すとか、積極的に口説《くど》くことは、美由紀がもどかしく思うほど何もしなかった。

松浦は私大卒ながら上級職の試験に合格している。いわゆるキャリア組として入省したエリートだけに、将来の出世のことを考えて慎重なのかと思っていると、ある日、デートに誘われ、いきなり「結婚を前提として付き合ってくれないか」と言われた。

美由紀は嬉《うれ》しいのと同時に、内心（へえーっ――）と思った。いまどき、こんな古風な台詞《せりふ》で口説かれることがあるとは思ってもみなかった。しかし考えてみると、大学でも松浦は、仲間に異端視されるほど志操堅固な生き方をしていたのだった。

写真部に入るような学生にはけっこう軟派な連中も多く、女子部員の前でことさら卑猥《ひわい》なことを言ったりしたりするのだが、松浦はいちどだってその仲間に入ったことはなく、むしろ、仲間たちの言動があまり目に余るような場合は、本気で怒った。彼がいてくれたおかげで、美由紀は卒業まで写真部を辞めずにいられたのだし、それにひょっとすると、バージンでいられたのも彼のおかげかもしれない——と思っている。

松浦とは三度目のデートのときにファーストキスをした。

十二月に入ってまもない寒い夜、茅ケ崎《ちがさき》の海岸を歩いていて、どちらからともなく、そうなった。松浦のキスはお世辞にも上手とはいえない不器用なものだった。むしろ美由紀のほうがベテランのように、彼の唇を器用に受け止めてあげた。

松浦は美由紀の体を痛いくらいに抱きしめて、「ああ、なんて柔らかいんだろう」と言った。しばらくそうしていて、それから、もっと行為が進展するのかしら——という、美由紀の期待とも惧《おそ》れともつかぬ気持ちをはぐらかすように、「さあ、行こうか」と体を放した。

そのあと、美由紀の車で平塚駅まで送って別れた。デートのときはいつもそうだ。

松浦は車も免許も持たない。何か理由があってのことらしいのだが、訊《き》いても言わない。そういう翳《かげ》のような部分を、美由紀はときどき松浦に感じることがある。

茅ケ崎のあと二度のデートでも、同じような展開で抱かれ、キスだけで別れている。そのつど進歩の跡がみられるのだけれど、それから先への行為に進まないことが、美由紀には少し物足りない。二十五過ぎのいい女が、いまだに後生大事にバージンでござい——などと威張る気にはなれない。もう結婚の約束までしたのだから、いつでも奪い取っていいのよ——と、口をついて出そうになる。

そのことばかりでなく、松浦はじつによく美由紀に気を遣ってくれる。デートのあとの帰宅時刻も、きっちり午後十一時まで——を厳守している。実際は仕事の関係で、ひどいときには午前さまのことだって珍しくないのだから、美由紀にしてみれば何時になろうと気にすることはないのに——である。

しかし、そういう松浦の思いやりと几帳面《きちょうめん》さは、いまの時代、とても尊いものに違いない。そのことが分かるから、美由紀は彼に感謝しているし、自分を大切にしなければいけないとも思う。

3

「ああ美味《うま》かった。なかなかいい栗を使ってますな」

飯島老人は楊枝《ようじ》を使い、お茶を口に含み、食べ物の残滓《ざんし》を軽く漱《すす》いでから飲み下した。父親が同じことをするのはもっと露骨で下品だから、美由紀はいつも「汚いわねえ」と文句をつけるのだが、飯島の場合はそれほどの不快感はなかった。

「ところで、松浦さんのお知り合いの小内さんは、どちらの方ですかな？」

ふいにそう言われて、美由紀はドキリとした。「松浦さん」と呼ばれたことで、頬にポッと血がさすのを感じた。

「たしか、熊本のほうの人だったと思いますけど」

ぜんぜん嘘《うそ》ではないから、わりと素直に答えられた。

「ほう、熊本ですか……」

飯島の眸《ひとみ》がこっちに向けられ、キラッと光った。「熊本のどちらかな？」と、飯島の口調にはどことなく詰問の気配があった。

「さあ、よく知りません、祖母の知り合いにそういう名前の人がいるんです」

言いながら美由紀は後悔していた。いったんついてしまった嘘は、もはや取り返しがきかない。嘘を包むために、また新たな嘘をつかなければならなくなっている。

「飯島さんとその小内さんとは、どういうご関係なんですか？」

逆襲するように訊いた。

「そうですなあ……」

飯島の表情がふっと和《なご》んだ。

「昔、お世話になった方です」

「だけど、名前が同じというだけのことで、わざわざ小内八幡神社のことを確かめにいらっしゃったんですか？」

「ははは、まさかそれだけで……いや、多少はそれもありますかな。信州に来たのは、さっき言った武水別神社など、八幡様をいくつかお参りするためですが、小内八幡には、そういったようなわけで、特別な関心があったことは事実です」

「八幡様の巡礼ですか？」

「巡礼……ほう、なるほど、そういう言い方もありますか」

飯島は困ったように苦笑した。そう言われるのは本意ではなさそうだ。

「八幡様って、どういう神様なんですか？　こんなこと訊くと、まるで無知みたいで恥ずかしいんですけど」

「いやいや、恥ずかしいことはない。いまどきの若い人は……いや、若い人ばかりでなく年配の人も、神様についてはさっぱり何も知らないという人がほとんどですよ。戦争からこっち、神様の地位はすっかり低くなってしまいましたのでな」

「戦争？……」

一瞬、美由紀はピンとこなかった。

「おやおや、太平洋戦争も、あなた方には遠い話になりましたか」

嘆かわしげに首を振った。

「太平洋戦争なら知ってますよ」

美由紀は少しムキになった。

「知っている……歴史としてですかな」

「ええ、まあ」

「でしょうな。失礼だが、松浦さんはおいくつかな？」

「二十五になります」

「すると、終戦から二十六年か七年後に生まれたわけですか。わしの生まれた年から遡《さかのぼ》ると、ほぼ日清戦争の頃に相当しますな。しかし、わしらが子供の頃は、日清、日露の戦争は歴史というには、まだなまましい実感を伴っておりましたよ。昔と今とでは、歴史の移り変わりというか、時の流れのスピードが違うのですかな」

飯島はため息をついた。生きてきた時代の相違を慨嘆しているようでもあり、やはり、いまどきの若い者の無知を嘆いているようにも見える。

「私たちだって、日清戦争や日露戦争のことぐらい知っています。中学でも高校でも、ちゃんと近代史の中で習いましたから」

無意識に語気が強くなっていた。老人は目を丸くして笑った。

「ははは、そうそう、たしかに習っているのでしょうな。国の針路を誤った愚かな行為として……違いますかな？　あるいは、詳しい内容やその意味は教えずに、ただそういう事実があったことだけを、それこそ歴史として教えるのかもしれませんな」

「ええ、まあそうですけど」

「わしらの頃は違いました。ちっぽけな日本が、中国やロシアという大国の野心を挫《くじ》くために必死に戦って勝ったという、誇らしいストーリーとして語り継いだ。そうそう、あなたは『冬の夜』という唱歌を知っておられるかな？『囲炉裏火はとろとろ、外は吹雪《ふぶき》――』という歌だが」

飯島は少しメロディをつけて言った。

「ああ、祖母か母が歌ったのを、聞いた記憶があります」

「その中に、『囲炉裏のはたに縄なう父は、過ぎしいくさの手柄を語る』という一節があります。いくさとは日露戦争のことだが、それに『居並ぶ子どもはねむさ忘れて、耳を傾けこぶしを握る』とつづく。これがわしらの子供時代のごく日常的な風景でした」

「はあ……」と、美由紀は老人が何を言いたいのか、摑《つか》めない。その表情を読み取って、飯島は苦笑いをした。

「つまり、わしらの頃は、国の歴史を誇りに思っていたということです。親を尊敬し、おとなをえらいと思えた時代でした。ところが現代はどうです。子供たちが学校で習う教科書には、戦時中の残虐行為だとか慰安婦問題だとか、醜悪な歴史ばかりが載っている。これでは国を誇りに思ったり、愛国心が芽生えるわけがない。おとなや親に対する尊敬の念なども抱きようがない。まったく、いまの子供たちはかわいそうですなあ」

しみじみと言って、目を閉じた。

飯島の言うことは美由紀にもよく理解できた。たしかに、中学時代の近代史の授業は面白くなかった。というより、奈良時代や平安時代に時間を取ったために、カリキユラムを消化しきれず、江戸時代の後半辺りから、猛烈にスピードアップした。その中で、日本軍の侵略や南京虐殺や従軍慰安婦問題など、聞くだけで憂鬱《ゆううつ》になりそうな話題ばかりが突出して記憶に残った。自分の祖国の悪口を聞かされる授業なんか、楽しいはずがない。

とはいえ、（それが事実なんだから仕方がないじゃない――）とも思う。教師も「そういう歴史認識を踏まえた上で、国のあり方を考え、外国との付き合い方を考えなければならない」と教えていた。

飯島が目を閉じて黙りこくってしまったので、美由紀はしばらく待ってから遠慮がちに言った。

「あの、八幡様のことですけど」

「は？……」と飯島は長い瞑想《めいそう》から覚めたように愕然《がくぜん》としている。

「ああ、そうでしたな、八幡様のことを訊かれたのでした。どうも歳《とし》のせいか、話のテーマがあっちこっちへ行ってしまう。しかし、八幡様とはどういう神様かという質問に答えるのは、そうとうに難しいですなあ。とくに基礎知識のない人に説明するとなると……失礼だが、松浦さんは宗教について、多少の知識はありますかな？」

「いいえ、ぜんぜん」

美由紀は言下に答えた。自分でも呆《あき》れるくらい、美由紀には信仰心はない。法事のときはお焼香もするし、お墓参りもする。初詣《はつもうで》などで神社へ行けば、ちゃんとお賽銭《さいせん》をあげて二礼二拍手一礼の作法も知っている。しかしそれは見よう見まね、型どおりのことを無意識にやっているにすぎない。知らないと馬鹿にされるかもしれないし、みんながそうやっているのに、自分だけ逆らって、せっかくの雰囲気を壊すのはしのびない——と思うからそうしているのだ。

「ははは、それではいよいよ難しいですな。やめておいたほうがよさそうだ。いや、あなたを愚弄《ぐろう》しているわけではありませんぞ。それほどに難しいということです」

飯島は失礼を詫《わ》びるように頭をさげて、申し訳のように言い足した。

「ただ、神社の中でいちばん数の多いのが八幡様であるとだけは言っておきましょうか。八幡様を祀《まつ》っている神社は、現在、四万数千といわれています」

「えっ、そんなにあるんですか?」

「ありますよ。その中には、武水別神社のように八幡という名がついていない八幡様もありますがね」

「じゃあ、日本中、どこへ行っても八幡様はあるんですね。祖母が言ったように、私の守り神が八幡様だとすると、どこへ旅行しても守ってもらえるってことだわ」

美由紀は冗談で言ったのだが、飯島は真剣な顔で「そのとおりですよ」と頷《うなず》いた。飯島の様子があまりにも真面目そのものなので、美由紀はどう対応すればいいのか、戸惑ってしまった。

（八幡様が守り神だなんてことを、本気で信じているのかしら――）

そう思ったとたん、飯島はまるでこっちの心の中を読み取ったように、「若い人がたには、なかなか信じてもらえんかもしれませんがね」と言った。

「あなたが気づいておられなくても、八幡様はあなたを守ってくれている。思い返してみると、これまでの人生の中で、きっと何度もそういう事例があったはずです。いかがですかな？」

首を前に突き出して、美由紀の目の奥を覗《のぞ》き込むような恰好《かっこう》になった。

「そう言われても……」

美由紀はうろたえて、思わず椅子《いす》の背凭《せもた》れにそっくり返った。

そのときふいに、祖母の「八幡様が守ってくださった」という声が脳裏に蘇《よみがえ》った。あれは何歳のときだろう――坂道を自転車で下って行って、スピードを抑えきれずに坂下の車道に飛び出した。右から車が来るのに気づいたが避けようがなく、つぎの瞬間、前輪に車がぶつかり、自分の体が宙に舞ったところまでは憶《おぼ》えている。

目覚めたのは病院のベッドの上だった。大勢の顔が目の前に並んでいて、口々に何か言う中で、祖母の「八幡様が……」という声だけが、妙にはっきり記憶に刻みこまれた。

あとで聞いたところによると、美由紀の体はボンネットの上に落ち、そのまま転がるようにして車の屋根に載ったのだそうだ。傷はかすかな打撲だけで、まったく奇跡的というほかはなかったらしい。

（そうなのかなあ、やっぱり八幡様のおかげなのかなあ——）

いま頃になって、そのことを深刻に考える気になった。飯島が言うように、思い返してみると、たしかに美由紀には不思議と幸運がつきまとっていたような気もしてくる。

大学の写真部のワルどもに「汚染」されずに無事卒業できたのも、写真家の下の修業時代を無事に終えたことも、フリーのカメラマンとしてなんとかやっていけてるのも、考えようによっては、すべて八幡様のご加護による幸運と思えないこともない。

（でも、これってみんな松浦さんのおかげじゃないのかな——）

あるかないか分からない神様のおかげというよりは、実在する松浦勇樹のおかげだと考えるほうが、はるかに説得力もあるし、分かりやすい。

（守り神は松浦さんだわ――）

そう思ったとき、美由紀は急に松浦への思慕がつのって、胸の辺りがキュンとなった。いつも不完全燃焼のまま別れる松浦に、こんど逢《あ》ったときこそは、身も心もとろけるほど、しっかりと抱かれたいと思った。

4

こっちを見つめている飯島老人の視線に気づいて、美由紀は頰に朱のさすのを感じた。松浦への思慕を覗かれたような気がして狼狽《ろうばい》した。

「最前あなたは」と、飯島はしかし、それとは関係のないことを言った。

「八幡様が守り神だと、お祖母さまがおっしゃったとか言われましたな」

「ええ、祖母からそう聞きました」

「すると、お祖母さまは八幡様をご信仰になっておられるのかな？」

「さあ、どうだったかしら……」

美由紀は祖母の日常に、八幡信仰を窺《うかが》わせるようなことがあったかどうか、思い返してみた。

「八幡様を信仰するって、どういうことをするのか知りませんけど、祖母は近所の八幡神社にお参りするくらいなもので、べつに熱心に信仰しているっていうほどのことはなかったと思いますけど」

「なかった——と言われると、失礼だが、すでにご存命ではないと……」

「いえ元気です」

「あ、これは失礼」

「元気ですけど、いまは熊本にいます。祖父が亡くなった後、郷里に帰って、独りで熊本に住んでいます」

「そうでしたか……」

飯島はまだ何か聞きたいことがありそうな様子だったが、しつこいと思われるのを避けたのか、それきりで質問をやめ、テーブルに両手をついて「さて」と言った。きっかけを摑むときに「さて」と言うのが癖らしい。

「では参りますかな。せっかくお近づきになれたのに残念だが、わしのようなじいさんがご一緒しても楽しくはないでしょう」

「そんなことはありませんよ。とても面白くてためになるお話を沢山聞かせていただきました」

「ははは、つまらない話ばかりです。しかしそう言っていただくと、嬉《うれ》しいですな。おかげで楽しい旅になりそうだ」

「これからまだ八幡様巡りをつづけるんですか？」

「そうですな、あと少し」

「どちらのほうへ？」

「近いうちに秋田のほうを回ってみようかと思っております。向こうには八幡様が多いのですよ」

「ああ、そういえば秋田県と岩手県の境には八幡平《はちまんたい》がありましたね」

「おっしゃるとおりですな。八幡太郎義家《よしいえ》の影響でしょうか」

「義家というと、源義家のことですか」

「そう、義家は京都の石清水《いわしみず》八幡宮で加冠の儀をあげたので、八幡太郎が通称でした。前九年、後三年の役《えき》で源義家が奥州を平定した後、源氏の武威を示すため、奥州各地に八幡神社が建立《こんりゅう》されたのでしょうかな」

美由紀は（あら――）と思った。彼女が住む神奈川県の鎌倉には鶴岡《つるがおか》八幡宮がある。

美由紀は鎌倉の鶴岡八幡宮には、毎年欠かさず初詣に行っている。そのくせ、神社の縁起などは知らないものである。

「鎌倉には源氏の幕府があったのだし、鶴岡八幡宮には源頼朝《よりとも》が祀られているとばかり思っていましたけど、石清水八幡宮がそのずっと以前からあったとなると、そうじゃなかったみたいですね」

「そうですよ。八幡様は源氏の氏神ですからな。鶴岡八幡宮は石清水八幡宮を勧請《かんじょう》——つまり神様を分霊して建立したものです」

「ああ、そうだったんですか、八幡様っていうのは、源氏の氏神様なんですか」

氏神様ならおおよその想像はつく。特定の一族やそれに連なる人々が崇敬する、いわば先祖神みたいなものに違いない。

八幡様の正体が分かったつもりになって、美由紀が（なーんだ——）という顔を見せたので、飯島は苦笑した。

「いや、八幡様のそもそもが源氏の氏神であったわけではない。源氏は清和《せいわ》天皇から出ているので、天皇家の守護神である八幡大神を氏神と定めたのです」

「じゃあ、もともとは天皇家の守護神だったんですね」

「そう……ははは、どうも、そう単純に訊《き》かれると答えように窮しますな」

飯島は頭に手を当てて笑った。しかし、困った顔の割には楽しそうでもあった。難しい――と説明を拒んでいたのが、美由紀の側から積極的に質問する恰好になったので、気をよくしているのだろう。

「天皇家が八幡大神を守護神と定めたのは、だいたい六世紀頃と考えられています。しかし、それ以前にも八幡神はいらっしゃったわけですよ」

「そんなに昔からあったんですか」

「そう、いらっしゃったと考えていいでしょうな。存在しないものは信仰の対象にもなりえませんからな」

美由紀が「あった」と言ったのを、飯島は「いらっしゃった」と言い換えている。

「でも、天皇家の神様は伊勢《いせ》の天照大神なんじゃないんですか？」

「いや、天照大神は天皇家の氏神様――先祖神です。八幡様はもともとは大分の宇佐《うさ》地方の豪族たちの神様だったのですよ。現在の宇佐神宮が宇佐の八幡様です。宇佐神宮のことは知ってますな？」

「ええ、名前だけは」

「そうですか……」

飯島は残念そうに首を振った。

「八幡様は、かりにもあなたの守り神なのだから、少しは関心を抱いていただきたいものですなあ。と言っても、お若い方には無理ですかな」

「そんなことはありませんよ。ついさっきまでは、ぜんぜん関係ないと思ってたけど、いまはすっごく関心を抱き始めてます」

美由紀は本気でそう思った。

「それに、祖母の言うとおりだとすると、私には天皇家と同じ守り神がついているんでしょう。そう考えただけで、なんだか誇らしいじゃありませんか」

そうは言ったものの、美由紀は疑問を感じないわけでもなかった。

「でも、天皇家を護《まも》ったり、私なんかを護ったり、それに、四万もの神社があったり、八幡様っていうのは、そんなにあっちこっちと面倒を見ることができるんですか？」

「ははは、そうですなあ、たしかにずいぶん忙しいことになりますなあ」

飯島老人は屈託なく笑った。

「しかし、神様とはそういうものなのです。キリスト教でも仏教でも、霊験はあまねく世界を覆うというのが共通した思想です」

「あ、ほんと、そうなんですね」

相槌《あいづち》を打ったものの、美由紀は首をかしげた。いままで考えもしなかったが、それって少しおかしいのじゃないか――と思った。いくら超能力がある神様にしたって、何十億もいる人々を同時に救うことなんてできるはずがない。

「神とは空のような、あるいは空気のようなもの。いつも人の傍《そば》や、ことによると内にあると思えばよろしい」

飯島は美由紀の胸の内を察したように言った。

「哲学的にいえば概念ですかな。あると思えばある、ないと思えばない。信ずる者は救われるというでしょう。まさにそのとおり、信じるところに神はおわしますのです」

美由紀は「信ずる者」ではないから、ほんとかしら――と思ってしまう。

「古代人にとって神のご意志は絶対でした。何か重大な意志決定を要する場合には、必ずご神託を受けた。邪馬台国《やまたいこく》の卑弥呼《ひみこ》に象徴されるシャーマニズムがそれです。巫《み》女《こ》がご神託を伺って権力者に伝える。権力者はそれに従って政治を行なう。ご神託こそが権力の拠《よ》り所だったといえるのです」

それらしいことは中学か高校の授業で習ったような気がする。シャーマニズムだとか、邪馬台国だとか、卑弥呼だとか、語句だけはちゃんと暗記した。しかし学校では宗教がらみのことは素《す》どおりのように、あっさりと教えて、それが神とどう関わっているのかなど、細かいことはまったく習わない。

「巫女って、占い師みたいなものなのでしょう？　そんなんで政治の方向を決めていたなんて、信じられませんね」

「ははは、占い師と一緒にされてしまってはかないませんな」

飯島は笑ったが、この老人がそういうものの信奉者であることは、美由紀にもうすうす分かってきている。もしかすると、こんな言い方をして、気を悪くされたのでは――と危惧《きぐ》したが、飯島は笑顔のままで、「しかし、現代でもそれらしいことは行なわれているでしょう」と言った。

「たとえば、あるアメリカ大統領夫人は星占いに凝《こ》っていて、大統領の政策決定に、いろいろと助言を与えていたそうです。日本では、ハワイで殺された女性の占い師が、かつて大物政治家と繫《つな》がっていたという噂《うわさ》もある。一般庶民だとて、街頭の占い師に真剣になって運勢をみてもらっているし、その結果によって行くべき道や結婚相手を選んだりもしているのじゃないですかな」

「でも、あんなのはほとんどインチキでしょう？　遊びならいいかもしれないけど、本気で信じるなんておかしいですよ。第一、間違ったことを言われたのに、それを信じたりしたら、ひどい目に遭いかねません」

「そう、その問題はありますな。事実、古代の政治でも、為政者が巫女を丸め込んで、自分に都合のいいようなご神託——つまり神様の御告げを出させて、それで政策を決めていた事実があるのですよ。ご神託だから間違いないとして政治を行なったり、戦争では、自分には神様がついているから、絶対に勝つと決めてかかる。その結果、政策を誤ったり、破滅の道へ突き進んだりもしたのです」

飯島の表情から笑いが消えていた。やや細められた険しい目には、どことなく悲しい色が感じられる。

「それって、第二次世界大戦のことをおっしゃってるんですか？」

美由紀はおそるおそる訊いた。

飯島はふとわれに返ったように、笑顔を取り戻した。

「いやいやそうではない、古代の話です。たとえばどういうことがあったかというとですな……」

目を中空にさまよわせ、しばらく模索してから言った。

「奈良東大寺の大仏建立《こんりゅう》も、その一つの例です。奈良の大仏は聖武《しょうむ》天皇の発願《ほつがん》によって造立《ぞうりゅう》されたのだが、それに要した黄金の量が、当時のわが国の年間生産量の数倍から、ひょっとすると数十倍という膨大なものだった。聖武天皇はその黄金を中国からの輸入に頼るつもりだったのだが、宇佐八幡にご託宣を仰ぐことになった。そうしたところ、求める黄金は国内から産出されるであろう――というご神託が出たのです。そのことを含めて、宇佐八幡は大仏造立を精神面でバックアップしたのですな。ところが、このご神託は偽託――つまり偽の神託だった」

飯島はテーブルの上に指で「偽託」と書いてみせた。

「この偽のご神託を天皇に提出したのは、宇佐八幡に仕える豪族の一つである大神《おおが》氏で、大神氏はこの功績によってそれ以降、朝廷に重用され、『朝臣《あそみ》』という高い姓《かばね》を賜ったりしているのですよ」

「でも、ご神託はインチキだったとしても、結果として奈良の大仏ができたんですから、よかったんじゃありませんか？」

これは美由紀の素朴な感想だ。

「たしかに、大仏さんと大神氏にとっては、よかったというべきかもしれませんな。しかし、偽託は偽託です。動機が不純であれば、必ずその報いはくる。増長した大神氏は政敵に対して厭魅《おんみ》という術をかけ、呪《のろ》い殺そうとして失敗、朝臣の官位を剝奪《はくだつ》された上、流罪《るざい》を与えられてしまう。これを『厭魅事件』といいましてな、日本の裏面史の中の重大事件の一つです。この事件のとばっちりで、八幡大神は十一年ものあいだ、宇佐を離れ、伊予国の宇和嶺《うわみね》というところで謹慎し、偽託の陰謀による穢《けが》れを清めてから、宇佐に還《かえ》られたというくらいですからな」

「へえー、そんなことがあったんですか」

美由紀は飯島の話の中に引き込まれてしまった。八幡様に関する、ちょっとした興味から始まって、話の舞台が歴史の奥深くまで、どんどん広がってゆく。あの奈良の大仏が誕生した裏に、こんな不思議な出来事があったなんて、学校では絶対に教えてくれることはないだろう。

「八幡様が謹慎したり、穢れを清めたりなんて、なんだかずいぶん人間くさくて、おかしな気がします」

「まさにそのとおり。日本の神々はまことに人間味あふれるエピソードに彩られておるのですよ。たとえば、天照大神が弟のスサノオの乱暴狼藉《ろうぜき》に怒って天の岩屋に隠れてしまわれた話など、まるで人間社会の家族関係そのものといっていいじゃないですか。八幡様も同様です。じつは、そもそも八幡大神というのは、応神《おうじん》天皇のご神霊で……」

口調を変えて言いかけて、飯島はハッと気づいたように時計を見た。

「あ、これは思わぬ長話になってしまいましたな。店を追い出されないうちに、そろそろ退散しなきゃいかん」

「えっ、そうですか……でも、まだ沢山話していただきたい気がするんですけど」

「ははは、そう言ってもらうのはたいへん嬉《うれ》しいのだが、話しだすときりがありません。それに、松浦さんのほうも仕事の途中だったのではありませんかな？」

ふいに「松浦」と恋人の名前で呼ばれて、美由紀は心臓がドキリと痛んだ。偽託の話ではないけれど、嘘をついた罰で、何かよからぬ報いでもありはしないかと思った。

「ああ、仕事はもう、どうでもいいんです。必要な分は撮れましたし」

「いやいや、仕事をおろそかにしてはいけませんな。神様のことについては、わしでなくても、いろいろな本で勉強することもできます。ただ、あなたには特別な、その、何というか、ふつうの人とは違う何か……貴いものがあるように思えてならんのですが」

最後の部分は妙に早口になって言った。

「はあ？　トウトイモノっておっしゃったんですか？」

美由紀のびっくりした目で見つめられて、老人は明らかにうろたえていた。

飯島は美由紀の視線から逃れるように、あたふたと席を立ち、伝票を摑《つか》んで、レジの方角へ歩きだした。美由紀も慌《あわ》ててそれにつづいた。まごまごしていると、飯島が美由紀の食事代まで払ってしまいそうだ。

思ったとおり、飯島は伝票に記載されたちょうどの金額を数えて、素早くレジに置いてしまった。美由紀が「私の分を」と追いすがるのを、「まあよろしいでしょうが」と手を振った。

「誘ったのはわしのほうだし、それに、たいへん楽しい食事をさせていただいた」

「楽しかったのは私のほうです。第一、ご馳走《ちそう》していただく理由がありません」

「そんな悲しいことを言わんでください」

店を出たところで振り返って、飯島はほんとうに悲しそうな顔をした。美由紀は思わずたじろいで、立ち止まった。

「なぜか分かりませんが、わしはあなたに会えて、近来になく幸せな気分なのです。理由などいりません。それだけで満足しておりますよ。ねがわくば、これからもお付き合いをさせていただければと思うのみです」

美由紀は「はい」と頷《うなず》いた。無意識にしたことだったが、なんだかひどく尊大な仕種《しぐさ》のような後ろめたさを、すぐに感じた。「いやあ、それはありがたい」と、飯島はごくしぜんに頭を下げた。

美由紀の車で、駅まで飯島を送ることになった。飯島が最寄りの小布施駅まででいいというのを、美由紀は須坂駅まで送ると譲らなかった。詳しいことは知らないけれど、小布施は町、須坂は市なのだから、須坂駅のほうが大きくて急行なんかが停まるのではないかと思った。

細い道は渋滞して、短い距離のわりに時間がかかった。

「またいつか、お目にかかれるといいが」

飯島は残念そうに言った。

「ええ、ぜひまたお会いして、お話のつづきを聞かせていただきたいです」

「いや、そうはいきますまいな」

「分かりませんよ、そんなこと。東京と神奈川ならすぐですもの、その気になればいつでも会えるじゃないですか」

「そうですが、そうはならないような気がします。わしには分かるのです」

反論しようのない言い方であった。

「あなたのことをよく知りもしないで、こんなことを申し上げるのは不遜《ふそん》に思われるかもしれませんが」

飯島の視線が頬に強く感じられた。

「あなたにはぜひ、ご自分を大切にしていただきたいと思っておりますよ。そうして、ご自分の内なるものを見つめて、何かを発見されるとよろしい」

「何かって、何なのですか？」

チラッと向けた視線の先で、飯島はあいまいに笑って、「それはご自分で見つけることですな」と言った。

飯島老人とは須坂駅前で別れた。飯島は歩道の端まで出て、車が角を曲がるまで、手を振って見送ってくれた。どんどん小さくなる姿がなんだか心細げで、美由紀はいつまでも気になった。

飯島が「八幡大神というのは、応神天皇のご神霊で……」と言いかけてやめたのが、妙に頭にこびりついて離れない。応神天皇の名前は知っているけれど、それが八幡様のご神霊とは、いったいどういうことなのだろう。「千夜一夜物語」ではないが、次から次へと、もっとその先まで聞いてみたい気持ちに駆り立てられる話だった。

歴史や伝説にそれほど関心があるとは思っていなかっただけに、見ず知らずの老人に出会って、神様だとか古代の話に、こんなにまで引き込まれるとは、自分でも意外だ。

きっかけは小内八幡神社だったのよね——と、美由紀は老人との出会いのシーンを思い返してみた。「小内」という名前がキーワードのように交錯した出会いである。不思議な縁というべきだろう。

飯島はしきりに、美由紀の祖母の知り合いである「小内」のことを聞きたがっていた。あのこだわり方は、小内という名の人物が、老人の過去に何かしら大きな存在であったことを思わせる。（もしかすると──）と、美由紀はいま頃になって後悔する気が起きた。もしもあのとき、素直に自分が「小内」であると名乗っていたならば、老人はまた別の対応を示したのかもしれない。話の内容や付き合い方がまったく違った展開になった可能性だってある。そのいちばん肝心なことをずっと隠したままで通したのは、取り返しのつかない失敗だったのでは──という思いが、しだいに胸の内に広がった。（今度会ったときに続きを聞けばいいじゃないの──）と思うのだが、飯島はそういうことにはならないだろうと言っていた。なぜそんなことが言えるのか、奇妙でもある。

そして飯島が最後に言った、「自分の内なるものを見つめて、何かを発見しなさい」という言葉が、耳の奥でこだましていた。

小布施町から中野市に入ってすぐのところに、もう一人の「土びな作り」が住んでいると聞いて訪れたが、目指す「名人」はあいにく留守だった。「春先はリンゴ園の手入れが忙しくて」と、留守番のおばあさんが言っていた。本職はむしろ果樹園の経営なのかもしれない。

美由紀は取材を諦《あきら》めて、引き揚げることにした。飯島に冗談で言ったことが現実になった。決して手抜きをしたわけではないが、結果的には土びな作りの取材は午前中だけで終わったことになる。

信州中野インターから高架の自動車道に上がると視界が開けて、奥信濃は穏やかな春の午後であった。

第二章　サッカーくじ法案

1

文部大臣室にスポーツ議員同盟会長の金久保章《かなくぼあきら》衆議院議員が来ている。午後二時から十五分間だけのアポイントメントだったが、すでに三十分近く、執拗《しつよう》に自説を強要して引く気配も見せない。笹岡《ささおか》文部大臣は不愉快さを持て余して、むやみに煙草をふかすのだが、それが通じる相手ではなかった。

金久保の申し入れに対して、笹岡は一貫して「私個人としては是非を申し上げる立場にはありません」と言いつづけている。

「党内のコンセンサスも取れていない状態で大臣が軽々に物を言うのはいかがなものでしょうかなあ」

「しかしですね、所轄官庁が文部省であることが、すでにはっきりしている以上、大臣の意向を示していただかなければ、通るものも通らないじゃないですか」

金久保は、この男特有の聞き取りにくい掠《かす》れ声で言いつのった。

金久保は今年七十三歳。三十歳のときに石川県選出代議士の秘書についたのを皮切りに、政治の世界に入った。

幸か不幸か、ついた代議士が急逝して、その跡目をめぐるゴタゴタに付け入った形で、自ら後継者として名乗りを上げ、激戦の末、四十歳の若さで衆議院議員に当選した。

以来、大臣経験といった政治の表舞台に立つような華やかな経歴はないが、副幹事長など、党務を中心に、もっぱら裏舞台でのキーマンの役割を担い、保守党主流の歴代領袖《りょうしゅう》に巧みに取り入って、大きな政変劇を陰で演出するのを得意としてきた。

金久保は保守党内ばかりでなく、与野党間の調整にも辣腕《らつわん》を揮《ふる》うところから、「保守党の天海僧正《てんかいそうじょう》」とあだ名された。たしかに、丸坊主の頭やいつも半眼に目を閉じて、何を考えているのか分からないような風貌《ふうぼう》が、天海僧正の不気味さを連想させる。

「言いにくいことをあえて申し上げるが、大臣、あんたはこの問題にかぎらず、いつだって煮え切らんでないですか」

少し石川訛《なま》りのあるごつい言い方だ。

「高知県知事の『君が代』発言に対してだって、厳重注意すべしというのが、文部省内での空気だったのを、あんたが握りつぶしたという話を聞いたが、事実なんですか？」

「あれは金久保先生、自治省の問題でして、文部省が関与することではないでしょう」

「それがだから、言い逃れだというのです。『君が代』問題自体は明らかに文部省の管轄じゃないのですか？」

「それはまあ、そのとおりですが」

「だったら文部大臣名をもって、厳重に抗議を申し入れるのが当然でしょう」

「それはともかくとしてですね」

笹岡文部大臣は辟易《へきえき》したように言った。

「その問題とサッカーくじ問題とはまるでリンクしない話なのでして……」

「そんなことは、あんたに言われなくたって分かっております」

金久保は舌舐《したな》めずりをして坐《すわ》り直した。

「私は根本的な大臣の姿勢について、大いに不満だと言っておるのです。失礼を顧みずに言わせてもらうならばだ、日和見《ひよりみ》主義と言わざるをえんですな」

「そういう言い方はないでしょう」

さすがに、おとなしい笹岡も気色《けしき》ばんだ。笹岡は金久保よりは五歳年下だが、大臣の経歴はすでに科学技術庁長官と併せて二つめというベテランだ。父親が戦前からの政界人で、いわゆる二世議員。それだけに育ちのよさに恵まれている反面、強引さに欠けるうらみはなくもなかった。

とはいえ、経歴は錚々《そうそう》たるものがあるわけで、内心では（金久保ごときに――）という気概はあるに違いない。

「私がいつ日和ったというのですか。私は終始一貫して党議に従うのを旨として保守党に身を置いている人間です。恣意《しい》的に世論を操作したり、陰湿な根回しをして強引に自説を押し通すがごときは、私のよくするところではありませんが、しかし、信ずることに向かっては信念をもって当たりますぞ」

「ならばお聞きしますがな、笹岡大臣はサッカーくじ問題に関して、どのようにお考えでありますか？」

「それは大臣としての考えをお尋ねですか。それとも私個人の意見を求めておられるのですかな？」

「ははは、大臣としての公式見解は、いくら訊《き》いてみてもおっしゃらんでしょう。この際はあなた個人の意見としてどう考えておられるのかを明言していただきたい」

「私個人としては……」

笹岡は言い淀《よど》んだ。いくら個人的な意見と前提しても、ひとたび大臣の口から出たとなれば、その言葉にも自《おの》ずから重みがある。

しかし、目の前にある金久保の、狡猾《こうかつ》な虎を思わせる相貌を見ると、この機会に自説を披瀝《ひれき》して、党内にも金久保一派の強引な策謀に流されない硬骨漢の存在することを、はっきり示しておかなければ——という気持ちがしだいにこみ上げてきた。

「……基本的には、サッカーくじ法案にはあまり賛成しがたいと思っております」

「ほほう、やはりそうでしたか」

金久保はむしろ満足そうに頷《うなず》いた。

「その点をはっきりしていただいたほうが、今後の方針を樹《た》てる上で、われわれとしてもやりやすいですからな」

「方針とはつまり、この私を排除するという意味ですか」

文部大臣は、おとなしい彼にしては精一杯の皮肉をこめて言った。

「ははは、そのような失礼なことを考えたりはしませんがな。第一、大臣とわれわれとは同じ保守党の同志じゃないですか。しかし大臣、党内の趨勢《すうせい》としては、消極的賛成意見を加えると、サッカーくじ法案に賛意を示す者が過半数を超えたという票読みもあります」

金久保はそこでさらに声を張り上げた。

「しかも、この点はぜひとも認識していただかにゃならんのですが、本法案を立案、支持しておる陰の演出者は、大臣のお膝元《ひざもと》であるところの、この文部省の官僚連中であるということ。それを忘れてもらったのでは、困りますな」

「…………」

笹岡は苦い顔をして黙った。

サッカーくじ法案を推進するのは、公式的にはあくまでもスポーツ議員同盟だが、実質的な母体となって、法案の細目を検討し立案しているのは、金久保が言うとおり、OBを含めた文部省官僚であることは、すでに公然の秘密以上の常識となっている。

「サッカーくじ」創設の動きが表面に出てきたのは、一九九二年のことである。当時、保守党内で政権交代劇のゴタゴタがあった直後に、文教族議員が多数を占める超党派のスポーツ議員同盟によって、法案化が急ピッチで進められた。

当初はこの法案に対する風当たりが猛烈に強かった。

ことにPTAからの批判が強く、二年後に満を持して開かれた文部省主催の「サッカーくじ問題懇談会」では、日本PTA全国協議会の都道府県会長たちが、寄ってたかって文部省当局者を突き上げた。

「スポーツをギャンブルとしてとらえるようなサッカーくじなど、親の立場として認めるわけにはいかない」

文部省側からは六人の官僚が出席していたが、片山《かたやま》審議官が中心になって防戦におおわらわだった。

「サッカーくじはいわば税金と同じでして、ここに新しい財源を求め、その一部をスポーツ振興を通じて、青少年の健全な育成に寄与し、同時に高齢化社会におけるスポーツの浸透を図ろうとするものであります」

この説明もPTA側を納得させることはできなかった。

「戦後の復興期ならまだしも、いまや経済大国となった日本で、なぜサッカーくじのような方法で財源を確保しようとするのか」

といった突き上げが続出、説明に当たった官僚たちはタジタジだったのである。

これでいったんは撤退したかに見えた「サッカーくじ」だが、実際には法案提出の動きは、深いところで静かに、確実に進行している。最初にこの問題が提起された一九九二年以来、浮上しては叩《たた》かれ、浮上しては叩かれしながら、しだいにその勢力を浸透、拡大しつつあった。

当初はほんのひと握りだった「スポーツ議員同盟」は、文教族を中心にその数を増殖して、超党派でおよそ三百人程度の規模にまで膨れ上がった。

彼らのうたい文句は「サッカーくじの収益金で、文部省の乏しい予算を補い、とくに予算配分から外されがちだったスポーツ振興行政に潤沢な資金を与える」だった。

もともと、「サッカーくじ」への始動は、一九八八年のソウル五輪で惨敗を喫した日本のスポーツ界が「強化したくてもカネがないから」という言い訳をしたのがきっかけになっている。

その後、政府は「スポーツ振興基金」を設立して、民間から二百五十億円を集める——と、景気よくアドバルーンを揚げたが、思惑がはずれて、実際に集まったのは僅《わず》か四十億円程度。それならばと、当時、人気急上昇中だったサッカーに目をつけた——というのが実態である。

そういう事情があるから、各種スポーツ団体としては、法案に表立って反対するわけにもいかない。多少後ろめたくはあっても、法案成立に向けて、協同歩調を取らざるをえないし、所属選手の中にはむしろ積極的に宣伝役を買って出る者もいた。

有名スポーツ選手を広告塔に使えば、効果が上がることは分かっている。しかし、そこまであざとくやっていいものかどうか、さすがに抵抗があった。国民的英雄であるスポーツ選手は、いわば「聖域」である。生臭い政治の世界に引っ張りだして利用するのはいかがなものか——ということだ。

しかし、ほとんどのスポーツ団体が強化費に困っている実情から、いつまでもきれいごとですましてはいられない——という強硬意見に押され、アマチュアスポーツ選手を巻き込む空気が普遍化していった。

サッカーくじ推進キャンペーンの催しがあるごとに、名前も顔もよく知られたスポーツ選手が会場に顔を出し、それをまたテレビや新聞が報道する。狙《ねら》いどおりの広告塔の役割を彼らは務めていた。

笹岡はそういう風潮を快く思っていなかった。そもそも、まだ少年のような若い選手たちに、サッカーくじ導入の善悪など、適正に判断できるはずもないのである。彼らは単に、スポーツ強化の資金源として、サッカーくじこそが最後の切り札である——と、それぞれの団体の上層部から言い含められ、反対する理由もなく、はっきりした意識もないままに、歌舞伎の顔見世興行よろしく参加しているにすぎない。

保守党内部でも、心ある者はこうした傾向を望ましいものとは思っていない。しかし、大勢は確実にその方向に動きつつあることは否定できなかった。いや、それよりも憂慮すべきは、世論もまたしだいにサッカーくじを可とする方向へと流されている気配が感じられる点である。

「およそ国家が、こういう方法で金集めを図るというのは、根本的に間違っていると私は思うのです。戦後の混乱期に宝くじをはじめ競輪、競艇、オートレースなどを開催して、収益金を国の復興や地方財政の補塡《ほてん》に充《あ》てようとしたのとはわけが違う。それに」

笹岡文部大臣は煙草を灰皿に押しつぶしながら言った。

「サッカーくじは、どのように美化しようとギャンブルそのものであります。その胴元を文部省が務めるがごときは、教育の根幹に関わる重大事だと思っております」

「驚きましたなあ」

金久保議員は大げさに両手を広げた。

「当事者たる文部省の大臣がそれでは、官僚たちが困惑しとるのも無理がない。この問題はすでに五年も前から省内で検討に検討を重ね、ようやく成案が纏《まと》まったところです。笹岡大臣が就任されたのはつい半年ばかし前でしたか。大臣の首がすげ替わるたびに、方針が変わったのでは、下におる者は仕事にならんでしょう」

「ですから私は苦慮しているのです。個人的には反対だが、さりとて省内の総意を踏みにじるような真似はできない。しかしですね、基本的に言って、私には文部官僚ともあろう者が、サッカーくじのごとき、およそ非教育的な制度の推進者であることが、いまだに信じられないのですよ。ここだけの話として言わせてもらえば、何を血迷っているのかと申し上げたい」

「それそれ、それだからあなたはぼんぼん育ちだと言われるのです」

金久保は聞き分けのない子を宥《なだ》めるような笑顔を作った。

「大臣には下の者たちの心情が分かっておりませんな。彼らがなぜに、一部で悪評高いサッカーくじなどを推進しようとしているのか、その本当の目的をご存じないのです」

「そのくらいは分かっております。要するに金でしょう。たしかに文部省は他の省庁と異なって、自らの裁量によって処分できる予算範囲が小さい。つまりそれは現業部門を持たないがゆえの悩みであります。建設省のごとく、財投の対象の大半を担うような潤沢な資金源もなく、厚生省のように、自らの手で特別養護老人ホームを計画できるような事業性もない。あてがわれた予算は、使途の細目まで決められているようなもので、やることといえば、それを適切に配分するだけの業務です。独自な企画を打ち出そうにも、がんじがらめの予算の枠組みの中では、手も足も出ないという不満はよく耳にしますよ」

「そう、それももちろんありますな」

金久保は頷《うなず》いた。

「サッカーくじが実施されれば、文部省独自で集め、使える金が相当な額にのぼるでしょう。その多くはスポーツ振興基金に充てられるとしても、残余の金で生涯学習のための施設だとか、青少年育成のための施設づくりとか、いろいろ使途はありますからな。だが、そういったことはあくまでも建前で、官僚の本音は別のところにある。それが大臣には分かっておいでなのかどうか……」

「本音……とは？」

「再就職ですよ、再就職。文部官僚がもっとも不満とするところは、じつは天下り先に恵まれていない点です」

金久保はニヤニヤと笑った。

「現在のところ、文部省ＯＢは私学の副学長か、理事か、事務局長辺りに納まる以外に、さしたる落ち着き場所がない。他の省庁に比べると、これはあまりにもお寒い状態といわざるをえんでしょうな」

それは金久保の指摘どおりだ。

かつて教師は聖域といわれた。いまどきは、めったにそんなことを言う者もいないだろうけれど、社会の中でもっとも金と無縁なところにいて、しかも尊敬される、崇高な職種といえば、教師もその一つにあげられていたのである。したがって、それを束ねる文部省も、当然、聖職者である自覚を要求されていた。いや、おそらく、そのいわば伝統的な考え方は、底流としてはいまもなお変わることはないだろう。

しかし、実情にそぐわないという点では、現在の金まみれ状態の世の中で、このくらい実情にそぐわない考え方もないことは事実だ。文部官僚のみに「清く正しくあれ」と強要するわけにはいかないと金久保が言うのは、むしろ当然のことかもしれなかった。

「サッカーくじが実施されるとなれば、関連事業は相当な規模で必要となってくるでしょうからなあ」

金久保は指折り数えた。

「まず発券機のメーカー、あるいは券売所施設、トータライザーなどの管理事業といった具合に、どんどん広がっていくでしょう。さらにいえば、資金の運用管理部門の拡充も図らねばならない。そのほとんどを文部省主導でやれるのだから、人事権は思いのまま。こりゃこたえられませんよ」

「さあ、それはいかがなものか。私は必ずしもそうだとは思わないですが、金久保先生の言われるとおり、それが文部官僚の本音だとしたら、まことに嘆かわしいことですな」

笹岡大臣は首を振り振り言った。

「いったい彼らは何を考えて文部省を志望してきたのかと言いたい。国の将来を誤らしむることのないような教育を行なう、そのための指針を作り、国民に等しく便宜を与えるのをもって、公僕たるの責務であると、なぜそのようには考えられないのでしょうか。自分の老後の安泰など思うのであるならば、最初から文部省を志望するべきではないと私は言いたいですな」

「それはだから、きれいごとというもんではないですかな。同じ公務員、同じ人間でありながら、文部官僚にのみ神様みたいな清廉潔白を押しつけるのはいかんでしょう。文部省がサッカーくじを管理するのはいかんというのであるなら、早い話、警察がパチンコ業界を牛耳っているのは、あれはいったいどういうことになりますか？」

かつては子供の遊び、駄菓子屋のサイドビジネスのようなものでしかなかったパチンコゲームが、いまや年商三十兆円規模の、巨大ビジネスに膨れ上がった。

パチンコ業界の巨大化をここまで推進させた「元凶」は、コンピュータの導入によって「大当たり」を出すなど、ギャンブル性を高めたことと、もう一つはプリペイドカードの採用である。

ところで、プリペイドカード導入を推奨したのは警察庁だった。もともとの狙いはパチンコ業者の脱税防止目的であったが、それならば国税庁主導でやるべきところを、なぜか警察庁の管轄で行なった。

警察が管轄する表向きの理由は何かといえば、プリペイドカードに変造の恐れがあるなど、不正が行なわれるのを未然に防ぐという目的もあったからだろう。

皮肉にも、その予測どおり、プリペイドカードは「変造カード使用」という新たな犯罪を作り出した。警察が管轄していようと、犯罪者にはタブーはないとしたものらしい。これによって金融機関は数百億円にのぼる被害を受け、急遽《きゅうきょ》、高額カードを廃止せざるをえなくなった。

それが収まったのも束の間、次には「不正ROM使用」による被害が急増してきた。

ROMとはパチンコ台の機械に組み込まれているコンピュータの部品と考えればいい。そのROMの働きによって、「大当たり」の出方が決定される。そのROMが「ギャンブル性を抑える」という名目で、やはり警察の管理下に置かれ、機械に組み込まれる際には警察の認可と証紙を必要とする仕組みになっている。

だが、これもまた犯罪集団の餌食《えじき》になった。「大当たり」が無制限に出るように、パチンコ台のＲＯＭを改造したり、パチンコゲームをしながら、電波を送ってＲＯＭを操作するなどして、膨大な出玉をせしめるグループ犯罪が横行した。被害に遭い、廃業に追い込まれた業者は少なくない。

警察と犯罪のいたちごっこのようなありさまだが、いずれにしても、この結果、何が残ったかといえば、管理や取り締まりのために、新たにいくつかの機構なり組織なりが必要となったことである。つまり、これによって警察官僚の再就職先がかなりの規模で拡大したことは事実だ。

警察官僚の天下り先は他にも、信号機や道路標識メーカー、自動車教習所等々、建設省がゼネコンに天下るような大型のものではないにしても、かなりの範囲にわたっている。そこへゆくと、文部省は先にあげたような学校関係の他には、めぼしいところがほとんどないといっていい。

「とにかく、そのへんのことを忖度《そんたく》してやらんと、大臣、部下に恨まれますぞ」

金久保代議士が言ったとき、平田《ひらた》秘書官がドアをノックして、「大臣、そろそろお時間です」と催促した。

し示して、頭を下げた。

「ああ、いま行く」

笹岡は救われたように席を立って、「そういうことですので」と、ドアの方向を指し示して、頭を下げた。

2

文部省の玄関を出て車に乗るなり、金久保は「強情なやつだ」と舌打ちをした。まだドアが閉まりきらないうちだったので、秘書の宮下《みやした》は背後にいる警備員の耳を気にして、慌ててドアを押さえた。

宮下和生《かずお》は四十一歳。父子二代にわたって金久保の秘書である。父親の亨裕《みちひろ》のほうは現在、金沢の地元事務所で金庫番を務め、息子のほうは東京事務所で、金久保の懐刀を任じている。

金久保のかつてのボスである代議士が、金沢に帰郷中、急死したとき、さまざまな憶測が流れた。自殺説と他殺説である。

そのとき、運悪く代議士と行動を共にしていたのが、宮下の父親だった。

宮下亨裕は金久保より二つ年上で、金久保が東京事務所の責任者だったのに対して、主として代議士の身の回りの世話をする役割を担っていた。

代議士の死は疑惑に満ちたものであったことは事実だ。自宅寝室で、家族が気づいたときには死亡していたというものである。第一発見者は夫人だったが、急を告げる夫人の声で、すぐに駆けつけたのは、その日、同家に宿泊していた宮下亨裕だった。

最初のマスコミ発表では、死因は「急性心不全」だったが、実際は、代議士は鴨居《かもい》にかけた帯紐《おびひも》で縊《い》死《し》を遂げていたものである。亨裕が代議士を抱き下ろしたときには、すでに心臓は停止し、体温も低下していた。夫人が動転して、警察を呼ぼうとするのを、亨裕は制止した。

そのとき彼は、代議士の後継問題を考えたという。代議士には二人の息子がいて、いずれどちらかが二世として、父親の跡を継ぐものと考えられていた。その際に、父代議士が自殺したとあっては、イメージがよくない。なんとかここは病死扱いにして、警察の介入を防いだほうがいいと主張した。

夫人も、まもなくその場にやって来た次男もそれに同調した。医師の診断書も作成された。これですべて穏便に収まるかと思われたのだが、思いがけないところから、事実が発覚することになった。アメリカに渡っていた代議士の長男から警察に、死因に疑惑があるから、司法解剖に処してくれと言って寄越したのである。

出棺の直前、警察が調べたところ、頸部《けいぶ》に明らかな縊死の痕跡《こんせき》があった。司法解剖の結果、縊死による脳機能の停止が死因と判断された。がぜん、話は事件性を帯びてきた。

さらにまずかったのは、現場検証をしたところ、代議士は発見された時点では床に足が着いていて、膝《ひざ》が曲がるほどだった点だ。常識的に考えて、足が着いた状態では、人間はふつう、本能的に生きようとするから、縊死には到らないというのである。がぜん、自殺幇助《ほうじょ》と、さらに突っ込んで他殺の疑いも出てきた。他殺ということだと、最初に「自殺」を隠蔽《いんぺい》しようとした宮下亨裕が怪しいことになる。

それはともかくとしても、代議士周辺には当時、さまざまな悪《あ》しき噂《うわさ》が飛び交っていて、他殺の可能性を裏付けるような、いくつもの根拠が出てきた。

他殺を疑わせる背景の主なものは政争である。保守党内での派閥の力関係が微妙だった時期で、代議士の率いる派閥は、小さいながらもそのキャスチングボートを握っていた。彼が存在しては具合の悪い人間が、少なくとも数名は存在した。とはいっても、代議士宅内での事件であるだけに、その連中が直接手を下せるような状況ではないことも事実だ。

事件性を疑わせる、もう一つの有力な根拠が後継者争いだった。

代議士は七十歳を越えて、体調がすぐれない日がつづいていた。とくに精神的にかなり参っていたと見られる。「北陸の熊」とあだ名された勇猛さは影をひそめ、どことなく好々爺《こうこうや》を思わせる穏やかな風貌《ふうぼう》を見せるようになった。

地元選挙区には対抗馬がいないほど、絶対的な存在だっただけに、代議士の体調の衰えがはっきりしてくるとともに、早くから後継者の人選が取り沙汰《ざた》されていた。有力候補はまず代議士の二人の息子と、女婿。それに宮下亨裕を推す声も少なくなかった。

もっとも、亨裕にはその気はまったくなかった。むしろ彼は代議士の次男をひそかにバックアップするつもりでいた。自殺を隠蔽しようと工作したのもそのためである。現場にいた次男のイメージを守ろうという目的からそうした。

代議士は日頃から何かと反抗的な次男を嫌っていた。自分の後継者は長男――という心づもりがあったらしい。しかし、長男は精神的に脆弱《ぜいじゃく》で、政治家には向かない。その点、次男には父親譲りの覇気もあり、なかなかに権謀術数にも富んでいて、政治の荒波を越えてゆく体力は十分と思えた。亨裕は早くからそのことを見抜いて、陰に陽に次男をバックアップしていた。

代議士の死は唐突ではあったが、次男を売り出す絶好のチャンスでもあった。父代議士のイメージをそのまま享《う》け継いで、「北陸の子熊」というキャッチフレーズもすでに考えていたところだ。兄弟仲の悪い代議士の長男の余計な差しがねで、警察の介入を招いてしまったが、もし「病死」で片がついてさえいれば、彼の思惑どおりの状況に進展しようとしていたのだ。

ところが一転して不審死が発覚して、警察の心証を悪くしたとたん、代議士の次男までが宮下亨裕を犯人扱いしかねないような態度に豹変《ひょうへん》した。これは亨裕にとってはショックだったろう。

まずいことに、疑惑を裏付けるような事情もいくつか出てきた。政治資金流用疑惑もその一つである。

政治資金には表の金と裏の金があった。裏の金は預金口座には入れず、現金のまま隠匿しておく習慣で、秘匿場所は金沢の代議士宅にあった。その金額が異常に少ない——と、長男が指摘した。

長男は「誰が」と示唆したわけではない。おそらく次男に疑いを向けさせるためにそうしたのだろう。周囲の空気は次男を後継者に担ぎ上げる方向で固まっている。それをうち崩したいと考えたに違いない。そうでもなければ、父親のイメージを損なうような裏金の存在を告発するような真似を、息子がするとは思えない。

だが、警察は疑惑の対象を宮下亨裕に向けた。裏金の持ち出しは、身内の人間ならほぼ誰でも可能といっていい。その中で宮下亨裕が疑われたのは、彼に金が必要な事情があったためだ。

その頃、亨裕の妻は入院生活を送っていた。忙しい政治日程の中で、亨裕はほとんど見舞いにも行けず、病院と付添い人に任せっきりだった。それだけに多額の費用を要したというのである。

給料以外の金を、代議士からしばしば渡されたことを宮下亨裕は主張したが、もともとが裏金であるだけに、そのことを証明するような資料など、あるはずもない。警察は何日にもわたって亨裕を追及した。

窮地に追い込まれた彼を救ったのは、金久保だった。東京から駆けつけた金久保は、代議士の死が自殺であることを示す、有力な証拠を警察に渡した。それは遺書とも取ることができる代議士のメモであった。そこには代議士の苦悩が綴《つづ》られていた。

金久保は宮下亨裕の潔白を力説するとともに、代議士の自殺を裏付けるような証言を行なった。代議士は政治的な行き詰まりと、派閥維持のための金策に悩んでいたし、派閥内部での裏切りにも苦しめられていたというものである。

最後に金沢へ向かう日の朝、代議士は議員会館のオフィスで、留守居役の金久保秘書にしきりに「疲れた」とこぼした。代議士が去った後のデスクの上のメモには、裏切り者の名前のいくつかと並んで、「死にたいほど疲れた」と、自暴自棄を示すような荒々しい文字が書かれてあった。

この金久保の証言などもあって、代議士の死は結局「自殺」と断定された。勇猛をもって鳴らした代議士の一族にとっては屈辱的な事実であった。

後継者を巡って、代議士の陣営は四分五裂した。二人の息子と女婿、それに、従来なら考えられなかった、保守系の無所属候補までが名乗りを上げた。保守王国の選挙区で、出ると負けが定番だった革新野党にも、今回ばかりはチャンスがあるとさえ言われた。

宮下亨裕は、金久保と共にその騒ぎの渦中から離れ、妻子のいる東京へ戻った。その車中で、亨裕は金久保に死んだ代議士の後継者として立候補することを勧めた。

「あんたのために私が持っている選挙に関するノウハウをすべて捧《ささ》げる」と言った。

議員秘書としては宮下亨裕よりはるかに後輩である金久保は「えっ、私がですか？まさか」と驚き笑った。

そうは言っても、金久保にもまったく野心がなかったわけではない。誰にしたって政治の世界に身を投じたからには、ひそかに「いつかは」と夢を抱く。そのための布石として金久保は、地元から上京して来る陳情団の相手を、一手に引き受けていた。代議士は政争に明け暮れていて、とても選挙民の相手などしている暇はなかった。それだけに金久保の親身になって面倒を見てくれる姿勢は選挙民に人気があった。

「あんたなら、必ず当選できる」

宮下亨裕はそう太鼓判を押した。結果はそのとおりになった。予想外の圧勝だった。そうなった第一の理由は保守系候補の乱立にあったが、金久保の力量を選挙民が高く評価したことは否定できない、むろん、亨裕が長年にわたって地元に培った信用ものを言ったことはたしかだ。

こうした金久保と宮下亨裕との二人三脚が始まり、それは宮下和生が父親の跡を引き継ぐ恰好《かっこう》で東京担当の筆頭秘書となってからも、変わることなく続いた。金久保の息子彰一《しょういち》が県議選に出馬するお膳立《ぜんだ》ても宮下亨裕が作った。以後、亨裕は金久保の地元事務所を守るのと同時に、金久保章・彰一の選挙戦を指揮している。それはいずれ、彰一が父親の後継として国会に名乗りを上げる日を見越した布陣でもあった。

文部省から予定どおりホテルオークラへ回った。スポーツ関係者の集まりがあって、そこに顔を出す約束になっていた。ＪＯＣ会長以下強化委員、それに各種スポーツ団体の幹部連中が、「サッカーくじ法案」促進の陳情を行なう。

ホテルの会議用小ホールには、すでに予定されたメンバーが集まって、本日の主役である金久保代議士を待ち構えていた。古畑《ふるはた》JOC会長が一人一人を紹介した。すでに知っている顔もあり和やかな雰囲気ではあった。

いずれもかつてオリンピック選手として活躍したような顔ぶればかりだ。それにしても、プロスポーツならともかく、アマチュアスポーツの世界で生きていて、メシが食えるものかどうか、金久保には不思議でならなかった。食えないからこそ、サッカーくじなどで強化費の嵩上《かさあ》げを望んでいるのか——と意地悪く思ったりもする。

「サッカーくじ法案は、ぜひとも次の国会で上程していただき、会期内での成立をお願いしたいのです」

古畑は全員を代表して、まず挨拶《あいさつ》を述べ、そう言った。また陸連会長の高野《たかの》からは、なぜいまサッカーくじを急がなければならないかの説明があった。

「これはあくまでも数字上のことでありますが、サッカーの人気はこのところ急速に翳《かげ》りが見えてきております。観客動員数も前年比二割から三割のダウンが予測され、このぶんですと現在ある十六チームのうち、少なくとも二チームは解散の憂き目にあうおそれがあります。サッカー人気がダウンしては、サッカーくじに対する関心も冷え込んでしまう可能性の高いことが心配されるのです」

　関連して、サッカー協会の浦瀬《うらせ》会長が意見を述べた。

「サッカーブームを再燃させるためにも、サッカーくじが大きな力を発揮するであろうことは、疑うべくもありません。われわれとしてはこれを機に、選手層を充実させ、世界に通用するサッカーを目指したいと思っております」

「そうですなあ、ぜひともそうあって欲しいですなあ。もちろん、われわれとしても法案の成立を急ぐ方針に変わりはないが、なんといっても、肝心要《かんじんかなめ》のサッカーが強くなってもらいませんとな」

　金久保はそう言ったが、本音を言えば、金久保にとっては、日本のサッカーが世界に通じるかどうか、そんなことはどうでもよかった。要はサッカーくじが実現して、関連団体の支持を強固なものにし、企業から政治資金が入ってくれれば、それで目的は達せられたことになるのだ。

　むしろ金久保の組織を支えている、暴力団の連中の突き上げのほうが、よっぽど気になる。関西地区の総元締めである英正組では、すでに兵庫、大阪、和歌山一円のコンビニエンスストアなど数百カ所を、将来の投票券発売機の設置場所として押さえたという。傘下《さんか》の片江組でも高知県を中心に、これまた数十カ所に渡りをつけたそうだ。

彼らがどういう仕組みで売り上げのカスリを取ろうとしているのかは、金久保にもさっぱり分からない。当面、券売機のメーカーや、主催する団体などに設置権を売りつけたりするつもりなのだろう。それとも、競馬のノミ屋と同じように、私設の券売システムを作ろうとでもしているのか。いずれにしても、いつまでも彼らを待たせておけば、ろくなことにならないのは目に見えている。

「サッカーくじ」の認知度は、着々と国民のあいだに浸透しつつある。いま世論調査をしても、おそらく過半数が賛成という結果が出るに違いない。とくに若者たちは無節操に、サッカーがギャンブルになるのを面白いというだろう。残るはほんのわずかばかりの「良識派」という名の厄介者《やっかいもの》だけだ。

いよいよとなれば、その連中を押しつぶして法案を通すことになるだろう。

3

スポーツ関係者の見送りを受けて車に戻ると、宮下が斜めに後ろを向く恰好で、携帯電話を示して言った。

「先程、事務所のほうに飯島昭三氏から電話がありましたので、折り返し電話を入れておきました」

「飯島が？　またか、しつこいやつだ。適当にあしらっておけばいい」

「今回はそうもいかないようです。放っておくと、ややこしいことになるだろうとおっしゃってました」

「ふん」

金久保は鼻を鳴らした。気に入らないときのこの男の癖だ。

「ややこしいとは、何だって言うんだ？」

「飯島氏はしかるべき方策を取ると言っていたそうです」

「何をやるつもりかな」

「私の想像を申し上げてもよろしいでしょうか」

「ああ、言ってみろよ」

「文部省の内部資料を公開するのではないかと思いますが」

「文部省の？　まさか。そんなものをどうやって手に入れることができる？」

「飯島氏は以前、文部省に勤めていました」

「えっ、ほんとか？　いつごろの話だ？　ぜんぜん知らなかったが」

「十五年ほど前に課長どまりで退官していますから、先生とは接点がなかったのではないでしょうか」

「ふーん、帝大出の飯島が課長どまりねえ。ふん、存外なもんだな。しかし宮下はどうしてそんなことを知ってるんだ？」

「差し出がましいと叱られるのを覚悟で、いささか、調べましたので」

「そうか、ようやった」

「ありがとうございます。それで、どういたしましょうか。一度お会いになったほうがよいかと思いますが」

「そうか、そうだな……」

宮下が言うのなら――という気もしたが、鬱陶《うっとう》しい相手であった。

この春、飯島昭三がとつぜん電話をかけてきたのは、議員会館内の金久保の事務所である。宮下が電話に出て用件を尋ねたが、直接金久保代議士に取り次いでくれ――と言い、「宇佐の飯島と言ってくれれば分かります」と、言葉は丁寧だが、押しつけるような言い方をした。

「宇佐の」という冠詞で金久保に相手の素性が通じたのは、十何年か前、宮下が金久保の秘書になって間もない頃に一度あった。電話で「宇佐の河治《かわじ》」と名乗った。宮下が躊躇《ちゅうちょ》していると、「あんた、宮下さんの息子さんか？」と言い、「まだ親父さんから聞いてないのか。とにかくそう言ってくれれば分かる」と言った。

あとで父親に聞くと「先生の戦友だった人だ」と教えてくれた。

宮下親子以外に、金久保と河治の関係の詳しい事情を知る者はいない。父親の亨裕《みちひろ》でさえ金久保が衆議院議員に当選した直後に、河治から電話を受けて、金久保本人の口から話を聞くまで、知らなかった。

「河治は秋田県を地盤とする東北地方の建設業界のリーダー格で、おれとは昔、軍隊にいた頃、わけありの付き合いがあった男だ。今後、何かの役に立つだろう。ただし、このことは誰にも言うな」

金久保はそう言って釘《くぎ》を刺した。

宮下亨裕が知るかぎり、河治が金久保と頻繁に接触するようになったのは、金久保が代議士になってからのことで、むろん選挙資金がらみ、利権がらみの用向きであった。ある時期からは、直接の交渉窓口を亨裕が、やがては息子の和生《かずお》が務めるようになった。

金久保が河治と再会したのは、戦後十数年経《た》って、金久保の親分である代議士が建設大臣だった頃だ。金久保は気づかなかったのだが、秋田県土木建設業界を代表する陳情団の中に河治がいた。陳情のセレモニーが終わった後、金久保のところに電話がかかってきて、「宇佐にいた河治です」と名乗ったときは、心臓にギクリとくるものがあった。

その夜、二人はひそかに会った。おたがい、終戦時のことは悪夢として忘れようと誓い、右と左に袂《たもと》を分かって以来、その所在すら知らずに生きてきた同士だが、再会すれば懐かしさも湧いた。とはいえ、おおっぴらに会うことは控えなければならない。事実、その日以降、金久保と河治は公式の席で言葉を交わすことはもちろん、国会や議員会館周辺では会うこともなく過ごしている。

しかし河治はその後、しばしば金久保と連絡を取ってきた。ことに金久保が代議士に当選してからは、金久保の政治力で事業上の便宜を図ってもらい、その見返りとして政治資金を融通し、その関係はしだいに緊密かつ拡大していった。

河治の会社は東北地方での公共事業のかなりの部分に食い込めたし、秋田西部では土建業界の雄としての地位を築いた。その関係は河治の息子の代になってからも変わらず、続いている。金久保と河治の関係はもちろん贈収賄行為であり、発覚すれば軽くても政治資金規正法違反に問われるはずである。だが、表向きは彼らには接点がなかった。選挙区も異なるし、請託を疑われるようなことはまったくなかった。

河治のことについては、金久保は最初、腹心の宮下亨裕にさえ戦友であること以外、詳しいことは言わなかった。しかし、金久保とほぼ同じ時代を生きてきた亨裕には、河治との関係を曖昧《あいまい》にしか言わない金久保の「事情」がすぐに飲み込めた。そのことにかぎらず、思い合わせれば、金久保から戦時中の話をほとんど聞いた記憶がなかった。

軍隊経験者の中には、タブーを抱えた者が少なくない。毎日、死の恐怖に苛《さいな》まれたことを思えば、彼らはある種の被害者といっていいにもかかわらず、そこにいたことを隠すのには、それなりの事情があるのだろう。

多くを語らず、多くを聞くこともなく、議員と秘書のあいだには黙契のようなものが生まれていた。その「了解事項」は父親から宮下にも伝えられている。

ただし、若い宮下にまったく疑問がなかったわけではない。秘書の仲間入りをするとき、宮下は父親が忍従に近く金久保に忠節を尽くしていることについて、批判めいたことを言った。

「金久保さんには助けてもらった恩義があるからな」

父親は息子を諭すように言った。

「それは知ってるけど、あれは自殺だったのだし、べつにそれほどの恩義を感じることはないんじゃないかなあ」

「しかし私にかけられた警察の疑いを晴らすのは、かなり難しかったことは事実だよ。その私を窮地から救ったのは、金久保さんが提出した遺書めいたメモだ。そのことは知っているだろう」

「うん、知ってる。そういう物があったんだから、父さんへの疑いは、じきに晴れて当然だったんだ」

「ところが、後でそのメモを見たとき、私はそれが代議士先生の筆跡ではないことがすぐに分かった」

「えっ、じゃあ偽物だったわけ？」

「そういうことだ」

「じゃあ、真相はどうだったの？」

訊いたとたん、宮下は後悔した。

「先生の死は自殺だった」

父親は静かに言い、「そういうことだ」と自分に言い聞かせるように頷《うなず》いた。それ以上の質問を重ねるのは愚かなことであった。重要なのは、そうやって金久保が父親の窮地を救ったという、その事実である。なぜそうしたのか、またどういう思惑があったのかといったことも、父親は確かめなかったようだ。そうした疑問も前提もいっさいなくして、宮下の父親は金久保にすべてをかける決意を固めたということである。

飯島昭三からの電話に対しては、金久保は最初のときから、明らかに不快感を示した。おなじ「宇佐の」仲間である河治に対するのとは、はっきり違った。電話で話す口調も、まるで気のない、平板なものであった。かといって、素っ気ないのとは違う。いちおう、それなりにしっかり応対してはいるのだが、旧友に示すような懐かしさや親しみはこれっぽちも感じ取れない。

そのときの電話で金久保は、今後の連絡は宮下秘書に任せる旨を伝えて、実際に宮下を読んで電話口に出した。

その後、飯島からかかってきた電話には、たとえ金久保が事務所にいるときでも、宮下が必ず応対するようにしている。しかし「ご用件は？」と訊《き》いても、飯島は「あなたでは分からない話ですよ。金久保さんがご不在なら、いずれまた近いうちにご連絡します」と言って電話を切る。

「どういうご用件なのでしょうか？」

宮下は金久保に訊いた。

「ん？　ああ……」

金久保は言い渋って、「五十年前の亡霊が現れたってことだな」と吐き出すように言った。相手が「招かれざる客」であることは間違いなかった。

それからあらためて感心したように、「そうか、半世紀か……」と呟《つぶや》いた。

「つまらん約束をしたもんだ」

「は？　約束をなさったのですか？」

「ああ、そうだよ。終戦のとき、八人の仲間が会って、ある馬鹿げた盟約を交わした。その中におれも河治も、それに飯島もいたんだ」

「盟約とは、どのような？」

「ははは、青臭い、くだらんことだ。拾ったいのちを日本の再建のためになげうつといったようなことだな」

金久保は笑った。

「将来、日本がもし危殆《きたい》に瀕《ひん》することあれば、身命《しんめい》を賭《と》して、もって護国の鬼とならん――それまでは謹慎して国家再建のための土と化さん――などとも言った。半世紀経ったらまた会おうと誓ったが、人生五十年のその頃だ、誰も半世紀も生き延びるとは思っていなかっただろうよ。おれも誓いはしたが、口先だけのことで、もうこの連中とも会うことはあるまいと思っていた。たまたま河治とは再会することになったが、あいつとは、まだしも、おたがいに傷口を舐《な》めあうような腐れ縁的なところがあった。河治もおれもワルだったからな。八人のうちワルは二人だけで、ほかの連中は愛国心の権化みたいなやつばかりだ。よくいえば純粋、悪くいえば単純で素朴な連中だった。それにしても、あの日のことを几帳面《きちょうめん》に憶《おぼ》えているやつがいるとは驚いたな」

金久保は迷惑そうに顔をしかめた。

飯島からの電話はそれ以降もときどきあった。宮下がいるときは宮下が対応するが、不在のときは、在席の者では分からないと答えるように指示してある。どちらの場合も、金久保が電話に出ることはなかった。

その間に宮下は、金久保も気づかないうちに飯島昭三なる人物の素性を洗い出したということだが、飯島が文部省にいたというのは、金久保にとっては意外を通り越して不気味であった。

「考えてみると、おれが政治家になってからこっち、やつはおれのすることなすことをジッと見ていたわけだ」

金久保章は代議士に初当選して以来、どういうわけか「文教族」といわれるグループに属してきた。親分の代議士は「建設族」だったのだが、その衣鉢《いはつ》を継ぐはずの二人の息子がいたために、立候補の際、別の旗印を掲げるほかなかったこともあった。

実際、これまでに何度もあった選挙戦を、「戦後日本の荒廃した教育を建て直す」ことを公約の一つとして戦っている。

金久保の教育論は明らかにタカ派的なものである。現行教科書を日教組および社会主義者主導による、偏向教科書だ——と決めつけた。石川県という保守的な土壌が彼のそういう主張を支持した。

ちょうどその頃、京都の学者などが提訴した教科書裁判問題が持ち上がって、新人議員の金久保は保守党の先頭に立ってマスコミに圧力をかけた。それほどの理論武装があったわけではないので、保守党内部からも「暴走ぎみ」という批判が出たが、少なくともスタンドプレーとしては、それなりの効果があったに違いない。以来、文教族の突貫小僧として注目され、当選回数が重なるにつれ、そのリーダーとしての地位を認められるようになった。

金久保の理論の傾向としては、たとえば侵略戦争問題について、ある懇談会の席上、次のように発言している。

「侵略戦争という言葉はきわめて政治的な言葉だと思います。なぜなら、考えてみますと世界史そのものが戦争の歴史だと言っても過言ではないのでありまして、そのほとんどが侵略戦争である。この場合には、どちらか一方が加害者であったり被害者であったりと分類されたためしもないのです。ただあるのは、どういう理由なり事情なりがあって戦争になったかを歴史が証明するのみであり、およそ侵略戦争だなどとは言わないものなのであります。

ところが、どういうわけか二十世紀になって起きた日本の戦争については、まことに唐突に侵略という言葉が飛び出してくる。それ以前の清国やロシアの戦争については、あれほど日本が危うい状態になったにもかかわらず侵略と言っていない。それが日本の戦争にだけなぜか侵略と言う。これをもってしても、侵略戦争なる言葉がいかに政治的なものであるかが分かるのであります。

日露戦争というのは、明らかにロシアの侵略に対して、朝鮮半島を守ろうとして起きた戦争であります。そしてそれが後の大東亜戦争の遠因となった。つまり、大東亜戦争というのは、欧米の植民地政策に対してアジアを目覚めさせ、独立の機運を一挙に高めたという点で、むしろ高く評価されるべき戦いだったのであります。

たしかに、大東亜戦争によって、戦場となったアジアの国々や人々が大きな被害を被ったことは事実であります。しかし、その結果としてかの国々は独立をかち得た。いかなるケースでも、独立を達成するには犠牲が伴います。アジア三百年の白人支配や搾取から解放したことの意義を、なぜ正当に評価されないのか、またわが国がなぜそのことを内外に主張しないのか、まことに不思議と言わざるをえません。

それは戦争という特殊な状況下では、部分的なところである程度の不正も行なわれ、残虐な行為もあったでありましょう。しかしそれをもって日本や日本人が悪の権化であるかのように言うのは間違っている。たとえばカンボジアにおけるポルポトが行なった数百万という虐殺が、まったく無意味に行なわれたのと比較すれば、そのことははっきりします。むしろ原爆投下によって無辜《むこ》の民数十万を虐殺したアメリカの行為のほうが、はるかに残虐というべきであります。少なくとも全体像としてとらえれば、あの戦争が世界の歴史を大きく転換させ、植民地主義をこの地上から払拭《ふっしょく》したという事実は否定できません」

この談話は金久保が文部政務次官を務めているときのものだった。とたんにアジア諸国から猛烈な抗議が殺到したことはいうまでもない。野党の議席数がいまよりも格段に多かった当時の国会では「釈明し謝罪せよ」という声が強く起こった。

これに対して金久保は一歩も引くことをしないで、むしろ機会を与えられれば、国会の議場で「確信と誇りをもって」自説を開陳したいと言った。謝罪どころか、火に油を注ぐような論陣を張りかねない勢いだった。

まごまごすれば内閣全体の責任問題に発展しかねない騒ぎとなって、やむなく文部大臣名で金久保は更迭され、とりあえず一件落着したが、そのしこりは後々まで残った。その一つの現れとして、歴代総理総裁はすべて、金久保を閣僚に登用することを避けて通るようになった。党務についても同様で、経歴からいえば、とっくに三役人事の候補にのぼってもいい有資格者でありながら、最高位でも副幹事長にとどまっている。

とはいえ、その分、金久保が潜在的に持っている党内外への影響力は端倪《たんげい》すべからざるものがある。議運の理事を務めている頃は、金久保の了解がなければ、通るはずの議案も通らないと言われた。

歴代内閣の浮沈についても、金久保は侮れない力を発揮した。たとえば数年前に、国民の圧倒的な支持を得て誕生した連立内閣の首相が、思わぬ汚職問題で失脚したのも、金久保がキャッチした情報と策謀による。ふつうなら問題にもならないような企業と政治家の貸借関係を、あたかも巨大疑獄事件であるかのごとくに演出し、七十パーセントの支持率を誇る総理大臣の首を刎《は》ねた。

正義感を剝《む》き出しにして怒号するのが、金久保のやりくちだ。テレビ討論などではその姿勢で一方的に喋《しゃべ》りまくる。とくに戦争責任問題などの歴史認識では一歩も引こうとしなかった。極端にいえば、日本は過去において失敗はしたけれども、過ちを犯したわけではない――早い話、「勝てば官軍、負ければ賊軍」という認識だ。

それはそのまま教育全般に対する基本的な考え方に敷衍《ふえん》する。戦後教育の間違いは、教育現場の軟弱な雰囲気がその元凶だと主張した。教える者と教えられる者は、厳然とした上下関係によって立つべきであるものを、民主教育の名のもとに、その原理原則をあいまいにしたことによって、教育秩序が崩壊した――というのである。

教育が軟弱だから家庭内の秩序も乱れる。親子関係もしばしば地位が逆転する。家庭内暴力などはかつての日本では存在しえなかった現象だ。おとな社会が子供社会に侵害され、屈伏しているのが、現在の日本の姿である。子供たちの暴走を、おとなたちは指をくわえて傍観するしか能がない。そもそも、そういう無為無策で臆病《おくびょう》なおとなどもを育てたのが、ほかならぬ戦後民主教育だったのではないか――。

こういった金久保の主張は、彼自身が正義武断の士であることを前提にして語られ、それだからこそ、そういった思想をよしとする人々やグループに諸手《もろて》をあげて受け入れられているのである。

そういう自分の「仕事ぶり」を、文教行政のお膝元《ひざもと》である文部省内の一隅から冷ややかな目で見つめるヤツがいたのかと思うと、金久保は背筋の凍るような不気味さを覚えた。

少なくとも公的な部分では、金久保の生活態度は寸分の隙《すき》もないように見える。金がらみの生臭い話はまったく出てこない。政治資金はすべてガラス張りのオープンだし、特定企業との結びつきなども存在しないかのようだ。そうでもなければ、これほどの傲岸《ごうがん》なやり方をする金久保が、無事ですんでいるわけがない。彼自身がそうであるように、政敵はつねに後ろから鉄砲で撃つようなアラ探しをしているものだ。

その金久保にして、唯一の気掛かりな点といえば、半世紀以上も昔に訣別《けつべつ》したはずの「戦友」たちと、彼らと交わした「盟約」の存在であった。

(亡霊が現れた――)

受話器の奥に飯島昭三の声を聞いたとき、金久保は本気でそう思った。

思えば、これまで三十年を超える政界暮らしの間、ただの一度も「亡霊」の干渉を受けなかったことのほうが不思議というべきなのかもしれなかった。ヤツは律儀にも「半世紀」の沈黙を守ったつもりなのだろう。

その律儀さは笑止千万だが、それだけに、「盟約」を交わした仲間の一人が、とつじょ名乗りを上げたことの真意には警戒を要すると思った。飯島の後につづく者の存在があることを想像すると、あたかもゾンビに直面したような恐怖さえ感じた。

最初の電話に金久保が出たとき、飯島は「いろいろ話したいこともありましてね」

と言った。一別以来――というより、政界に出て以来の金久保について「ご活躍ぶりはつねづね拝見しておりますよ」と金久保の耳には皮肉めいて聞こえるように言ったあと、そう言った。

「話とは、どういったことです？」

金久保は警戒しながら、しかしこっちの地位を誇示する口調で訊いた。

「いや、それはお会いした上で話すとしましょう」

「そういっても、なかなか時間が取れませんのでね」

「べつに急ぎはしません。あなたの都合のいいときと場所を選んで指定してもらえれば、いつでも、どこへなりと参上しますよ」

「分かりました、それならば」と、金久保は以後の連絡を宮下にするよう言って、電話を宮下に回したのだった。

4

「会うことにするか」

結局、金久保は宮下の意見に従うことにした。翌日、都内のホテルの一室に飯島を招いての、ひそかな会談だった。

　予想はしていたが、飯島昭三の変貌《へんぼう》ぶりは金久保を驚かせた。かつての凜々《りり》しい青年士官の面影は想像することさえできない。半世紀という星霜の残酷さを思ったが、それはそのまま金久保自身にもいえることだ。しかし、顔形は老人そのものだが、飯島の直立した姿勢の正しさは、昔の彼を彷彿《ほうふつ》させた。

「やあ、あなたも元気そうですなあ」

　それが金久保の挨拶《あいさつ》になった。ゴルフ焼けの金久保に負けず劣らず、飯島の顔も赤銅《しゃくどう》色に輝いて、足腰もシャキッと、エネルギーが横溢《おういつ》しているように見えた。

「いま、お仕事は?」

「いえ、リタイアしてからこっち、これといった仕事にはついておりません」

「じゃあ、悠々自適ですか。それはやはりゴルフ焼けですかな?」

　飯島の顔を指差して言った。

「は?　いやいやゴルフはしません。もっぱら諸国行脚……そうそう、巡礼なども言われましたな」

　飯島は照れ臭そうに笑った。

「巡礼?　四国八十八カ所ですか?」

「そうではなく、八幡《はちまん》様巡りをしておりますよ」

「八幡？……」

いきなりいやなことを聞いた――と、金久保は脇を向いた。

「それはまた、どうして？」

「五十年を経過しましたのでね、盟友たちの消息を尋ねる旅に出ました」

「ほう、なるほど。そういえばあの仲間は全員が八幡ゆかりの連中でしたな。それでいかがでした、消息は摑《つか》めましたか」

「摑めなかった者もおります。すでに鬼籍に入られた方もある」

しんみりと言ったが、金久保は「誰が？」と訊くほどの興味はなかった。

「そして最後がわしのところですか。だいぶお待たせしてしまったが」

「いや、まだ河治さんも残っています。このあと、秋田へ行くつもりですが」

「そうですか」

飯島が自分と河治との関係を知っているかどうか量りかねて、金久保はあいまいに言葉を濁した。

「ところで、たびたびご連絡をいただいたそうだが、なにぶん多忙なもんで失礼した。それで、ご用の趣は？」

金久保は催促した。予定の時間を区切っていることもあったが、どうせ金久保にとっては憂鬱《ゆううつ》な話題であることは分かっている。それなら早く済ますに越したことはない。

「あなたの政治姿勢について、ひと言ご忠告申し上げたくて参りました」

飯島はそう言った。それまでの笑顔を拭《ぬぐ》い去って、怖いほどの厳しい表情であった。

「われわれが過去に膨大な犠牲を払い、辛酸を嘗《な》めて学びとった知恵を、あなたはすべて虚《むな》しくするような暴論を吐いている。社会にさしたる影響力のない市井《しせい》の老人のたわ言であるなら許せるが、いやしくも文教族のリーダーを任じるあなたのその姿勢は許しがたいですぞ」

「ほほう……」

金久保は苦笑で応《こた》えた。

「それを言うために、わざわざ何度も電話して会いに見えたのですか。それはご苦労なと言いたいが、とんだ迷惑と申しあげる。私が私の信ずるところを唱えて、それの何がいかんと言うのです。思想、言論の自由を侵害することのほうが暴論というものではありませんかね。第一、私のそういう姿勢は、今日この頃始まったわけではない。代議士になってまもなくから、すでにその方向で意見を述べ、運動もしてきた」

「おっしゃるとおり、確かに金久保議員は、新人の頃から右がかった発言をしていましたな。しかしそれはまだ、世の動きに影響を与えるほどの力にはなりえなかったでしょう。だがいまは違う」

飯島は鋭い目で金久保を睨《にら》み、さらに言った。

「いや、いまというのは語弊があるかもしれませんな。すでに二十数年前から、あなたの言動は目に余るものがありましたよ。ことに文部政務次官を経験してからの、確信犯的な文部行政に対する容喙《ようかい》や干渉によって、教育の現場を混乱させた罪はきわめて重いと言わざるをえません」

「ほう、そんな以前から私の一挙手一投足を見ておったのなら、なぜその時点で文句をつけなかったんです？　その間、あなたはいったい何をしておったというんです？」

「私は文部省におりましたよ」

飯島は穏やかに言った。

「ああ、そのようですな。それはつい最近になって知りました。しかし、それにしても、文部次官をやる前から、文部省筋にはかなりの人脈を持っているつもりだったが、あなたとは一度も出会わなかった」

「下級官吏には代議士先生との接点はなかなかありませんのでね」

「下級って……そういえばあなたは課長で退官したのでしたか。そのことだが、終戦後はたしか、帝国大学に戻ると言っておったのじゃなかったですかな」

「よく憶《おぼ》えてますな」

飯島は苦笑して、頷《うなず》いた。

「おっしゃるとおり、私は帝大に復学して、官僚の試験も受けました」

「それだったら、下級官吏どころか、文部省のエリートになっておっても不思議はないのと違いますかな」

「それは志の有無にもよるでしょう。私には志がなかった。少なくとも出世の野望は捨てておりましたのでね。さよう、終戦のときに交わした盟約以来です」

「それは皮肉ですかな」

金久保は鼻の先で笑った。

「敗戦からこっち、中尉のようなエリート士官は、帝国大学に戻ればよかったかもしれんが、私ら下士官は地方に帰ればただのルンペンでしかなかったですよ。きれいごとだけではメシは食えなかった。盟約を後生大事に抱えていては、生きてゆけなかったということですな」

「そんなことはないでしょう。政治をやるのもいい、代議士になるのもいい。どのように生きようと、人それぞれです。しかし、信義に悖《もと》るがごとき行為は、盟約にかけても看過するわけにはいきませんな」

「信義に悖ることとは、つまり文部行政に容喙したという、そのことを言っておるのですか。それでは私に信念を持つなと言うようなもんだ。戦後教育の有り様に疑義ありとするのは、私の一貫した信念でありますぞ。それを主張して何が悪いか」

「それは正義の人の言うことです」

飯島は冷ややかに言った。

「われわれは戦争の犠牲者であると同時に、戦争犯罪の一翼を担った者でもある。それが盟約の根底にあったでしょうが」

「私はあの戦争を犯罪だと思っておらんのですよ」

金久保はうそぶいた。

「そのことは常日頃、言っておることです。それを政治信条に掲げて、選挙民の支持を集めてきておるのですからな」

「それが信念であったのなら、あなたはわれわれ同志を欺いたことになる。それほどの確固たる信念がありながら、なぜあの盟約に参加したのかを問いたいですな」

「それはその場の成り行きというものでしたかな。飯島中尉も吉永《よしなが》中尉も、気負い立って、なんとなく賛同しないわけにいかない空気だったじゃないですか。というより、殺気を感じたせいかもしれん」

「それは詭弁《きべん》というものでしょう。あのとき——というより、敗戦直後は戦争の虚しさと罪悪感で誰もが打ちのめされていた。戦力の放棄、不戦の決意は国民の総意だったはずです。ことにわれわれは、一入《ひとしお》その意識が強かった。むろんあなただって同じだ。僚友の八、九割までを死なせて生き延びた、その教訓を糧《かて》として、日本の悠久の礎《いしずえ》となろうと誓ったことが、その場凌《しの》ぎの嘘《うそ》だったと言うのは、あの盟約にかけて許せませんよ」

「ほう、許せないとすると、どうするつもりです?」

「そうですな、さしずめ失脚していただくことになりますか」

「失脚? この私がですか。ははは、どうやって失脚させるのかな。また例の盟約を持ち出しますか。第一、私が何をしたというんですか。あの戦争の贖《しょく》罪《ざい》をうんぬんするつもりなら、戦争犯罪人が戦後復活して政治の中枢を牛耳ったことはどうなるのか。戦犯追放されていた人間を総理大臣に選んだ日本の政治そのもの、日本国民そのものを糾《きゅう》弾《だん》しなければならんでしょう」

「そのとおり、私もそう思いますよ。しかしそれは日本人自らが決めたことです。われわれにそれを糾弾する権利はない。なぜなら、彼らはわれわれの盟約に加わってはいないのですからな。だがあなたは違う。あなたはわれわれとともに八幡の社前で誓ったのですよ。その神聖な誓約をかりそめなものだったと言うのであれば、それ相応の糾弾を受けなければならない」

「ははは……」

金久保はついに笑った。

「八幡の前の誓約とは、おっそろしく時代錯誤もはなはだしいですな。神国日本の昔ならいざ知らず、いまの時代に八幡も神様もあったもんじゃない」

「それでは、あなたはなぜ靖国《やすくに》神社や伊勢神宮に参拝するのです？　あれも単なる見せ掛け、かりそめのポーズですか」

「………」

「そういうあなたの本音を遺族会の人々が知れば、さぞ愉快でしょうなあ」

「もういい」

金久保はうるさそうに手を横に払った。

「それで、結論は何です？　私に何をしろと言うんです」

「いや、何をしろではなく、何もするなと言いに来たのです」

「ん？　どういう意味です？」

「差し当たり、サッカーくじ法案の提出をやめていただきたい」

「ほほう、いきなりサッカーくじとは、また妙なことを持ち出したもんですな」

「あなたはこれまでにも、さまざまな方法と機会をとらえて、教育行政をねじ曲げようとしてきた。下級官吏である私は、そのつど、できうるかぎりの抵抗を試み、あなたやあなたのグループが狙《ねら》う右傾化を防いできました。あなたたちの目論見《もくろみ》が、文部省や教育現場で必ずしも実現しなかったのは、私のような者たちのささやかな抵抗があったからであることを、たぶん知らないでしょうな」

「いや、それも一応は調べさせてもらった。どうも文部省の風通しが悪いと思ったが……ふん、あなたのような不穏分子がおったのでは、たまったものではない」

「しかし退官してしまったあとは、もはや外野席の片隅から手を拱《こまぬ》いて見ているしかありませんでしたよ。それでもよくしたもので、慰安婦問題での大臣の放言や、侵略に関する保守党幹部の暴言など、自己規制のタガがはずれそうになると、外国からの圧力でシュンとなる。その繰り返しでした。とはいえ今回のサッカーくじ問題だけは、放置しておけばこのまま通りそうな気配になってきた。しかも、その運営を、こともあろうに文部省の管轄で行なおうという。これは日本の教育を悪魔の手に委《ゆだ》ねようとするに等しく、もはや看過するわけにはいきません。幸い、笹岡大臣は良識の人だけに、おいそれとはいかないでしょうが、それも時間の問題。あなたの強引なやりくちがスポーツ議員同盟の鼻面を引き回し、スポーツ界はもちろん、学校関係者まで同調させようかという、いまの勢いを止めるには、リーダーであるあなたを叩《たた》くしかない。そう決意するに至ったのですよ」

「それで……」

金久保はあくびをかみ殺すような声を出した。

「私を叩くとは、いったいどうしようというんです？　叩こうにも蹴飛《けと》ばそうにも、私には後ろ暗いところは何もない」

「それは独りよがりというものでしょう。天知る、地知る、我知る、汝《なんじ》知るですよ。天網恢々《かいかい》とも言いますが。あなたと河治との関係を知る者が下級官吏の中にいたことを忘れないでもらいたいですな」

「河治？……河治がどうしたと？……」

「それは愚問ですな。あなた自身がもっともよく知っていることを、私が答えてもしようがない。さて、だいぶ長居をしましたな」

飯島は時計を見て、立ち上がった。

その瞬間、金久保は殺意を抱いた。いや、ひょっとすると飯島が現れた時点ですでにそうなることを予感していたのかもしれない。短絡的に「邪魔者は消す」というのは、金久保の性格に基本的に備わったものなのかもしれない。戦争では「殺人」を犯すチャンスがなかった金久保は、終戦の日の「事件」で人を殺した。それは、それまで眠っていた彼の性癖を開花させた出来事ともいえる。

いずれにしても、半世紀前に死んだはずの亡霊とは、いくら話してみても言葉が通じるわけがなかった。その亡霊がいまだに生きていて、思い出すことさえなかった「盟約」を持ち出したことのほうが驚異であり、恐怖でもあった。その恐怖から逃れるためには、彼のやり方で「消す」ことしか思い浮かばなかった。

飯島が何をどこまで知っているのか、それは定かには分からない。彼の言っていたことは脅しとも考えられる。しかし、飯島が文部省の官僚だったことと、彼と同年代の帝大卒のエリートたちが、それぞれの役所で中枢にいたことを考慮すれば、どこかに情報ネットワークがあった可能性は否定できない。

河治との癒着を知る者は宮下親子以外にいないと高をくくっていたところに、飯島という「旧悪」までを知る者が現れた。これは完全犯罪のアリバイ工作が崩れたのと同じ程度のショックである。

飯島の自信たっぷりの口ぶりがハッタリでないとするなら、彼は金久保と河治とのあいだに、政治資金を代価とする巨大事業の斡旋《あっせん》が行なわれていたことを、綿密に調べ上げた可能性がある。いや、それればかりでない、ほかの不正についても尻尾《しっぽ》を摑《つか》んでいるおそれさえ感じた。

表面上は文教族で通している金久保だが、じつは建設大臣だった親分の秘書時代に培った人脈は、まさに建設族そのものであることを、マスコミもあまり知っていない。金久保のそういう隠れ蓑《みの》を利用し、彼をクッションにして相互に誼《よしみ》を通じあう政治家とゼネコンが少なくないのだ。

たとえばA県の土木業者がA県選出議員と直接結びつくのは危険だが、仲介役に金久保とその組織が挟まれば、最悪のケースでも、受託収賄ということにはならない。現在ではその「仲間」は多く、河治の場合もその一つの例にすぎない。河治からは秋田県選出議員に、金久保の手を通す形で、間接的に政治資金が渡る仕組みになっている。

むろんその仲介役を務める金久保と彼の組織には、「商談」成立のつど、何パーセントかの仲介料が入ってくる。

もっとも、考えようによっては保守党そのものの体質が、そのような仲介業者的役割を果たしているといえなくもない。ゼネコンなどの企業から集まってくる「政治資金」という名の膨大な汚れたカネは、「党」の名のもとに洗濯され分配されれば、もはや贈収賄にはならないわけだ。たとえ議員たちが企業に対して公共事業発注の「見返り」を行なったとしても、である。

金久保の組織はそれと同じ方式の闇の形態といえる。あるいはゼネコンには属さない、中小の企業と政治家との橋渡し役ともいえる。いずれにしても、金久保や彼を囲む者たちは罪悪感のない、確信犯的な組織であることは疑いがなかった。

金久保の組織の唯一といっていい弱点は、暴力団との繫《つな》がりである。企業や政治家と金による結びつきを強めてゆく過程で、暴力団組織との関わりが生じてきた。彼らは腐臭を嗅《か》ぎつけるハイエナのように、どんなに巧妙に隠したつもりでも、隙間をついて汚職の臭いを嗅ぎ当て、腐肉のおこぼれにあずかろうと近づいてくる。

政治家や企業と暴力団との癒着は、いまに始まったわけではない。かつてはヤクザのボスが政治の世界に進出し、中には代議士に当選したケースもある。大銀行が総会屋と一蓮托生《いちれんたくしょう》の関係にあったのは、とりもなおさず暴力団との癒着の証明である。

暴力団との関係が明るみに出れば、もちろんひとたまりもないが、そんなことはまずありえないし、考えようによっては、暴力団が介在するからこそ、金久保の組織は守られているといえなくもないのだ。少なくとも金久保本人は、暴力団の存在を必要悪だと信じることにしている。

そもそも政治の世界と暴力団組織とのあいだに、何ほどの違いがあるか——というのが金久保の持論だ。金久保にかぎったことではない。口に出してこそ言わないけれど、政治家の多くは暴力団組織が政治に関わっていることを知っている。

Eという元参議院議員が雑誌「H」に「政治家は口では総会屋や暴力団の取り締まりを主張するが、当の政治家が闇社会と癒着しているのに、そんなことができるとは思えない」といった趣旨のことを書いた。彼自身の体験としてそう証言している。Eはまた、政治家とその世界そのものが闇社会的でもあると言っているのである。

日本中で日常的に開催されている競馬、競輪、競艇、オートレースといった公営ギャンブルが、国や地方自治体の財源であるのは、あたかもヤクザがテラ銭稼ぎをするようなものだ。宝くじのたぐいも同様である。あるいは年商三十兆円といわれるパチンコ業界のアガリからも、膨大なカネを税金の形で巻き上げる。何のことはない、国とヤクザはギャンブルの胴元として競合関係にあるのだ。もっとも競合するばかりでない。ヤクザはちゃんと公営ギャンブルと共存する。そうでなければ、暴力団組織が指をくわえておとなしくしているはずがない。

政治家が暴力団と共存してどこが悪い――と金久保は思っている。いや、共存というのが悪ければ、暴力団組織を利用することによって政治目的を遂行する――と言おう。金久保はそういう国家的な大義のためになら、たとえ悪魔とでも手を結ぶつもりでいる。

そんなところへ、飯島のような亡霊がとつぜん出現して、おまえの思想信条は間違っているだの、サッカーくじをやめろだのと、ガキみたいな青臭いことを言いやがって、笑わせるんじゃない――と、しまいには、それこそヤクザじみて腹が立った。

宮下和生のその後の調べで、飯島昭三の人となりがしだいに明らかになってきた。飯島は十五年前に文部省を課長で退官していた。現在の局長クラスがすでに課長になっている時点のことである。飯島を知る者は多いが、彼らの評価は「地味な存在」という見方で一致している。とくに目立った活躍を記憶している者はなかった。出世にも無関心どころか、あえて出世しない道を選んでいたとしか思えない。役所には転勤はつきもののようなものだが、飯島はそのほとんどを辞退した。いや、辞退といえば穏やかだが、その多くは拒否だったという。理由は妻が病弱であることだったが、真意はべつのところにあったかもしれない。いずれにしても、そのために栄転するチャンスを逸したばかりでなく、上司の心証を害して、昇進が著しく遅れたことは確かだろう。

「ただ、部下や同僚を懐柔する術《すべ》には長《た》けていたようです」

宮下の報告によると、飯島は同僚や部下の不満分子を煽《あお》って、ことあるごとに上司に逆らったが、それだけにとくに部下を大切に扱ったということである。部下の失態はすべて自分の責任として被《かぶ》り、ために訓告処分を受けたことが何度かあったという。

「いわゆる狷介《けんかい》というのでしょうか。ある意味ではなかなかの硬骨漢で、筋が通らないと思ったが最後、たとえ上司といえども指示に従わないこともあったそうです」

筋の通らないことだらけの政界に身を置いているだけに、宮下は言いにくそうに話した。それは飯島自身も言っていたことだ。

「アカか」

金久保は苦い物を嚙《か》むように訊《き》いた。

「いえ、共産主義者ではないようです。ときには教科書問題などで、タカ派寄りかと思えるような発言もしていたとのことでした」

「たとえば？」

「そうですね、たとえば、明治期以降、軍国主義時代に至る間に活躍した人物が、戦争がらみとなるとすべて抹殺されてしまったままになっているのは怪《け》しからんということのようです」

「ふーん、ばかなやつだな」

「は？」

「省内でそんなことを言えば、危険分子扱いをされるだろうに」

「はあ、確かに出世の遅れはそういうところにも原因があったのかもしれません。しかし飯島氏のそういうところに同調する人間もそれなりにいたそうで、飯島氏がいたために、上意下達が必ずしもうまくいかないケースを、しばしば招いたということです。君が代問題、日の丸問題に日教組が抵抗した際に、文部省内で必ずしも足並みが揃《そろ》わなかったようなのは、じつはその辺りに原因があると考えられます」

「それじゃ、まるっきり獅子《しし》身中の虫ではないか」

「そうともいえます。役所内で手を焼いたことは事実でしょう。そのためか、部下たちの大半も、やがて飯島氏を敬遠して、最後には孤立するケースが多かったようですが」

「それはそうだろう。現状認識が足りんようじゃ、役人は務まらんさ」

「おっしゃるとおりです。ただ、飯島氏の系譜ではないのでしょうが、文部省というところは、そういう不穏分子の出現する土壌があるようで、いまでも時折、無用な抵抗を試みる連中が現れるそうです」

「ああ、それは聞いておる。しかし、そいつらは地方へ飛ばすか、冷飯を食わせるか、とにかく主流から外すようにさせてあるはずだがな」

「確かにそのようにはしておるようです。それでも、地方へ行った先で、何かと物議を醸すやつがいると聞きました。とくに、このたびのサッカーくじに関しては、県知事とつるんで反対運動を盛り上げようと画策する人間もおります」

「高知か」

「はい、よくご存じで」

宮下は敬意を表したが、金久保は「当たり前だ」とニコリともしない。

「あそこの知事は若いだけに、妙なところで意地を張る。しかし、そっちのほうは早晩、片がつくはずだ。そう言ってきとる。それより、厄介なのは飯島だな。どうしたものか……とりあえず河治と、それに、きみの親父さんに相談してみるか」

「はい、それがよろしいかと思います」

翌日、金久保は河治と日航ホテルで会った。河治は秋田市在住だが、飯島の話をちらつかせると、夕刻前に飛んできた。これまでの経緯を聞き終えたとたん、河治は「飯島は本気だな。ただの脅しではねえ」と言った。

「やつが盟約どおり、半世紀の沈黙を守ったというのも薄気味悪い。その間じっと、おれたちのことを見てやがったんだな。蛇のような野郎だ。このぶんだと、あの一件も持ち出してくるかもしれねえ」

「ああ、そうだな」

　金久保もそれを恐れた。思い出したくもない「あの一件」とは、終戦のゴタゴタの最中に、金久保と河治が上官の大尉を射殺した事件のことだ。大尉が軍の物資を持ち出すところを見咎《みとが》めて、逆に大尉に銃で脅され、発砲する羽目になった。もちろん非は先方にあったことはたしかだ。銃声を聞いて飯島ほか数人の士官が駆けつけたが、事情を知ると、大尉の死を戦死扱いで処理してくれた。

　それだけならいいのだが、その後、大尉がしたのと同じことを金久保と河治はやっている。軍の物資を大量に持ち出し、ひそかに隠匿した。じつをいうと、最初からそのつもりで忍び込んだ倉庫で、大尉と鉢合わせしたというのが真相だったのだ。

　その真相を飯島が知っているらしいという感触は、その直後に、生き残りの仲間八人が「八幡の盟約」を交わして別れるときにあった。飯島と、彼と同じ中尉だった鯉《こい》田という男が、金久保と河治を物陰に呼んで、「おまえたちのやったことは、すべて看過するが、それは祖国の悠久と復興を願うからだ」と釘《くぎ》を刺した。「やったこと」が何を意味しているのかは言わなかったが、大尉射殺事件はもちろん、物資の大量横流しのことを指しているのは、彼らの表情と口調から分かった。

むろん、とっくに時効になったような話だが、どういうものか、金久保にとっては現在やっている悪事なんかより、はるかに気がかりな「旧悪」であった。そのことを河治に言うと、「あんたもそうだったのか、じつはおれもそうだ」と言った。

「間の悪いことに、秋田のおれの生家は、八幡神社の隣だったもんだから、そこに住んでいるあいだはずっと、あの一件や例の盟約のことが気になってならなかった。もっとも考えてみると、あんたもそうだけど、盟約に参加した連中のほとんどが、おれと同様、八幡神社と近い関係があるやつばかりだった。吉永は宮司の息子だったしな」

「ああ、吉永か……」

金久保は思い出した。

「あいつも相当にうるさいらしい。昔もそうだったが、ガチガチで融通のきかないやつだ。高知の片江組が頭にきて、近いうちに黙らせると言っていた」

「黙らせるって、殺《や》るのか？」

河治は首を突き出し、首を絞めるポーズを作った。

「そこまではやらんと思うが、しかし分からない。高知県は新しい知事が若造で頑固なところにもってきて、間の悪いことに、文部省から飛ばされた若いのが知事と同調して、本省に反旗を翻しおるそうだ。それに吉永なんかがつるんで世論を煽っておるに違いない。放っておくと、中央にまで影響が及びかねない。片江組のことだから、ひょっとするとキレるかもしれん」

「そうか、そうしねえと収まらねえかもしれんな。それはいいとして金久保さんよ、飯島のことはどうする」

「ああ、そのほうが問題だ」

「あいつこそ、殺っちまったほうがいいんじゃねえのか」

「おい、そう簡単に言うな」

金久保は反射的に、誰もいるはずのない室内に視線を巡らせた。

「だけど、結論は早く出さねえと、手遅れになるぞ」

「分かっている。しかし、そこまでやる必要があるかどうか」

「ほかに方法があればいいが、あいつの性格からして、なまじな細工はますます傷が深くなるぞ。いまのうちなら、飯島とわれわれの関係を知る者はほとんどいねえ。あいつは単独で動いているんだろう」

「そうらしいな」

「だったら、いましかねえな」

河治は断定的に言った。

「そうだな……」

金久保はまだ踏ん切りがつかない。その点、河治のほうは土建業界で荒っぽい修羅場をくぐってきただけに、思いきりが早いのかもしれない。

「なんだ、あんたはもっとごついことをする男かと思っていたが、案外軟弱なんだな」

笑うような言い方をした。

「ん？　いや、そんなことはないが、あいつも戦友だからな」

「ふん、いまさらくだらんことを言うな。おいぼれたのか」

「ばかな。隠居のあんたに言われたくないね。おれだってやるときはやる」

「そうか、それで安心した。とにかくやるなら早いほうがいいぞ」

「しかし、どうやる。いわゆる完全犯罪でやれる自信はあるのか」

「完全犯罪か。ふん、おれたちはそんな面倒なことは考えたこともねえ。うるさいやつは穴を掘って放り込んでしまえばいいと思っていたが」

「おい、あんた、そんなことばかりやってきたのか」

「ははは、戦後のゴタゴタしてた頃は、そういうこともあったという話だ。しかし、たぶん問題ないだろう。さっきも言ったように、いまのうちなら、飯島とわれわれの結びつきは誰も気づかねえし、飯島にも油断があるだろうしな」

「そうかな、飯島にしたって、用心ぐらいはするんじゃないのか。おいそれと、こっちのお膳立《ぜんだ》てに乗ってくるかどうか」

「いや、あいつには弱点がある」

「何だ、弱点とは」

「八幡信仰だ」

「八幡信仰？」

「ああ、そうだ。さっき聞いた話だと、八幡神社を巡礼しているそうでねえか。やつは八幡の存在を絶対だと信じているんでねえのかな。だいたい、五十年も昔のばかげた約束を、いまでも後生大事に抱えている時代錯誤が異常でねえか。八幡様に拠《よ》っていれば間違いねえという潜在意識があるんだな。ほれ、塀に鳥居の絵を描いておけば、誰も小便をかけねえだろうという、あれと同じだ」

「はははは、つまらない冗談はよせ」

「いや、おれは真面目だよ。飯島は基本的に性善説の持ち主だった。それはいまでも変わらねえんだろ。話せば分かると思い込んでいる。世の中、そんな甘いやつばかりでねえことを、教えてやんねえといかんのだ」

河治は背を丸めて、怖い目をジロリと金久保に向けた。金久保は顔をしかめて視線を逸《そ》らした。

「分かった。だが、どうやる？」

「そうだな……あんたんとこの秘書に相談してみたらどうだ」

「宮下か」

「ああ、それも親父さんのほうがいい。あんたには借りがあるんだから、いやとは言わんだろう。おれも協力するよ。そのときはいつでも言ってくれ」

そういう話にはなったが、金久保はまだ、そこまでやるか——と、いくばくかの後ろめたさがあった。それに、河治はこのところ、歳のせいか万事が短絡的に、堪《こら》え性《しょう》がなくなっている。息子に社長の座を譲って、自分は会長に退いたのも、それを自覚したからだろうと思っていた。

しかし、考えれば考えるほど、河治の言ったとおりだという気もしてくる。飯島と接触していることが、第三者に知れてからでは遅すぎることは確かだ。

金久保は金沢に戻って宮下亨裕に相談した。終戦時の「事件」についても、ある程度は打ち明けた。河治が言った八幡信仰の話をしたとき、亨裕は笑うどころか、ひどく厳粛な顔であった。

「驚きましたな、いまどきそういう人間が存在するとは。確かに河治さんが言うように、異常といってもいいかもしれません。これは説得のきく相手ではありませんよ。きわめて危険です」

「うん、河治の意見も同じだ。あいつは殺れと言っている」

金久保は河治を真似て自分の首を絞める真似をした。反射的に亨裕は視線を落とした。かつての「親分」の死を連想したのかもしれない。

「そうですね、そうするのが最善だと思います」

「そうかな、危険じゃないかな」

「どちらがより危険かということでしょう。放置すれば先生の政治生命は確実に失われます。彰一さんにももちろん、影響は及ぶでしょうな。いや、河治さんの被害も、それに、関係された諸先生方にも累が及ぶことを思わなければなりません。サッカーくじ法案どころの騒ぎではありませんな」

「うん、そうだな」

金久保は自分と河治とが組み上げた集金システムの全体像を思い浮かべた。その瞬間に殺意は決定的なものになった。老獪《ろうかい》な宮下亨裕が河治の考えを支持したことで踏ん切りもついた。一抹の不安はあったが、さりとてほかに手段の余地があるとも思えなかった。

「殺るにしても、どうやる？　推理小説のような完全犯罪ができるのか？」

「それはなんとかしますのでご心配なく。あとは息子や河治氏と相談して、後顧の憂いのないようにやります」

宮下はまるで葬式の手配でもするような、穏やかな口調で言った。

5

金久保代議士秘書の宮下和生から飯島昭三に連絡があったのは、飯島が金久保を訪問してから一週間ばかり後のことである。宮下は丁寧な言葉遣いで「まことに勝手な申し出で恐縮でありますが、金沢にお越しいただくわけには参りませんでしょうか？」と言った。

「はい、金久保があらためてお会いしたいと申しております」

「金沢へ？」

「ご用件は？」

飯島は警戒を露《あらわ》にして、訊《き》いた。あの金久保のことだ、にわかにそんなことを言ってくるのは、何か魂胆があるのかもしれない。

「詳しいことは存じませんが、先日お越しいただいた件について、折入ってお話ししたいとのことであります。しかし、それはともかくといたしまして、一度、金沢にお遊びがてらお越しいただいて、ぜひ一席をと……」

「いや、そんなことはしていただかなくて結構です。しかし、折角そうおっしゃっていただくのであれば、お邪魔しましょう。いずれは金沢へも行くつもりでいましたからな、秋田へ行くついでに、寄らせていただきましょう。たしか、金久保さんのところは金沢駅近くの八幡神社の隣でしたな」

「はい、よくご存じで。現在は若干、以前のところより離れておりますが、八幡様の前まで、私の父親がお迎えに上がります。申し遅れましたが、父親は地元の金久保事務所に勤めております」

日時を打ち合わせて電話を切った。

金沢は飯島にとって初めて訪れる土地である。若い頃、石川県庁への出向の内示があったとき、断っている。理由は「妻が病弱なため」だったが、じつはそこが金久保の郷里であることが本当の理由だ。そのことがあって、飯島は出世コースから外れた。

金沢駅頭に佇《たたず》んで、飯島は若き日の潔癖な自分を思い出して苦笑した。

ホテルにチェックインして、約束の午後七時ちょうどに八幡神社へ向かった。宮下秘書が言っていたとおり、ほとんど待つ間もなく、彼の父親、宮下亨裕がやってきた。飯島よりはいくらか年長かと思える老人であった。日は暮れて、辺りは薄闇《うすやみ》が立ち込めていたが、かなり遠くから飯島と認めていたのか、腰を屈《かが》めるようにお辞儀をしながら近寄った。

「どうも、お待たせして申し訳ありません」

挨拶《あいさつ》し、名乗って、「すぐ近くですので」と先導して歩きだした。見るからに好人物という印象であった。

神社から二百メートルほど離れた雑居ビルの二階の窓に「金久保章事務所」と、ばかでかい文字で書いてある。その窓だけ、まだあかあかと明かりが灯《とも》っていた。

事務所にはしかし、宮下以外には誰もいなかった。「女の子が帰ってしまったもんで、粗茶ですが」と、宮下が自らお茶を淹《い》れてくれた。「どうぞお構いなく」と、飯島は恐縮した。

「早速ですが、金久保さんはどちらですかな?」

飯島はお茶をひと口啜《すす》っただけで、すぐに用件を切り出した。宮下の応対ぶりに不満はないが、事務所に行けば金久保に会えると思っていただけに、金久保の姿が見えないことは気に入らなかった。

「申し訳ありません」

宮下はまた謝った。

「それがですね、じつは金久保は昼過ぎに秋田へ向かいまして」

「秋田へ?　というと、河治氏のところですか?」

「はいそうです。数日来、私に対していろいろ相談がありまして、昨夜に至って結論を出したということであります。そのことで河治さんにご了解をいただこうと」

「結論といいますと?」

「引退です」

「ほう……」

飯島は意外な言葉に目を丸くした。このあいだの様子からいって、金久保がそこまでの決意を固めるとは思ってもいなかった。むしろその逆の状況を想定してやってきたつもりだ。金久保がどこまでも我意を通し、あるいは我欲を貫こうとするのなら、それなりの覚悟をもって臨もうとしてきた。それが掌《てのひら》を返したようなこの急変ぶりとは……。

「何かありましたかな？」

相手の表情を窺《うかが》うように、訊いた。

「はあ……」

宮下は顔を曇らせて、脇を向いた。言うべきか言わざるべきか、逡巡《しゅんじゅん》している。

「せっかくここまで来たのですから、お話ししてくださってもよろしいでしょう」

飯島の催促で腹を決めたらしい。

「一つには、飯島さんのご意見に動かされたということはあるようでした」

「私の？」

ほんとかな――という気持ちを込めて訊き返した。

「はい」と宮下は頷《うなず》いた。

「金久保はタカ派を売り物にして政界に出ておりますが、正直言いまして、それほどの強心臓というわけではありません。むしろ、どちらかといえば繊細な神経の持ち主で、細かいことに気を遣いすぎるところがあります。私は直接その場におったわけではありませんので、詳しい事情は存じませんが、飯島さんの来訪は金久保にはかなりのショックだったようです。戦後、半世紀を過ぎたとはいえ、当時の記憶は薄れていないのだそうです。それに、飯島さんが指摘された旧悪なるものも、事実あったことを認めておりました。『亡霊が現れたようなものだが、これが潮時だろう』と笑っておりました」

「私は亡霊ですか」

「いえ、そういう意味ではなく、戦争の記憶そのものが亡霊だと言ったのでしょう。しかし、金久保が引退を決意した本当の理由は、じつはほかにあるのです」

宮下は言葉を切って、しばらく間を置いてから言った。

「金久保はガンです。じつは、飯島さんとお会いしたその日に検診を受けまして、ガンを告知されました」

「本当ですか？」

「本当です。もちろん外部の方にそのことを洩《も》らすのはこれが初めてですが、飯島さんのこととガン告知が重なって、ショックがきつかったと思います。金久保はそれもまた運命だろうと慨嘆しておりました」

「かなり悪いのですかな？」

「進行性で、余命は長くても半年とか」

「………」

飯島は言葉を失った。

「金久保としては、動けるうちに後継のことを決めておきたいということです。金久保には県議会議員の子息がおりまして、金久保もわれわれも、彼を後継者とする方針です。金久保はそのことを河治さんに伝えるために、秋田へ行きました」

「しかし、選挙区と関係のない河治氏のところへ行っても、意味はないのでは？」

「金久保は地元には資金源がないのです。初出馬のときからクリーンなイメージで売ってきましたのでね。個人的なカンパはありますが、いわゆる企業や組織のヒモつきのカネは一切受け取らない主義を表明して、それで女性層などを中心に人気を得てきました。地元の面倒は見るけれど、その見返りを要求することはしない。そういう金久保を資金的に支えているのが、飯島さんもご承知のとおり、河治さんなのです。たしかにそれは、ご指摘のように裏金であることは事実です。しかし同じ裏金でも地元から受けるのはよくて、選挙区外からのものは悪いということはないでしょう。しかも、特定の請託があるわけでもありませんし」

「それは詭弁《きべん》というものでしょうな。おまけに、金久保氏の場合は単純な献金ではなく、他の議員も巻き込んだ組織的なカラクリによっている」

飯島は眉《まゆ》をひそめて言った。

「はい、おっしゃるとおりです。さすがによくお調べになっておいでです」

宮下は悪びれずに言って、苦笑した。そういう率直さには好感が持てた。

「そうは言いましても、金久保が政治を続けてゆく上では、その程度のことは目を瞑《つむ》っていただかないと、やっていけなかったのも事実です。しかし、ともあれ金久保はすでに引退を決意しました。引退後は子息のために、引き続き応援をというのが、今回の秋田行きの目的であり、河治さんもそれに応《こた》えてくださるはずになっています。それすらも許せないとおっしゃるのかどうか、それは飯島さんの胸三寸ではありますが」

言い終えて、宮下はやや上目遣いに、飯島の顔をじっと見つめた。

「いや」と飯島は首を振った。

「私といえども、そこまで清廉潔白を要求するものではありません。眼目はただ、金久保氏が従来の政治信条や手法を控えてくれることであったのですから、彼が引退をするのであれば、その後継者に対してまで、干渉しようとは思いません。いまはむしろ、金久保氏が思いがけず早い引退を決意したことに驚いているのと同時に、彼の健康を気遣いたい思いばかりですよ」

「ありがとうございます」

宮下は深々と頭を下げた。

「早速、連絡がつきしだい、そのお言葉をお伝えすることにいたします。金久保もさぞ感謝することでありましょう」

「河治氏の会社は秋田市でしたね。金久保氏はそっちへ向かったのですか？　もしそうであれば、私も明日、秋田へ行く予定でおります。このあいだ、金久保氏にそう言ったのだが、今回の旅のもともとの目的は、河治氏に会いに行くことでした」

「あ、さようでしたか。それでしたらぜひお会いになっていただけるとありがたいですね。河治さんは郷里の仁賀保《にかほ》町というところに滞在しておられますので、金久保とはそこで落ち合う予定です。そちらへいらっしゃるといいと思いますが。明日の列車の時刻を教えていただければ、落ち合う場所を決めて、私の息子がお迎えに行くようにいたします」

「それなら仁賀保駅ではいかがかな？」

「あ、それはちょっと具合が……なにぶん、金久保の秋田行きは非公式どころか、いろいろ憚《はばか》りの多いことでして」

「なるほど、そうでしたな。それでは、きょうと同じ八幡神社はいかがかな。仁賀保八幡神社は、河治氏の実家の隣だったはずだが」

「よろしいと思います。では、八幡神社の前でということで」

明日の列車の時刻を打ち合わせて、飯島は金久保事務所を引き上げた。少し遅くなった食事を一緒に、と誘ったが、宮下は残務がありますので――と断った。

ホテルへ帰る夜の街は侘《わび》しく、うそ寒かったが、飯島の気持ちは久しぶりに晴れやかなものであった。


飯島が帰ったあと、宮下は金久保と連絡を取っている。予想し計画したとおりの展開になりすぎたことを、多少、薄気味悪く思いながら、上々の首尾を伝えた。

「怪しまれたようなことはなかっただろうな?」

金久保は用心深く訊《き》いた。

「ありません。すべて飯島氏の側からの申し出を受ける形で、仁賀保八幡を待ち合わせ場所に指定しました」

「そうか、ようやってくれた。おれも河治もここしばらくは東京を離れないことにする。あとは和生がうまくやるだろう。すべては河治が手筈《てはず》を整えて、現場には彼の部下の小沢祥一《おざわしょういち》というのが待機しているそうだ。あんたも明日の晩は少し派手に遊んで、せいぜい女どもに記憶されるようにすることだな」

「はあ、どうも私はそういうのは苦手ですが、今回は節を曲げることにします」

「ははは、それがいい」

代議士と忠実な秘書は、空疎に笑った。笑いを収めて、金久保は「ところで、体のほうはどうかね?」と訊いた。

「はあ、ご心配いただいて申し訳ありません。いまのところはなんとか大丈夫です」

「やはり手術はしないのか」

「はい、このままいけるところまで行きたいと思っております」

「頑固なことだな……しかし、それでは半年だというのだろう?」

「半年あれば十分です。いささか長く生きすぎたような気がしております」

「そうかな、おれには考えられんが……あ、そうだ、肝心なことを忘れるところだった。次の次あたりの選挙では、和生をおれの後継に立てることになるだろう。その準備をそろそろ考えておいたほうがいい」

「えっ、まだそんな時期では……」

「いや、おれもトシだよ」

「もしそういうことでしたら、彰一さんを擁立させていただきます」

「彰一か、あれは脆弱《ぜいじゃく》でだめだ。とてものこと、国政に参与する器ではないよ。県会議員が精一杯だろう」

「しかし……」

「いいから遠慮するな。あんたには長いことお世話になった。感謝している。和生を後継にするぐらいの恩返しはさせてもらうよ。それに、あいつは見どころがある。おれを上回るワルかもしれんしな。ははは……」

「先生……」

　宮下は声が詰まった。七十五年を生きてきて、これほど感動したことはなかった。自ら志願したとはいえ、息子を殺人者に仕立てることの後ろめたさも、金久保のひと言で吹き飛んだような思いであった。

「ありがとうございます」

「なんだ、泣いているのか。あんたらしくもない」

　金久保は笑って電話を切った。

第三章　秋田路

1

その日、秋田県地方は「五月晴《さつきばれ》」そのもののようによく晴れ渡った。

北西の季節風が吹きつのる冬のあいだは、間断なく押し寄せる雪雲に覆われる。

南風が吹き始める四月から梅雨の頃まではこうした快晴に恵まれる日が多い。日本海は波穏やかに銀色の光を浮かべ、田園には霞《かすみ》たなびく朝であった。

秋田県由利《ゆり》郡金浦《このうら》町――と聞いても、県外のほとんどの人は知らない名前だろう。しかし、あの南極探検で有名な白瀬《しらせ》中尉の生まれ故郷と知れば、「へえー」と思うに違いない。白瀬の生家・浄蓮寺《じょうれんじ》は町内の名所として大切に整備され、いまも訪れる人が多い。

白瀬は明治四十五年、二百四トンの木造船で南極圏に突入、上陸して南緯八十度まで進んだが、当時の貧弱な装備では南極点到達は断念せざるをえなかった。日本人が南極点に到達したのは、昭和四十三年。白瀬の壮挙から五十六年後のことである。

金浦町は日本海に面した、人口五千人ほどの小さな町で、芭蕉《ばしょう》の「奥の細道」で名高い象潟《きさかた》はすぐ南に隣接する。この辺りは雪国秋田の中では、気候が比較的温暖なところだ。そのために、良質米の反収が高いほか、野菜など農作物にも適している。また金浦漁港は県下第二位の水揚げを誇る。ハタハタ、カレイなど近海物が多く、この地方の水産物の集散地でもある。

ＪＲ羽越線金浦駅のホームに立つと、町の家並み越しに、手の届きそうな大きさで鳥海山がそびえ立つ。五月なかばの鳥海山は頭にまだたっぷり雪をかぶり、霞《かすみ》立つ下界に秀麗な裾《すそ》を広げている。金浦はその裾が日本海に切れ込むところにある町だ。

市街地は金浦駅の西側――駅と港に挟まれるように、小さくまとまっていて、町を出はずれるとすぐ、田や畑、果樹園などの田園風景が広がっている。

この時季は農作業が一段落ついた頃だ。田植えは五月初旬――ゴールデンウィークの最中に行なわれる。ほとんどの農家が兼業化し、働き手がサラリーマンである現在は、ゴールデンウィークこそが最大の農繁期になる。休みを利用して都会から手伝いに馳《は》せ参じる若者たちもいる。

金浦町は鳥海山の雪解け水に恵まれ、町の東縁を流れる川はその名も床しい「白雪《しらゆき》川」という。鳥海山系の伏流水が至るところで湧き出し、その水に育《はぐく》まれ、全域が良質米の産地だ。とりわけ、町の北部・黒川地区で穫《と》れたササニシキは、米どころ秋田県の内でも、ずば抜けた高値を呼ぶ米である。

その黒川地区の南部に「竹嶋潟」とよばれる大きな沼がある。名前の由来は、沼の中央に竹の繁茂する島があることから来ている。竹嶋潟には古くから伝わる「大蛇伝説」がある。それも、かなりの信憑性《しんぴょうせい》をともなって語り継がれたものだ。

伝説の最初は八代将軍吉宗《よしむね》の頃、黒川村の農民・佐々木治兵衛が竹嶋潟を干拓しようとして堤防工事にかかったところ、工事があと少しで完成するという夜、轟音《ごうおん》とともに堤防が崩れ去った。その後、何度も工事をしたが、そのつど堤防は崩壊し、これは沼に棲《す》む大蛇の祟《たた》りだ——という噂《うわさ》が立ち、工事は取り止めになった。そこで治兵衛は愛馬を潟に埋め、大蛇の祟りを鎮めて、ついに堤防を完成したという。

明治十二年には、同町の斉藤家の息子熊吉が、中島で竹を盗伐してタライ舟で沼を渡ろうとしたとき、舟の中に無数の蛇がトグロを巻いていた。熊吉はほうほうの体《てい》で逃げ帰ったが、その途中にわかに水が波立ち騒ぎ、空が黄色く変色した。その後まもなく、熊吉は原因不明の死を遂げた。

竹嶋潟の大蛇伝説のもっとも新しいものは大正六年九月二十二日——と、はっきり日にちまで特定している。この日、黒川の佐々木留吉がカモ猟をしようと、仲間を連れて中島に渡ったところ、とつぜん猟犬がおびえ吠《ほ》えたてた。沼一面のハスの葉がゆらめき、血なまぐさい風がサーッと吹きつけた。猟師たちは、これは大蛇の祟りだと逃げ帰った。それ以後、竹嶋潟は殺生禁断の地となり、付近の人々は近寄ることさえしなくなった。

五月十八日の早朝、その殺生禁断の竹嶋潟に、こともあろうに人間の死体が浮いているのが発見された。

金浦駅から北へ徒歩十分ほどのところに勢至《せいし》山という小山がある。標高はさほどでもないが、山頂からの眺望はひらけ、日本海の飛《とび》島や、遠く男鹿《おが》半島も一望できる。秋田県内で開花がもっとも早い桜の名所でもある。

勢至山を中心に、北の竹嶋潟、南の観音潟を含めた広大な地域を、町は「勢至公園」として整備した。山中に西国三十三カ所めぐりになぞらえた三十三体の観音像を配置するなど、お年寄りも散策を楽しめる、町営としてはかなり規模の大きい公園だ。

竹嶋潟は国道7号のバイパスによって公園の北東側に分割された恰好《かっこう》になっている。

沼の周囲はおよそ一キロ。観音潟よりも規模が大きい。竹が茂る中島の景観や大蛇伝説で、松や杉などの常緑の樹木も形よく繁って、観光資源としてはこちらのほうが有望だとする説もあるほどだ。

竹嶋潟の北側には白瀬南極探検隊記念館がある。黒川紀章《くろかわきしょう》が設計した円錐《えんすい》型ドームのユニークな建物だ。ドームは氷山を、ドーナツ型の建物は探検隊のチームワークを表現したものという。館内には白瀬隊と南極の資料が実物や映像で展示演出されている。

沼の北東側一帯には民間企業の野球場、陸上用グラウンド、テニスコートなど、スポーツ施設が建設されている。合宿用の宿舎もあり、ときには旅行客や、一般市民も利用することがある。

竹嶋潟の周囲をめぐる道路のほとんどは未舗装で車の往来はめったにない。一周が一キロちょっとという距離も手頃で、ジョギングやマラソンの練習コースになっている。

この朝も、役場職員の佐々木道信《ささきみちのぶ》がジョギングで沼を周回していた。秋に行なわれる町民スポーツ大会のマラソンで、彼は役場の代表に選ばれるはずであった。

ちなみに彼の「佐々木」という名前は、前述の大蛇伝説に登場する「佐々木留吉」

と同じだが、直接の関係はない。この町にかぎったことでなく、秋田県の南部地方には、佐々木姓がむやみに多いのである。

佐々木は黒川の集落にある自宅から車で出勤する途中、沼を三周することにしている。スポーツ施設の前に車を置いて、時計回りに沼を三分の二周したところで、何の気なしに沼を見て、岸から五メートルばかりのところに人間が浮いているのに気づいた。

はじめはまさかその物体が人間だとは考えもしなかったが、五、六歩行き過ぎて気がついて愕然《がくぜん》とした。

「物体」はうつぶせの状態で、背中から尻《しり》の辺りまでを水面に現している。長いこと見つめていたがピクリとも動かないから、すでに死亡していると分かった。

佐々木はそう臆病《おくびょう》な性格ではないが、さすがに体が震《ふる》えた。周辺を見回したが人影はなかった。この季節、早朝の気温はまだ低く、よほどの物好きでもないかぎり、沼に遊びに来る者はいない。

佐々木は車に戻り、スポーツ施設の管理人を叩《たた》き起こした。すぐに電話で一一〇番すると、まもなく駐在の菊地《きくち》巡査が飛んできた。「菊地」も秋田では多い名前だ。九州肥後の菊池氏が滅亡した後、一族が奥州に移住した子孫という説がある。「菊池」

と「菊地」とがどう違うのかは分からない。

菊地巡査は三十一歳。四年前に当地に赴任した。元来は刑事が志望だったが、若いうちに結婚して、妻のために平穏な道を選んだ。それだけに、変死事件の発生に、少なからず興奮ぎみだったことはたしかだ。

佐々木は菊地巡査を案内して、死体発見現場へ向かった。佐々木以外に死体に気づいた者もなく、現場は手つかずの状態で「保存」されていた。二十分遅れで、所轄の象潟署からパトカーと鑑識車が到着した。

象潟は「奥の細道」で有名だが、人口は一万五千に満たない町である。警察の規模も人員が約二十名と小さく、刑事課は単独でなく「刑事防犯課」の捜査係に五名の専任刑事がいるだけである。刑事防犯課の課長以下八名と、交通課のスタッフを駆り集めて、総勢十二名が実況検分に参加した。

写真撮影などで現場の状況を手早く記録して、死体の引き揚げ作業にかかった。竹嶋潟にはかつてはハスなどの水生植物が繁茂していたが、草魚がむやみに殖えて水草を食い、沼は浄化作用を失って水溜《た》まり状態。水質はしだいに悪化するばかりだ。

ドロンと淀《よど》んだ水に浮いていた死体の主は老人であった。推定年齢は七十代半ばだろうか。薄手の生地のコートにジャケット、ノーネクタイ。どちらかといえばカジュアルな服装だ。髪はかなり白いが、顔だちはしっかりしていて、無残な死体でありながら、どことなく上品な印象を与える。

所持品はなく、ネームなど、身元を示す手掛かりになるようなものもなかった。

現場での検視によれば、死亡時刻は昨夜半から未明にかけて——と推定された。死因は溺死《できし》——。

「溺死ですか？」

捜査係長の松本《まつもと》警部補は思わず訊《き》いた。松本はこの春、象潟署に転任してきたばかりで三十五歳。警部補としては若手といっていい。

顔に馴染《なじ》みのない若造から疑問符つきの言葉を投げられ、検視に当たった野中《のなか》医師は不愉快そうに「そうだ、間違いねえな」と言った。野中は金浦町で三代つづく医者で、祖父の代からしばしば警察医を務める。この町の人間のことなら、どこどこのカミさんの尻にホクロがいくつあるか——にいたるまで、知らないことはない。

「肺にかなりの水を吸い込んで、胸を押したらば、チャップンチャップンいってる。嘘《うそ》だと思うんなら、解剖結果が出るまで待ったらいいんでねえか」

「いや、嘘だなんて言ってませんよ」

松本は慌《あわ》てて言った。

「そうでなくて、こんだ沼で溺死するなんて、おかしなことだと思っただけです」

竹嶋潟の水深は、深いところでもせいぜい五メートル程度。死体の浮かんでいた辺りなら、足が届くはずだ。

「どういう状況で死んだか知らねども、死因が溺死であることには、まず間違いはね。それ以上のことはあんたたちが調べればええでろ」

野中医師はそれだけ言うと、さっさと引き揚げてしまった。

死亡した老人の着衣には多少の乱れはあったが、はげしく争ったためにできたような乱れとは認められない。その点からいえば、事故死か自殺とも取れるのだが、身元を示す一切の物がない点は不審といえば不審だ。

「やはり殺しだろうな」

刑事防犯課長の上原《うえはら》警部が、独り言のように呟《つぶや》いた。松本は耳聡《みみざと》く、即座に「そうでしょうね」と応じた。

「ただ、その割に表情に恐怖感が見られないことが気にはなりますが」

「そうかな、ずいぶん顔を歪《ゆが》めているように見えるけどな」

「いいえ、苦しそうではありますが、これは恐怖感ではないと思います。どちらかというと、覚悟の上で死んだような印象です」

松本は気張って繰り返した。

「覚悟の上ねえ……」

上原課長はあらためて死体の顔を見下ろした。そう言われてみると、たしかに、死人の表情は歪んでいるが、それは苦痛に耐えるものであって、恐怖にひきつったときのものではなさそうにも思える。

「自分は以前、暴力団同士の抗争事件で刺殺された男の顔を見たことがありますが、両眼は目ん玉が飛び出しそうに開かれ、口は顎《あご》がはずれるほど歪んでおりました」

松本は自信たっぷりに主張した。

「というと、きみは他殺ではないと考えるのかね？」

「いえ、他殺には間違いないと思いますが、どうしてこんなに恐怖感がないのかと、それが奇妙に思えるのです」

「そうか。まあ、とにかく他殺と断定していいということだな」

殺人事件の捜査を行なうとなれば、弱小の象潟署だけでは手に負えない。

午後三時までには最寄りの本荘《ほんじょう》署および県警本部からの増援部隊が到着し、現場周辺一帯での遺留品捜しと、付近での聞き込み捜査を開始したが、日が落ちるのと同時に捜査は打ち切り。目ぼしい収穫は何もなかった。

まず死者の身元確認の作業を急いだ。金浦は小さな町だから、地元の人間であればことは簡単だが、由利郡内からさらに秋田県内まで範囲を広げるとなると、身元が判明するまでかなり時間がかかりそうだ。まして県外の人間だとすると、家族等から捜索願が出るのを、ひたすら待つほかはない。もし身寄りがなければ、永久に身元不明のままになりかねない。

午後七時から開かれた捜査会議では、殺人事件と断定するかどうかが検討された。象潟署の松本捜査係長や県警側のスタッフの一部から慎重論が出たが、大勢としては殺人事件と見て捜査する方針に決まり、象潟署長の猪俣《いのまた》警視を捜査本部長、県警本部捜査一課・小池《こいけ》警部を捜査主任に据え、象潟署内に「竹嶋潟殺人事件捜査本部」が開設された。

2

殺人の動機として第一に考えられるのは、盗み目的による犯行——つまり強盗だが、それにしては金品ばかりでなく、ハンカチや手帳、名刺入れ等、たぶんポケットの中に所持していたであろう物品を、洗いざらい持ち去ったことがちょっと腑《ふ》に落ちない。

あたかも身元を隠す狙《ねら》いがあったように思える。

もしそうだとすると、単純な強盗殺人事件ではなく、怨恨《えんこん》による計画的犯行と見なければならない。それと殺人の犯行現場がはたしてあの場所かどうかも疑問だ。

死体に外傷がない点から見て、死因は水死と考えるほかはないが、竹嶋潟の岸辺は地面が露出している。死体が浮いていた辺りの道路は舗装されているものの、もし争ったあげく、沼に倒れ込んだものであれば、それらしい痕跡《こんせき》が岸辺に残っているはずである。

第一犯行現場はまったく別の場所で、犯人は被害者を何らかの方法で「水死」させてから、竹嶋潟まで死体を運び、遺棄した可能性があった。

その推測は解剖の後に行なわれた肺の中の水の成分検査の結果ではっきりした。

被害者の肺に吸い込まれた水と竹嶋潟の水とは、真水である点は共通しているが、死体の体内の水に含まれている内容物――とくに腐食した植物繊維等――で歴然とした相違点が見られた。死体が吸い込んだ水はハスなどの水草が豊富に生えている湖等の水であると指摘された。

となると、被害者は別の沼か湖で「溺死」させられたものである可能性が出てきた。いずれにしても、この時点で事故死及び自殺説は完全に消えたことだけはたしかだ。

「犯人が死体をわざわざ竹嶋潟に運んで遺棄したのは、第一犯行現場を隠す目的だったことは疑いがない」

小池警部は断定的に言った。

「死体遺棄だけが目的であるならば、広大な日本海のほうがむしろ簡単だが、死体が発見された場合、肺や胃に飲み込まれた水が真水であることがすぐに分かってしまう。それを避けるために竹嶋潟を死体遺棄の場所に選んだのだろう」

この意見にはほとんどの人間が「なるほど……」と同調したが、一人、松本だけが首をひねった。

「しかし主任さん、もしそうであるならばですね、なにも竹嶋潟でなくても、川でもどこでもよかったんでないでしょうか」

「それは、犯人に土地鑑があったためではないのか。足跡などを残さないような場所を選んだことから見ても、犯人は竹嶋潟のことを熟知している人物と考えることができる」

竹嶋潟周辺は公園地区で人家はない。スポーツ施設には管理人が常駐しているが、沼の反対側の現場までは遠く、ここで何かがあっても気がつかない可能性はあった。まして深夜、寝込んだあとは、夜行列車が通っても目覚めたりしないものである。

竹嶋潟の近くを国道7号のバイパスとJR羽越線が走っているけれど、通行中に現場付近を目撃するのは不可能だ。また、この季節に深夜の公園を訪れる者があるとは考えにくい。そういった条件を熟知しているとなると、たしかに小池警部の言うとおり、犯人には十分な土地鑑があるということになる。

がぜん、犯人地元説が有力になってきた。被害者は金浦町の誰かを訪ねて来て殺された可能性が強い。翌日の朝から、住民に対する目撃情報集めに全力が注がれた。

被害者の身元は意外に早く判明した。東京碑文谷警察署から秋田県警を通じて、行方不明者についての照会があった。事件を報じるニュースを見た家族が問い合わせてきたというのである。

照会の対象になっている人物は東京都目黒区碑文谷――に住む飯島昭三、七十四歳。年齢はほぼ被害者と一致する。

問い合わせしてきたのは、飯島昭三の長男で東京都北区に住む飯島弘《ひろし》。彼の話によると、父親は五月なかば頃に旅行に出たあと、金沢のホテルからの電話を最後に、連絡が途絶えているということである。

警察は直《ただ》ちに顔写真、指紋等を相互に電送しあって、被害者がほぼ飯島昭三に間違いないことを確認した。

東京からは飯島弘と妻の洋美《ひろみ》が身元確認に現地を訪れた。飯島は都内の私立高校で数学の教師をしている。洋美のほうも別の中学で保健室に勤務する共働き夫婦だそうだ。それほど飛び抜けて美形——というほどではないけれど、顔だちの整った、品のいい中年夫婦である。

飯島夫妻は、病院の遺体安置所でひと目被害者の顔を見た瞬間、顔面を蒼白《そうはく》にして、全身をこわばらせた。二人ともすでに四十歳を越えているだけに、取り乱したり涙にくれることはなかったが、むしろ驚きと恐怖が悲嘆を上回ったような印象があった。

「いったい、誰が、どうして……」

飯島は、身元確認に立ち会った松本警部補に、まるで目の前に犯人がいるかのような憎悪のこもった目を向けて、言った。

「それは警察としても知りたいことなのですがね」

松本はぶぜんとして答えた。

飯島弘に対する事情聴取の結果、つぎのようなことが判明した。

飯島昭三は本籍地も現住所も東京都目黒区碑文谷である。無職で、八年前に妻と死別して、それ以来の独り住まい。仕事は十五年前に文部省を退官してからは、とくに決まった職業に就かず、いわば悠々自適の生活だったようだ。

「独りで旅行したり山歩きなんかをすることが好きで、母親が元気な頃も、よく独りであちこちへ出かけていました。今回もいつもどおりの旅行だと思っていましたから、べつに心配していなかったのですが、三日ほど電話が途絶えたので、ちょっと気になっていた矢先に、あのニュースを見ました」

秋田で身元不明の老人が殺された事件のことは、旅行先と方角が違うので関係はないと思ったけれど、いちおう警察に照会をしてみたということだ。

息子夫婦にしてみれば、急病や交通事故を想定はしたものの、まさかはるか秋田県の海岸近い、名前も聞いたことのないような町で殺されていたとは、思いもよらなかったに違いない。

「父親からの最後の電話は、五月十六日の夜にありました。金沢の都ステーションホテルというところに泊まっている。——という話で、秋田へ行くとは言ってませんでした」

金沢の都ステーションホテルに照会すると、たしかに飯島昭三という人物が十六日の夜に一泊したことが確認された。

「十六日に金沢に着いて、翌日の昼過ぎには秋田へ向かったということになりますが、その間、お父さんは金沢で何をしておられたのですかね」

「さあ、父の旅行が何か特別な目的のあるものなのか、行った先でどんなところに立ち寄り、何をしていたのか、それについては、ほとんど関知していないのです。父のほうも、土産を手渡すぐらいで、あまり詳しい話をしたがらない様子でした。昔は山歩きが多かったようですが、この頃はたぶん、神社巡りをしていたのではないかと思います」

息子の飯島弘は自信なさそうに言った。

「そういえば、お義父《とう》さんのお宅へ行くと、デスクの上に神社名鑑が載っていて、いつも調べているみたいでしたよ」

妻の洋美が弘の説を補足した。

神社巡りというのは松本は初耳だったが、四国八十八カ所巡りがあるのだから、神社巡りがあっても、べつに珍しいことではないかもしれない。

「そうしますと、お宅は神道ですか?」

松本は訊《き》いた。

「いえ、うちは仏教です。お寺は浄土真宗ですよ」

神道でなくても、たぶん神社巡りがあってもいいのだろう。

もっとも、同じ神社巡りをするのなら、伊勢神宮とか、太宰府《だざいふ》天満宮とか、そういう有名な神社を回りそうなものだ。秋田にもいくつか大きな神社はあるが、この近くにそれらしい大きな神社があるという話は聞いたことがない。いったいどこへ行くつもりだったのだろう？

そのことを訊いたが、息子夫婦は「さあ？……」と困ったように首をかしげた。

「お父さんは、秋田のここに来ることは話していなかったのですか？」

「ぜんぜん。秋田ばかりか、金沢へ行くことだって、まったく話してませんでした。それはいつものことだから、何も不思議には思いませんでしたけれどね」

「旅先で誰かに会うとか、どこかを訪ねるとか、そういったことは言ってなかったのでしょうか？」

「ええ、ですから、父はおよそそういうことを言わない主義だったのです」

「そしたら、親子の会話みたいなものは、あんまりなかったわけですな」

「そんなことはありませんよ」

飯島弘はムッとしたように、きつい口調になった。

「ただ、旅行の目的だとか、そういう話はしなかったというだけのことです」

「なんでですか？　神社巡りなら、ただの遊びじゃないし、人に聞かれてまずいということはないでしょう」

「さあ……照れ臭いからじゃないんでしょうか。神社巡りなんて、じじむさいし」

なるほど、そういうことかもしれない。

「お父さんが誰かに恨まれていたというようなことはありませんか？」

松本は訊いた。

「ないと思いますが……なぜそんなことを訊くのですか？　父は強盗に襲われて殺されたのではないのですか？　われわれはそのように聞いていますが」

飯島弘は不審の目を向けた。

「いや、おそらくは強盗による犯行と思われますがね」

松本はいささか辟易《へきえき》しながら言った。

「ただ、警察はいろいろな角度から調べるということです。それ以外にも、お父さんが病気を悲観していたとか、借金があって困っていたとか、そういった点についても教えていただきたいのです」

「そんなものありませんよ。いったい何が言いたいんですか？　父が自殺でもしたというのですか」

「まあまあ、落ち着いてくれませんか。あくまでも可能性として言っているのであって、そうでないと分かればそれでいいことなのです」

「だったらはっきりしてますよ。父は自殺なんかするような弱い人間ではありません。あの戦争を生き抜いてきたのだから、ちょっとやそっとじゃ死なない——というのが、父の口癖だったのですよ」

「だとすると殺害されたことはたしかだということになります」

「当たり前でしょう。だからこそ、ここは殺人事件の捜査本部じゃないんですか」

「おっしゃるとおりなんですが。じつはですね、お父さんの身の回りの品はすべて無くなっているのですが、それにしても、持っていたはずのメガネだとか手帳だとか、ポケットの中身をきれいさっぱり持ち去っていることが、ちょっと、ただの強盗という感じではないのですよ」

「なるほど、それで恨みだとか、そういうことを言われたんですか。しかし、息子の私が言うのもなんだが、父は立派な男で、他人の恨みを買うような言動はまったくしませんでしたよ」

「仕事上のトラブルとか、そういうこともありませんか」

「仕事上といったって、父はもう十五年も昔に退官しています。それも文部省という地味な役所です。その後、べつに決まった仕事をしていたわけじゃないし、トラブルなんか起こるはずがありません」

「というと、現在は……つまり、お亡くなりになる前は、年金で生活しておられたのですか？」

「そうですよ。それと多少の蓄えはあったでしょうしね。何もトラブルのない穏やかな暮らしだったはずです。唯一の悩みというか不満といえば、われわれ夫婦がいっこうに子供を作らないことぐらいでしょう。その点、父にはすまないことをしたと思っています」

最後はしおらしく肩を落とした。どこから見ても、平凡な老人の平穏な老後としか思えない話であった。

遺体を荼毘《だび》に付して、五月二十一日に飯島夫婦は東京へ帰った。その二人に県警の刑事が二人、同行している。飯島昭三の自宅周辺で聞き込みをするのが目的だ。

事件発生と同時に、警察は死体発見現場を中心に金浦町一帯での聞き込み捜査に全力を挙げている。だが、綿密な作業を行なってみても、被害者はおろか、不審者に関する目撃情報は出てこなかった。

だいたい、金浦町の住人は夜が早いのである。店は七時になれば閉めてしまうし、町中をうろつく者も滅多にいない。もし被害者のような見かけない人物が町を歩いていたとしても、目撃者がまったく存在しないことだって考えられる。

被害者の飯島昭三が金沢から来たとなると、ＪＲ羽越線を利用したと考えられる。羽越線の特急列車は金浦駅には停車しない。隣接する象潟《きさかた》か仁賀保で降りた可能性が強い。事件現場の竹嶋潟は金浦駅から少し仁賀保町寄りへ行ったところにある。仁賀保駅の改札係に当たったところ、被害者らしき人物にかすかな記憶があるということであった。

仁賀保町は日本海から鳥海山麓《さんろく》まで細長く延びた町で、人口は約一万二千。本来は米を主体とする農業中心の地域で、金浦町と並ぶ漁港の町でもあった。しかし近年に至って、電子部品産業のＴＤＫがこの町に進出した。ＴＤＫの創業者が仁賀保町の出身で、故郷の町起こしに主工場をこの地に置いたのだそうだ。そしていまやむしろ、どちらかといえば工業中心の町へと変貌《へんぼう》を遂げている。

「仁賀保《にかほ》」の地名はアイヌ語の「ニカプ（楡皮）」に由来するという説がある。北海道の新冠《にいかっぷ》川地方のアイヌは楡《にれ》の皮でできた衣を着ていた――ということからいって、仁賀保の地名は古代、この地方に住んでいた人々が衣料用に利用した樹皮を意味するという説も、さほど不自然ではない。

前九年、後三年の役《えき》ではこの地方も戦乱に巻き込まれたと考えられる。由利郡の名を残した豪族由利氏はこの時期に台頭し、百数十年間君臨するが、鳥海氏によって滅ぼされる。その後しばらく領主のない状態を経て、鎌倉幕府の命を受け下向した武将が仁賀保姓を名乗った。仁賀保氏はさまざまな消長はあったものの戦国時代を乗り切り、家は維新までつづき、町の名にも残った。

仁賀保駅員が被害者らしき人物を見かけたのは、飯島昭三の死体が発見された前日の五月十七日の夜——ということであった。

「十九時二十一分の列車で降りて、改札を通るときに、八幡神社の場所を訊《き》いた人が、たぶんこの人でないかと思うのですけど」

この正月に息子が撮《と》った写真を眺めて言った。盛装した写真なので、かなり印象が違うが、似ていることはたしかだという。言葉に地元の訛《なま》りがなかったことも、駅員の記憶形成を助けていた。

十九時二十一分発の列車は下り特急「白鳥」である。仁賀保町には前記のような工場があって、中央から社用で出張してくる客も多いが、回収した切符を確認したところ、当日その列車で仁賀保駅に降りた客はわずか七名にすぎなかった。切符を鑑識に回して指紋を照合すると、中の一枚から採取した指紋が被害者のものと一致した。

発券駅も乗車駅もともに金沢。金沢十二時五十七分発「白鳥」の自由席券である。

駅員の話によると、飯島老人は「八幡神社というのは、ここを真っ直ぐ行って、左へ曲がればいいんですね」と訊いたそうだ。捜査員はただちに老人の足取りを追って、仁賀保町での聞き込み作業に入った。

飯島が駅員に聞いたとおり、仁賀保町で八幡神社といえば、駅前の道を北へ、海のほうへ向かって行き、交差する県道を左へ折れて、およそ二百メートルばかり先にある八幡神社ということになる。

八幡神社は仁賀保町平沢字上町にある。創建の年代ははっきりしないけれど、延《えん》暦《りゃく》年間（七八二―八〇六年）にはすでにこの地に鎮座していたという記録があるので、この地方の神社の中では飛び抜けて古いことはたしかだ。

延暦年間というと、桓武《かんむ》天皇がいまだ建設中の長岡京を捨てて京都に遷都した（七九四年）頃のことである。これより少し前に蝦夷《えみし》の反乱があった。反乱といっても、もともと東北地方は蝦夷の土地だったのだから、大和朝廷の支配に不満があって反旗を翻したともいえる。それ以降、蝦夷はしばしば反乱を繰り返し、いちおうの終息をみるまでに三十年もかかっている。

神社は中央政権側が土着の民を鎮撫《ちんぶ》するための、政治目的を持った施設として設けられることが多かったから、仁賀保の八幡神社もその一つだったと考えることもできる。

それはともかくとして、この八幡神社が古くからこの地域の人々の崇敬を集めていたことは事実だ。現在の氏子数は約五百五十戸といわれるから、平沢地区の住民のほとんどが氏子ということになるのかもしれない。

日本海の海岸に近い、家並みを見下ろす城跡のような小高い岡の上に八幡神社はある。町内を東西に走る県道に面して朱塗りの鳥居が建つ。鳥居を潜り石段を七十段ほど登ったところが境内で、正面に中型の社殿、右手に社務所がある。宮司は近くの住宅に住んでいて、神社はいわゆる無住である。

社殿の裏手からは漁港が見下ろせる。見晴らしはいいのだが、冬の季節風をもろに受ける山のてっぺんだ。社殿をコの字に取り囲む社叢《しゃそう》は、神域を誇示するばかりでなく、防風林の役目をしている。

八幡神社の宮司の名は「菊地」だが、金浦駐在所の菊地巡査とは関係がない。とにかく、仁賀保町でも金浦町同様、菊地姓は多いのである。石を投げると「佐藤」「斉藤」「菊地」それに「佐々木」のどれかに当たる。

菊地宮司の居宅は八幡神社の岡を下りて、町の中に入ったところにある。

菊地宮司は髪の白い、ちょっと見た感じは大学教授のような上品な初老の紳士だ。捜査員が訪れて、事件当日、被害者を見かけなかったかどうか尋ねると、写真を見て、まったく見憶《みおぼ》えがないということであった。

「だいいち、十七日は神社にはいなかったですよ」と言った。

事件があった日の二日前——五月十五日には、八幡神社の例祭が行なわれている。祭りの後片づけが終わって、宮司夫妻は骨休めに、十七日から一泊二日で新潟県の瀬《せ》波《なみ》温泉へ行っていたのだそうだ。日を確かめてみて、やはり事件当時は留守だったことがはっきりした。

考えてみると、駅で飯島老人が八幡神社の場所を訊いたからといって、必ずしも目的地が八幡神社だったかどうかは分からない。八幡神社のある方角を確かめただけなのかもしれない。

「うちの神社は、そう有名というわけでないし、わざわざ東京の方が参拝に見えるとは、考えられないんでないですかな」

菊地宮司は謙虚に言って、「それに夜に入ってからやって来て、神社に参拝するというのも妙なことだなあ」と首をひねった。

たしかに宮司の言うとおりだ。となると、神社を目印にして、この付近のどこかを訪ねて来たと考えられる。

刑事の報告に基づき、翌日はさらに範囲を平沢地区全体に広げ、捜査員は片っ端から民家や商店、さらには会社や工場を訪問し、写真を従業員に見せて歩いた。

しかし成果はさっぱり挙がらなかった。列車が到着した午後七時過ぎ頃は、まだ完全な闇にはなりきってない時間帯だ。道ですれ違えば、顔ぐらいは見分けがつく。もっとも、それは関心を持って相手の顔をみればの話であって、何気なく見過ごしたのでは、記憶に残らないのがふつうかもしれない。

3

目撃者捜しが難航する一方で、第一現場——つまり殺害が行なわれた場所を特定する作業も進められているが、こっちのほうも困難をきわめていた。

毎日百人以上を投入する捜索作業は、五グループに分かれて、それぞれに一人ずつ、所轄である象潟署の刑事が案内役として先導することになった。これがまた、砂浜で石の破片を探すようなもので、まるで雲を摑《つか》むような話だ。

水生植物の生えている沼といっても、この付近はそれらしい沼や潟、湖は無数にある。鳥海山の噴火によって発生した泥流が、高原を造り、川をせき止めた。さらに大地震の地殻変動などで、この地方独特の隆起や陥没の多い複雑な地形を生んだ。その象徴的なものが象潟だが、陥没によって生まれた湖沼は高原から海岸付近一帯に分布している。

象潟や雨に西施《せいし》がねぶの花　　芭蕉

潟という呼び名は、一般的には「八郎潟」「難波潟《なにわ》」など海の一部が潮の干満や地形の変化によって、陸地に取り残されたようなものをいう場合が多いのだが、湖沼も潟と呼ばれることがあり、必ずしも塩分が入っているとは限らない。

象潟町から金浦町、仁賀保町、西目《にしめ》町、由利町、矢島町にかけて、潟や沼の数は大きいもの小さいもの、名のあるもの名のないもの合わせて二百とも三百ともいわれる。これらはいずれも淡水湖で、ほぼ似たような成立過程で生まれた湖沼ばかりである。たいていの潟にはハスやヒシなどの水生植物が生えている。被害者の肺から水生植物の成分が検出されたといっても、ほとんどの潟はそれに該当するわけだ。水に含まれた成分だけでは決め手にならない。

潟の水質や水中の生物などが、どこも似たり寄ったりだとすると、被害者が溺死《できし》させられた潟は仁賀保町や金浦町といった、近隣の潟とはかぎらないことになる。

唯一の条件として、車が近づける場所でありさえすれば、はるか遠方の湖であっても問題はない。

こんな具合だから、県警機動隊を中心とする捜索隊の案内役を務めることになった象潟署の刑事たちは、どこを重点に捜索すればいいのか一様に途方にくれた。

「そうはいってもよ、とにかく、指をくわえて潟を眺めていてもカタはつかねでろ」

捜査本部長である猪俣署長はそう言って捜査員の尻を叩《たた》いた。猪俣はこの手の単純でうけない駄洒落《だじゃれ》を言うのが得意だが、このときも誰一人笑う者はなく、ブスッとした顔で会議室を出て行った。

地元金浦町の住民に聞いたところでは、もし殺人事件が起きるとしたら、まず天神沼ではないか――という意見が多かった。

天神沼には男沼女沼《おぬまめぬま》の二つがあり、国道7号から少し東に入ったところに細長く並んでいる。ここにも竹嶋潟のような伝説があって、たしかに不気味な出来事が起こっても不思議はないような雰囲気は漂っている。

もっとも、その天神沼ばかりでなく、ほうぼうの潟や沼のほとりを巡ってみても、どこもたいていは鬱蒼《うっそう》とした森に包まれていて、不気味さという点では、立派に資格がありそうな雰囲気の潟ばかりである。

事件発生以来、何度か雨も降って、場所によってはずいぶんぬかるんだところもある。もし人間が踏み込めば足跡ぐらいはつくかもしれないが、それだって、雨に流されてしまっただろうし、春たけなわで、一日に何センチも伸びそうな草がどんどん生えてきてもいた。

長い棒でもって草や藪《やぶ》を払いながら、あてどなく前進する捜索は、いつ終わるとも知れず、田植えよりもしんどい作業だ。日暮れ近くになって帰署すると、綿のように疲れた体をそれぞれのデスクに載せて、口をきく気にもなれないほどになる。

捜査本部の指揮は、県警本部捜査一課から派遣された小池警部が執《と》っている。まだ三十代という若い主任警部は、むやみに張り切って陣頭に立っていた。

猪俣署長が部下たちの疲労困憊《こんぱい》の様子を見兼ねて言った。

「この調子で、何百あるか知れない潟を、カタっぱしから調べますか。単なる人海戦術ではラチがあかないんでないですかな。部下たちはかなり消耗しているようですがね」

小池警部はムッとした顔をした。

「消耗しているのは私も同じです。しかし、いまはそれ以外に方法はないでしょう。部下を可愛がるお気持ちは分かりますが、地元の地理に詳しい所轄署の捜査員が、現場の特定作業から離脱するのは困りますよ」

「いや、離脱するなどと、そんなことは言ってないですよ。もちろん、捜査主任である小池さんの考えでやってもらって結構です」

猪俣署長は慌てて進言を撤回した。


飯島昭三の金沢での足取り捜査には、松本警部補と石田《いしだ》刑事が向かった。同じ日本海に面しているせいか、金沢市は秋田市と似た雰囲気が感じられる。城下町であることや、海からの距離も似通っている。加賀百万石にはおよびもつかないが、秋田の殿様佐竹《さたけ》公も文化に対する造詣《ぞうけい》は深かったそうだ。そういう面からも、気候風土ばかりでなく、住民の資質や性向にも共通したところがあるのかもしれない。

金沢というと兼六園を連想して、緑したたるばかりの風景を想像してしまうが、駅前の街はさほどでもない。ホテルや銀行など、ごくありふれた都市の顔をしていた。

飯島が泊まった都ステーションホテルは、駅正面の広い道路の東側のブロックにある。ビジネスホテルよりはややましかなという程度の、中規模のホテルだ。フロント係の記憶によると、飯島昭三は五月十六日から十七日まで一泊して、ごくふつうの宿泊客として振る舞っていたそうだ。

「私ども従業員にも丁寧な言葉づかいで、とても紳士的な方でした」

それ以外、とくに記憶に残るような言動はなかったと言っている。もっとも、人の出入りの多いホテルで記憶に残るとしたら、よほど奇矯《ききょう》な言動をしなければなるまい。

十六日の到着は午後四時過ぎ。チェックインの後、夕刻から外出したようだ。その夜の食事はホテル外でとったと思われる。外で誰かと会っていたというより、ホテルでの食事は料金が高いので、外の安い食事で済ませていたと考えたほうが当たっていそうだ。

「どこか、神社へ行くような話をしていませんでしたかね。神社の場所を尋ねるとか、そういうことはなかったですか」

一応訊いてみた。

「いいえ、なかったと思います。神社でしたら、このホテルの裏のほうにも八幡神社がありますけど」

「えっ、八幡神社が?」

松本は石田と顔を見合わせた。といっても、飯島昭三が金沢で神社巡りをしていたかどうかは、まったく分からない。かりにそうだとしても、金沢近辺には無数といっていいほどの神社があるだろう。それを一つ一つ当たってみたところで、飯島の足跡が辿《たど》れるとも思えない。

しかし、せっかく金沢まで来たのだから、行くだけ行ってみることにした。

ホテルの裏手は「此花町《このはなまち》」という、ゴチャゴチャした下町で、駅前にしては高い建物もあまりなく、小さな民家や商店が所狭しとばかりに肩を寄せ合っている。地図で見ると、この周辺には東西二つの本願寺別院があり、それを囲むように十いくつもの寺が集中している。その北側に神社があった。

神社は「安江《やすえ》八幡宮」といい、この市街地の真ん中にあるにしては、なかなか立派な佇《たたず》まいだ。本殿と拝殿のほかに、神前結婚式も挙げられる「鳩嶺殿《きゅうれいでん》」という、大名屋敷のような大きな建物があって、そこから拝殿へは渡り廊下で結ばれている。渡り廊下の中央には舞台がある。そのほかに大きな社務所もあり、境内も整備されていて、仁賀保の八幡神社とはえらい違いだ。

鳩嶺殿の並びに居住区域と思われる建物があるので、そこの玄関を訪れた。宮司夫人にしてはまだ若い、なかなか美人の女性が応対した。飯島昭三の写真を見せて、

「こういう人は来ませんでしたか？」と訊いた。

「さあ、分かりませんけど、こちらにご参詣されたのですか？」

「たぶんそうだと思います」

「でも、ご参詣の方はたくさんおいでですので。その中においでだったかどうかは……もしかしたら、御記帳されているかもしれません。拝殿の廊下のところで御記帳していただけるようになっております」

言われるまま、松本たちは拝殿へ行ってみた。回廊の、正面の階段を上がったすぐのところに記帳台があり、分厚い和綴《わと》じの帳面が載っていた。数ページめくった辺りに五月十七日の日付が入っていて、飯島昭三の名前はすぐに見つかった。

「あった……」

ちょっとした感激だが、だからといって、めざましい大発見というほどの意味はない。飯島が秋田へ向かう前に散歩がてら、八幡神社に立ち寄ったとしても、驚くには当たらないのだ。

神社の境内を出て、周辺を一軒一軒、聞き込みをしながら歩いた。この付近は住宅付きの商店が多く、駅に近いせいか飲食店の比率も高い。神社の表通りには駄菓子屋があるし、その並びには小さな食堂、さらに銀行の支店を挟んで寿司屋があって、その向かいにも寿司屋がある……といった具合だ。横町にはお茶の問屋やラーメン屋など、種々雑多な店や小さなオフィスなどが、しもたや風の家を交えて町を作っている。

どこに入って訊いてみても、返ってくる答えは「ノー」であった。写真を見ても、一様に首を振って、「見たことないですねえ」と言う。中には「遠くからごくろうさん」と労《ねぎら》いを言ってくれる家もあるが、ほとんどは迷惑そうに、まるで疫病神でも追い払うように手を横に振った。

「係長にこんなことを言うと怒られるかもしれないですが」と、石田はぼやいた。

「ときどき思うのですが、こういう聞き込みっていうのは、何とかならないのでしょうかねえ。いまどき、じつに効率が悪いと思いませんか。テレビで、『こういう人を見たことはありませんか』みたいに、ちょっとやったほうがはるかに効率的じゃないですかねえ。民放は無理だとしても、NHKだったらタダでやってくれてもいいんでないかなあ」

「ああ、おれもそう思うよ。しかしこれが商売だからな。もし、もっと効率のいい方法があったとしたら、われわれの商売は上がったりで、おれみたいな成績の悪いやつはすぐにクビだべよ。そう思えば諦《あきら》めもつくんでねえか」

「あははは、なるほど、ものは考えようってことですか。ですけど、やっぱり草臥《くたび》れ儲《もう》けみたいな気がしますよ」

まったく、石田がぼやきたくなるのも無理がない、あてのない作業ではある。それでなくても、飯島の旅はいつも気まぐれそのものだったようだ。旅に出るからといって、ことさら息子夫婦に行き先を告げることもなかった。父親が金沢へ行ったのを息子夫婦が知ったのは、金沢のホテルから十六日の夜に電話があった、そのときだそうだ。金沢へはいつ旅立ったのか、途中、どこに立ち寄ったのかなど、はっきりしたことは知らないという。

金沢に来たことと事件とのあいだに、何か因果関係がある証拠はない。単なる気まぐれの観光旅行の途中にすぎないとしたら、熱心に足取りを調べても、さして意味はないことになる。二人の刑事の出張は、形式的な手続き上の意味が強かった。

一応、一泊して翌朝も周辺の聞き込みを継続したが、飯島がどこで何をしていたのか、消息はついに摑《つか》めなかった。

「金沢の周辺は調べなくていいのですか？」

虚《むな》しい「作業」を切り上げて金沢から引き上げる列車の中で、石田刑事が弁当をぱくつきながら訊いた。

「いや、調べてもしようがねえだろう」

「でしょうね。調べようもないですしね」

石田は自棄《やけ》っぱちのように言っている。石田ばかりでなく、捜査員たちのあいだには、早くも倦怠《けんたい》ムードが漂い始めていた。精神的にだけでなく、湖沼の捜索に当たっている連中は肉体的疲労も限界点に達しているにちがいない。

金沢からの帰りは飯島昭三が乗ったのと同じ十二時五十七分発の「白鳥」を利用した。象潟署の捜査本部に顔を出す予定だが、象潟で降りずに仁賀保まで行った。松本としては、飯島が金沢から仁賀保に来たときの体験をなぞるつもりだ。

仁賀保駅ではあの日と同様、降りる客はごく少なかった。松本たちの車両からは、二人の刑事のほかには一人だけ。長身のブルゾン姿の男で、松本の鼻には、どうやらマスコミ関係者の臭いがした。

案の定、男は松本たちの前に改札口を出る際、駅員に竹嶋潟の名前を言った。

「竹嶋潟はここからは遠いのですか?」と客に訊かれて、駅員は「えーと……」と、悩ましげな顔になった。

隣の金浦駅もそうだが、羽越線の小駅のほとんどは、いわゆる無人駅で、正規の「駅員」と名のつく職員はいない。出札業務と集札業務だけはJR東日本が委託した職員によって行なわれている。

金浦駅の場合は、金浦町役場が手配した元国鉄職員だった人がその係を務めている。仁賀保駅では、TDKというこの小さな町にしては巨大な民間企業の工場があり、TDK関係の乗降客が多いこともあって、そこから派遣された人材が詰めている。

「私はあんまし、この付近の地理には詳しくねえのですが」

「このあいだ殺人事件があった沼ですが」

客は職員の当惑顔を見て説明を加えた。

「ああ、その事件なら隣の金浦だすな。竹嶋潟はここからも行けねえことはないですけどね。四キロか五キロはあるんでねえすべか。歩いてなば、ちょっと遠いすよ」

「その事件の被害者が、改札口で道を訊いたそうですが、そのときの係の方はあなただったのですか?」

「そうですけど」

「そのとき、飯島さん——被害者の人は、何て言ったのでしょうか?」

「何てって……」

職員は口ごもりながら、チラッと後ろにつづく客に視線を走らせた。後の客を通してから質問に答えようと思ったのだろう。

その目が松本の顔を捉《とら》えて、「あっ、それだったら、この刑事さんに訊けばいいんでないですか」と言った。

「刑事さん……」

前の客がギョッとしたように振り返った。年齢は三十歳ぐらいだろうか。目鼻だちのはっきりした、なかなかのハンサムだ。ブルゾンにテニス帽のようなものを被《かぶ》り、バッグ一つの軽快な旅装である。

「失礼ですが、刑事さんですか?」

「ああ、まあそうですが」

松本は(余計なことを――)という目で職員を一瞥《いちべつ》してから、しぶしぶ頷《うなず》いた。

「というと、今度の殺人事件の捜査に関わっていらっしゃるのですね?」

「そうです」

松本は相手の男のきれいすぎる東京弁が気に入らないから、ぶっきらぼうに応じた。

「でしたらお聞きしたいのですが、いかがですか、その後の捜査の進展状況は?」

「そんなこと、答えられるはずないでしょうが。おたく、マスコミの人ですか?」

「ええ、一応そういうことになります。フリーのルポライターですが」

男は名刺を出して「浅見といいます」と名乗った。名刺には「浅見光彦《あさみみつひこ》」という氏名と住所のほかには何も印刷されていない。

4

松本もほかの警察官の多くと同様、マスコミは嫌いだが、地元の秋田《あきた》魁《さきがけ》新報をはじめとする新聞やテレビなどの大どころに対しては、それなりに丁寧に対応することにしている。しかし、どこの馬の骨とも知れぬフリーのルポライターなら、遠慮することはない。

「そうですか、よろしく」

松本は名刺をポケットに放り込むと、改札口を抜けて歩きだした。明らかに邪険な仕打ちだが、浅見という男はそういうのには慣れっこなのか、怒りもしないでついてきた。

並んで歩くと、浅見は松本はもちろん、部下の石田刑事よりもかなり背が高い。そのことも松本は気に入らなかった。

「いま改札係に訊《き》いたことですが、飯島さんは彼に何て言ったのですか?」

浅見は松本を斜めに見下ろすようにして、訊いた。

「ん?　ああ、道を訊いただけですよ」

「ですから、その訊き方です。どう言ったのでしょうか？」

「八幡神社へはこっちへ行けばいいのかって訊いたのですよ」

「なるほど、そういう乱暴な口のきき方をしたのですね。飯島さんという人は、もっとおとなしい人と聞いてましたが」

皮肉のつもりではないのだろうけれど、揚足《あげあし》取りのようには聞こえる。

「いや、そういう趣旨のことを言ったのであって、一字一句そのとおりのことを言ったわけではないですよ」

「あ、そうなのですか。するとどういう言い方で？……」

「そんなもの、直接駅員に訊いたらいいいんでないかね」

松本はいよいよ突慳貪《つっけんどん》に言った。

「だいたいあんた、自分らは仕事中なんだけどねえ。くっついて来られちゃ困るな」

「あ、これは失礼。分かりました、離れて歩きます」

たしかにその言葉どおり、ルポライターは十メートルばかり後方に離れたが、歩く方向を変えようとはしない。

松本の苛立《いらだ》ちは石田にも伝わる。石田は神経質に背後を振り返り、手でイヌでも追うような仕種《しぐさ》をするのだが、相手にはいっこうに通じないらしい。日が暮れて、上空の残照にぼんやり浮かぶ街の風景を珍しそうに眺めながら、のんびりした足取りでついてくる。

「あんた、浅見さんだったか」

松本はたまらず、大声を出した。

「ついて来られちゃ困ると言ったでないですか」

「は？　いや、僕はこっちの方角に向かって歩いているだけですが」

浅見は歩みを停めない。むしろ松本に名前を呼ばれたせいか、大股《おおまた》歩きになって、せっかく離れかけていた双方の距離はどんどん接近した。

「こっちの方角って、あんた、どこへ行くつもりかね」

「八幡神社です。地図で調べた方角は、たしかこっちのはずですが、違いますか？」

「ん？……」

まさにその八幡神社へ、被害者の飯島昭三が歩いたコースを、松本たちは辿《たど》りつつあるのだ。かといって、ルポライターがそのコースを歩くのを阻止する理由はない。

なんとなく、三人が連れ立って歩く羽目になってしまった。

県道を左に折れて、もう目の前には八幡神社の小山の黒い影が見えていた。その間、ルポライターは地図を確認するわけでもない。すでに頭の中にこの町の地理が叩《たた》き込

「この暗さだと、もし飯島さんを見かけた人がいても、顔を憶《おぼ》えるのはちょっと難しいかもしれませんね」

それも浅見の言うとおりだ。事件当日はいまよりも日は短い。時刻は七時半、天気のほうはよかったとしても、さすがに暗い。

「それに、この町は驚くほど人通りがありませんねえ」

浅見は立ち止まって、周囲を見回した。いまいましいことに、松本も石田もついつられて足を停めた。

駅から出てきた数人の乗客たちは、もはやここにいる三人のほかには誰もいない。たまに町を行くのは車ばかりだ。遅い晩飯の家もあるのかもしれないけれど、歩行者の姿はまったく見かけない。

「もし、飯島さんが何者かによって拉致《らち》されたのだとしたら、この辺りがもっともそれに適していそうですね」

「拉致？……」

松本はドキリとした。捜査本部ではこれまで、飯島はどこかの家を訪ねて、そこで事件に巻き込まれた――と考えてきた。

「ええ、かりに飯島さんが八幡神社を目当てに歩いていたとして、犯人側が飯島さんを車で拉致しようとするなら、この辺りが絶好のポイントだとは思いませんか」

「おたく……浅見さん、おたくは被害者の知り合いですか？」

松本が浅見の質問には答えず、逆に切り返すように訊いたのに対して、「ええ」と浅見はあっさり答えた。

「さて、行きましょうか」と、今度は二人を引き連れるように歩きながら言った。

「直接の知り合いではありませんが、間接的に知っています」

「どういう関係ですか？」

「殺された飯島さんの息子さん——たぶんこちらに遺体の確認に来たと思いますが」

「ああ、飯島弘さんですか。そしたら、あの息子さんの知り合いですか」

「いえ、そうではなくてですね、僕の姪《めい》っ子が飯島弘さんが先生をしている学校に通っているのです」

「なんだ、そういうこと」と石田がつまらなそうに言った。

「それじゃ、まるっきり知らないのと同じでないですか」

「ええ、まあそうですが、姪っ子に頼まれたんです、犯人を捕まえてくれって」

浅見は照れ臭そうに言った。

「はあ？　犯人を……というと、あんた、単なる取材ではないんですか？」

「半分は取材です。取材費で旅費を捻出《ねんしゅつ》しなければなりませんからね。『旅と歴史』という雑誌、ご存じないと思いますが、そこを騙《だま》して、出羽地方における中世の激動の歴史を探る――とかいう内容でルポを書くことにしました」

「騙したって、それじゃあんた、詐欺みたいなもんじゃないですか」

「ははは、詐欺はひどいなあ。僕たちフリーのライターにとっては、そういう売り込みはごくふつうですよ。それにルポはちゃんと書きます。ちょっと調べてみたんですが、仁賀保付近だけでも、けっこう面白い歴史があるものなのです」

（そうかなあ――）と、二人の捜査官は疑わしい顔を見合わせた。こんな東北の片隅みたいな小さな町に、興味を惹《ひ》くような「激動の歴史」など、あるとは思えない。

「ここが八幡神社ですね」

浅見は鳥居の前に佇《たたず》み、石段の上の暗い空間を見上げた。それからおもむろに周辺の街の様子を見回した。どこの店もシャッターを閉めて、街灯がポツリポツリと道路に明かりを落としているだけの、侘《わび》しい街だ。

八幡神社の前は三叉路《さんさろ》になっている。その交差点に面して神社があるといっていい。浅見は三方向へつづく町並みの奥を、闇を透かすようにして見つめた。

最前までの飄々《ひょうひょう》とした雰囲気とはガラッと変わって、どことなく凄味《すごみ》のようなものさえ感じられる。二人の捜査官は押されぎみにそれを傍観するばかりだった。

「この界隈《かいわい》での聞き込みは、もう、ずいぶんやったのでしょうね」

「もちろん」

石田がいまいましそうに言った。

「ここでの聞き込み捜査は、三十人態勢のローラー作戦で、延べ三回ぐらいずつはやってるんでないかな」

「それでも出ないということは、やはりこの町のどこかで事件があったというわけではなさそうです」

浅見は断定的に言った。

「いま見たかぎりでは、それほど複雑な町並みではありません。東京辺りだと隣に誰が住んでいるのかも知らない場合がありますが、ここはそんなことはないでしょう。それに、こんなに静かなら、隣家で何か揉《も》め事があれば、気配で分かってしまいそうです。やはり飯島さんはどこかほかの方向へ行ったか、それともさっき言ったように、車で拉致——といっても、暴力的にではなく、合意の上で運ばれて行ったと考えるべきでしょうね」

浅見の話は松本にはちょっとしたショックであった。

聞いてみれば、ごく当たり前のことのように思えてくる。それなのに捜査本部では一度としてこういう推理は語られていない。駅で「八幡神社のほうへ行った」という証言があったことを金科玉条のようにして、全捜査員が八幡神社とその周辺に集中し、しだいにその範囲を拡げつつある――というところが現状なのだ。

警察のやっていることは、見方によっては着実で間違いはないのかもしれない。しかし浅見のような飛躍した考えはおいそれとは生まれない。やがてはそこに気づくのだろうけれど、いかにも遅い印象は否めない。

浅見の論理が当たっているかどうかはともかくとして、少なくとも、いきなり「車で拉致」という発想は、いまのところ出ていなかった。

考えてみれば、犯人は死体を竹嶋潟に車で運んで行ったのだろうから、当然、車で拉致した可能性だってありえたはずだ。

「暴力的でなく、合意の上で――というと、犯人と被害者は親しい間柄であったと考えていいのでしょうかね」

松本が浅見に対して、まるで教えを乞《こ》うような言い方をしたので、石田は驚いて上司の顔を見た。

「そうでしょうね。飯島さんは犯人と思われる人物とこの付近——八幡神社の辺りで待ち合わせをしたのではないでしょうか。待ち合わせ場所としては駅前のほうが分かりやすいにもかかわらず、八幡神社を目印にした意味は、犯人側が第三者に目撃されることを警戒したからだと思います」

「なるほど……」

いちいち言うことがもっともだ。それも、それほど奇抜な着想ではなく、ごく平凡な想像力さえあれば考えつきそうなことだ。そんなことにどうして警察が、それも何十人もが雁首《がんくび》揃えて考えつかなかったのか、松本はその一人として恥ずかしくさえあった。

「さあ、それじゃぼちぼち行きますか」

浅見は踵《きびす》を返して歩きだした。

「どこへ行くんですか？」

松本は浅見の背中に向けて声を投げた。

「旅館です。『まるご旅館』というのが、この先の町はずれにあると聞きました」

「ああ、『まるご』に泊まるのですか。歩くとけっこうありますがね」

「歩くのは平気です。じゃあ、これで失礼します」

頭を下げかけて「あっ」と思い出した。

「そうそう、肝心なことを忘れてました。例の竹嶋潟へはどう行けばいいのですか?」

「竹嶋潟は隣の金浦町ですよ。さっきの駅員も言っていたが、金浦駅に戻って、駅から歩いても行ける距離です」

「そうでしたか、どうもありがとうございました。いずれまた、あらためて捜査本部のほうに顔を出したいと思っています」

街灯の下で頭を下げる浅見に、石田刑事が「だめだめ、来たって」と怒鳴った。

「まあいいじゃないか」と松本は窘《たしな》めて、浅見に向けて言った。

「また何か参考になる意見があったら、いつでも教えてください」

挙手の礼を送って回れ右をした。

「係長、あんなやつの意見を聞いたり、尊重したりすると、小池警部に文句を言われませんか」

石田は心配そうに松本の顔を覗《のぞ》き込んだ。「そうだな」と、松本にもその不安がないわけではない。しかし、そんなものに囚《とら》われていられないほど、松本はあの浅見という男に興味を抱いた。

その後、二人は八幡神社の宮司の家に寄って、挨拶《あいさつ》がてら、その後変わったことはないか尋ねた。宮司は「警察が来る以外は静かなもんだ」といやみを言った。それから駅前の食堂で飯を食って、九時過ぎの普通列車で象潟に戻った。

象潟署の捜査本部は閑散としたものだ。昼夜兼行で聞き込みに動き回っていた頃は、夜中でも捜査員がウジャウジャいたのが、事件発生から一週間も経つと、実働の捜査員の数からして激減する。夜間の捜査もあまり熱心でなくなってくる。

それでも捜査主任の小池警部はデスクに残って、捜査員の日誌に目を通していた。

金沢での実りのない調査結果を聞いても、あまり不満そうな顔は見せなかった。

「そうだろうな、かりに被害者が神社巡りをしていたとしても、それでどうということはないだろうからね。要するに、問題はここでいったい何が起きたのか――ということだ。とにかく、被害者は仁賀保町のどこかにやって来て、何者かと接触した。どこで誰と――という基本的なことさえ分かれば、あとはきわめて簡単な事件だよ」

（それが分かれば苦労はない――）と、松本は腹の中で思った。

「じつは、ある人からの提言なのですが」

恐る恐る言い出してみた。石田が隣で（よせばいいのに――）という顔をしている。

「飯島さんは仁賀保駅を出てまもなく、車で拉致《らち》されたのではないかというのです。

拉致といっても、暴力的にではなくですが」

「なに?……」

小池はギョロッと目を剝《む》いた。

「ふーん、それは誰の提言かね?」

すぐに怒鳴らなかったのは、万一、署長辺りから出た話だとまずいからである。そういうところはなかなか老獪《ろうかい》なものだ。

「あるルポライターです」

「ルポライター?」

とたんに声高になった。

このところのマスコミの論調が小池の癇《かん》にさわっていた。捜査に進展がないことを、各紙は遠慮なく書きつのっている。よくいえば正攻法、悪くいえば芸のない捜査方針のことを、露骨に皮肉る報道もあった。

その恨みつらみが「ルポライター」と聞いて爆発した。

「松本君、きみはそんな連中の話をまともに、はいそうですかと聞いてくるのかね」

「いえ、そういうわけではないです。ただ、そのような考え方もできるかと」

「根拠は何かね、根拠は?」

「要するに、仁賀保町のあの付近でいくら聞き込みをやっても、まったく成果が挙がらないことです。それはつまり、被害者はあの辺りの家を訪ねたのではないからだ、というものであります」

「ふん、そんなことを言ってるのか。まあ素人が何を言ってもかまわんが、所轄の捜査係長を務めるきみほどのベテランがだ、二度や三度の聞き込みで成果が挙がらないからといってだよ、それで方針変更してどうする」

「いえ、自分は方針変更などは考えておりません」

「とにかく、被害者は八幡神社に向かったことは事実なのだ。第一、かりにだよ、かりに車で拉致されたとしてだ、どうやってその車を特定するつもりかね。やっぱり聞き込みで目撃情報をほじくり出すしかないんじゃないか。どうかね？」

「はあ、それはおっしゃるとおりです」

　松本は引き下がるほかはなかった。部下の石田の目の前で、ほとんど罵倒《ばとう》に近く怒鳴られたのはこたえた。

　刑事防犯課の部屋に戻り出張報告を書き終えると、そそくさと家路についた。捜査本部の置かれている会議室には、まだ小池警部がいる気配だ。仕事熱心なところは彼の長所であり、欠点でもある。松本は小池に見つからないように、足早に玄関を脱出した。

家に帰ると妻はすでに寝ていた。起きてきて風呂の支度をするというのを、「いいから寝てろよ」と言った。

風呂を温め直して、少し温《ぬる》めの湯に浸《つ》かった。ぼんやりした頭にあのルポライターの顔が思い浮かんだ。自分とそう大して歳も違わないあの男の、いかにも若々しく精気あふれる表情がやけに気になった。（それに引き換え、このおれは――）などと退《たい》嬰《えい》的な気分になる。警察の中にいると、付き合う相手も警察仲間ばかりになる。マスコミの人間はむしろ敵である。その「敵」であるはずのあの男が、妙に懐かしくなった。

第四章　土佐の空

1

秋田県金浦町で飯島昭三が殺された事件のことを、小内美由紀は知らなかった。いや、後で思い返せば、新聞で身元不明の老人の変死体が発見されたという、第一報の記事は見ているのだが、その老人がまさかあの飯島だとは思わなかった。そして、身元が判明したときの記事はまったく見ていない。遠い他県での出来事のせいか、記事の扱いそのものが小さかったこともあるのだが、美由紀にはそれどころではない大事件が持ち上がっていた。

松浦勇樹からとつぜん、「結婚を急ぎたいのだが」と宣告されたのである。

例によって美由紀の運転でドライブして、茅ケ崎海岸でひと休みしたとき、いつもより少しはげしいキスをしたあと、そう言った。そのとき美由紀は、嬉《うれ》しいより先にむしろ当惑した。

結婚を前提として付き合う――と約束した以上は、いつかそういうことになるのは分かっていたはずなのに、いざ目の前に現実が示されると、いろいろな問題がいちどに押し寄せてきて、どう対処していいのか目が眩《くら》むような思いだった。

早い話、仕事の問題がある。いま受けている仕事の中には四カ月先のものだって入っている。美由紀の好きな男性タレントがヒマラヤへ行くのを、テレビのスタッフと一緒に同行取材する予定だ。ギャラはともかく、こんな魅力的な仕事は初めてだった。結婚すると、どんなふうに生活が変化するか分からないけれど、これまでどおりに仕事が続けられるかどうか自信がない。

「もっと先のことかと思っていたのに」

コンソールボックス越しに松浦の右腕で抱かれ、彼の肩に頭をもたせかけながら、美由紀は甘えるというより、つい愚痴っぽい口調になった。

「ちょっと急ぎたいわけがあってね」

松浦は申し訳なさそうに、ダッシュボードに向かって頭を下げた。

「急に高知へ行くことになった」

「高知って、四国の？」

間抜けな質問だったけれど、「ああ、四国の高知だよ」と松浦は律儀に復唱した。

「いつ行くんですか？」

「五月二十七日」

「それで？」

美由紀は窮屈そうに首をねじって、松浦の顔を仰いだ。

「それでって……」

「それが結婚を急ぐ理由なんですか？」

「ああ、勝手を言って悪いけど」

「ううん、それはいいんですけど、でも、帰って来てからだっていいじゃないですか」

「ああ、そうじゃないんだ。高知へ赴任することになったんだよ」

「えっ、転勤てこと？」

「うん、高知県庁の生涯学習課というところに勤務を命じられた。いちおう課長だよ」

松浦は少し誇らしげに言った。

「君には内緒にしていたけど、半月ばかり前に内示があったんだ。そのために急遽《きゅうきょ》、免許も取ることにした。向こうじゃ車が必需品らしい」

松浦はまだ二十九歳のはずである。その若さで県庁の課長になるというのは、たぶんすごいことなのだろう。

「そうすると、じゃあ、文部省を辞めちゃうんですか?」

「形の上ではそういうことだね。実際はいわゆる出向みたいなものだけど、いったん文部省を退職した形で、高知県庁に再就職する。そうなると地方公務員だからね」

「ふーん、そうなんだ」

意味のない相槌《あいづち》を打って、美由紀はぼんやりと、地図の上でしか知らない高知県のことを考えた。

高知県といわれても美由紀にはピンとくるものがほとんどない。坂本龍馬だとか鰹《かつお》の一本釣りだとか、黒潮寄せる桂浜だとか、そういった常識程度のことを、それもテレビや写真で見て知っているけれど、交通機関のルートさえ、どこからどうやって行けばいいのか見当がつかない。

でも、それはいいとしても、私の仕事はどうなっちゃうの——とそのことを思って、美由紀は気持ちが冷えてゆくのを感じた。

「どうだろう、だめかな」

松浦は、黙りこくった美由紀の顔を、不安そうに覗《のぞ》き込んだ。

「えっ？　ああ、そうじゃないけど……」

（どうしよう――）と頭の中をいろいろな思いが駆けめぐる。

松浦の気持ちを傷つけることはできないけれど、さりとて、自分の正直な気持ちを言わないのは、かえって後々のしこりになるだろうと思った。

「ずいぶん急なんですね」

「ああ、昨年の人事で赴任したばかりの前任者に事故があって、急に僕にお鉢が回ってきた。東京を離れるのは辛《つら》いけれど、宮仕えにはつきものだし、昇格へのステップとして通らねばならないコースなんだ」

「そうですね、おめでとうって言うべきですよね。だけど、私のほうはそんなに急には無理ですよ。仕事だっていますぐ辞めるわけにはいかないし」

美由紀は冷たい口調にならないように気をつけて、言った。

「それだけ？」

「え？」

「だめな理由はそれだけなの？」

「だめっていうわけじゃないけど、まあ、いまはそれが一番の問題。私をあてにしてくれている人たちを裏切るわけにはいかないし、私自身、この仕事をずっと続けていきたいと思っていたし」

「だったら、結婚だけして、当分のあいだは別々に暮らせばいい。ね、それならいいんじゃないの?」

「それって、別居っていうこと?」

「別居っていうと、なんだか別れるみたいだなあ」

松浦は笑った。

「そういうネガティブなことじゃなくて、単身赴任だって思ってもらえばいい。単身赴任は珍しいことじゃないだろう。とりあえず籍だけ入れて、それで僕だけ高知へ行く。向こうには官舎があって、きみがいつ来ても受け入れ態勢は万全だ」

「変ですよ、そんなの」

「変則かもしれないが、べつに構わないじゃない。法律に触れるわけじゃないし」

「それはそうだけど……」

新婚旅行とかはどうするの——と言いかけて、美由紀は口を噤《つぐ》んだ。なんだか、そういう「儀式」のために結婚したり籍を入れたりするようなイメージが、ふっと心の中を過《よぎ》って、少しいやな気がした。

「きみはいまの仕事をしばらく続けて、キリのいいところで僕のところに来てくればいいよ」

「キリのいいところっていっても……」

そんなものがあるかしら――と思った。

どんな職業もそうかもしれないけれど、カメラの仕事にだって継続性がある。撮影の途中で次の予定を打ち合わせることなんか、しょっちゅうだ。こっちの仕事ぶりを気に入ってくれたクライアントから「この前の調子で撮ってくれ」と頼まれたとき、「結婚するからもうだめです」なんて、そんなこと言えっこないわ――と思った。

それに、もしここでカメラの仕事を放棄してしまったら、これまでやってきたことはいったい何だったの――という気持ちも強かった。

「いまは仕事、辞められません」

美由紀は小さな声で言った。声は小さかったが、意志のある口調だった。

「それはだから、いますぐ辞めてほしいとは言っていないよ。きみが納得できるまで……たとえば今年いっぱいとか、それくらいは僕は待てるさ。それに、高知へ行ってからも仕事をすればいいし」

「そりゃ、東京ほどではないにしても、カメラの仕事はあると思うよ」

「高知にも仕事、ありますか？」

「そうかなあ……」

「それに、いつまでも高知に行ったきりというわけじゃないしね。三年も経てばまた本省に戻って来られるはずなんだ」

「えっ、なーんだ、そうなんですか。だったら結婚、それまで待ちましょうよ。三年くらい、すぐ経っちゃいますよ」

「三年は長いよ」

松浦は悲しそうに言った。

「ばかにされるのを覚悟で、正直なことを言うと、僕は不安なんだ。たとえ三年間とはいえ、美由紀が僕の手の届かない遠い存在になってしまうのがね。だからせめてしっかりした契約だけをしておきたい」

「契約って、婚約するだけじゃいけないんですか？」

無意識に体を離す姿勢になった。

美由紀には松浦の言った「契約」という、デリカシーに欠ける言葉が、ひどく即物的に聞こえた。

結婚は女性にとっては一つのドラマであり夢でもある。それを契約という単語で束縛するのは、まるでアパートを借りるときのような味気ないものに置き換えてしまう。それまで抱いていた結婚への憧憬《しょうけい》のようなものがスーッと遠のいていった。

「もちろん、結納を交わして、正式に婚約をするけど、それだけでは不安なんだ。入籍という形で契約を結びたいんだよ」

松浦は美由紀の思いには気づかないのか、熱心に口説いた。

「もしきみがどうしても東京で仕事を続けたいというのなら、必ずしも今年いっぱいじゃなく、僕が高知にいるあいだずっと単身赴任でもいい。もちろん、休みのときには僕が東京に来てもいいし、きみが高知に遊びに来てもいい。高知は空も海も青くてじつにきれいだ。とてもいいところだよ」

松浦はフロントガラスの向こうの暗い夜空を仰ぎ見て言った。

「結婚式を挙げるのは、いろいろ準備も必要だから先になってもいいけれど、とにかく籍だけは入れておきたい。お願いします」

「そんな、お願いだなんて……だけど、どうしようかな……」

美由紀は胸が痛くなるほど迷った。松浦は好きだし、プロポーズが嬉しくないはずはない。松浦の言う不安は愛情の強さの証明でもある。高知にいるあいだは単身赴任状態でもいいというのは、彼にとっては精一杯の譲歩に違いない。美由紀のほうにだって、それに応《こた》えたい気持ちは十分にある。(だけど――)と美由紀が逡巡《しゅんじゅん》するのは、仕事のこともあるけれど、「契約」という言葉にこだわる気持ちがあるからだ。それまで結婚を契約だなどと思ったことは、ただの一度もなかった。

たしかに結婚は男女間で交わされる一種の契約には違いない。婚姻届は契約書だ。それにしても、結婚を契約というのは、不動産の売買契約や牛や馬の取り引きを連想させて、なんだか気分が索漠としてくる。

契約なんかしなくても、私はあなたを裏切ったりしないわ――と言いたいところだが、つきつめてそのことを考えると、本当に大丈夫なのかどうか、美由紀にも自信のあることは言えなかった。

松浦が危惧《きぐ》するとおり、若い二人にとって三年の月日はたしかに長い。その間に何が起こるか――たぶん起こりはしないと思うけれど、絶対に確かなものなんて、この世にはありはしないのだ。

もちろん「何か」が起こる可能性は松浦のほうに大きいだろう。松浦が契約を急ぐのには、自分自身に対する縛りの意味もあるに違いない。しかし、美由紀の側にだって不安要素がないわけではない。

当然ながら写真の仕事は男に伍《ご》して働く場所である。タレントやデザイナーといった人種には、ふつうのサラリーマンとは異なった思考回路の持ち主が多い。それにクライアントの中にだって、常識はずれの行動に出る人物も少なくない。男女間のモラルなど、世間の一般常識からは相当にずれているといっていいかもしれない。

仕事が深夜に及ぶことは当たり前だし、ロケ地での雑魚寝《ざこね》なども珍しくない。これまで美由紀が「無事」に過ごしてきたこと自体、業界では不思議と噂《うわさ》されているほどだ。

そういう危険性があるからこそ契約を交わすのだろうけれど、そうであればあるほど、やっぱり「売買契約」のようなニュアンスを強く感じてしまう。

思いあぐねて、美由紀は結局、常識的なことを言うしかなかった。

「少し考えさせてもらっていいですか？　両親にも相談しないと」

「ああ、もちろんいいよ。けど、そう長くは待てないことも事実だ。僕の出発まで、あと一週間しかない。もし必要なら、ご両親には僕からお話ししてもいい」

「いえ、それは私が話します」

美由紀はきっぱりと宣言した。

帰宅してすぐ、両親にその話をした。「ふーん、籍だけをなあ」と、父親の孝男《たかお》は得心できた顔ではなかった。もっとも、孝男としては娘を嫁にやること自体、あまり愉快ではないのだろう。相手が誰にせよ、どういう形であるにせよ、手放しでは賛成しかねるに違いない。

「籍だけ入れて、離れて住むのか……なんだか特攻隊みたいじゃないか」

「何よ、そのトッコウタイって」

「特攻隊を知らないのか」

孝男はちょっと優越感を抱いたような顔になって、娘を下目に見た。

「戦争でさ、飛行機で敵艦に体当たりするのをそう呼んだんだ」

「ああ、それなら知ってるけど、それがどうして『みたい』なの？」

「いや、昔おふくろが話したのだが、特攻に選ばれた隊員が、出撃の前夜、婚約者と結婚式を挙げて飛んで行ったということがあったらしい。特攻隊の例はともかく、陸軍でも海軍でも、出征する前日に急いで結婚した例は珍しくなかったそうだよ」

「それじゃ、もしそのまま戦死なんかしちゃったら、いきなり未亡人てわけ？」

「そういうわけだな。それに較《くら》べれば、おまえの場合なんか、高知へ行くったって、べつに戦死しちまうわけじゃないんだから、まだ恵まれてるってことかな」

「戦死だなんて、縁起でもないこと言わないでよ」

そのとき、美由紀はふっと、松浦が言った前任者の「事故」のことが気になった。いったいどういう事故だったのだろう？

「結婚はいいけど、美由紀、仕事のほうは辞めちゃうの？」

母親の正子《まさこ》が言った。

「辞めはしないわよ」

「そう、それならいいけど、高いカメラを買ったばかりなんだろう？　それに、あんなに熱を入れて始めた仕事なんだもの、中途半端に結婚なんかで辞めたりしちゃもったいないわよ」

「へえー、母さんがそんなふうに言うとは思ってなかったな」

「どうしてさ。私だって、いまの時代に生まれていたら、手に職をつけて、結婚なんかしないで頑張っていたかもしれない」

「おいおい、結婚なんかはないだろう、なんかは」

孝男がクレームをつけたので、正子も美由紀も笑った。

「ははは、もしそうなってたら、私は生まれてこなかったっていうわけね」

美由紀がそう言うと、正子は厳粛な顔になった。

「そうだわねえ。だとしたら、やっぱり結婚してよかったのかしら」

「というと、なんだか私は自慢の娘みたいじゃない」

「そうよ、私たちにとって、美由紀は自慢の娘だわよ。あっちこっちの雑誌に美由紀の撮った写真が出てると、母さんも嬉しいし、お父さんだって自慢して回ってるわよ」

「おれは自慢なんかしないさ」

「嘘ばっかし。湘南ハムの大竹さんがそうおっしゃってたわよ」

湘南ハムというのは孝男が以前、勤めていた会社だ。そこの上司だった大竹に勧められて、孝男は独立して藤沢駅前で精肉店を始めた。仕入れ関係にコネをつけてもらったり、経営のイロハを教わるなどした。いまでもいろいろと世話になることが多い。

「いやだなあ、そんなふうに変な自慢なんかして歩かないでよ。まだ駆け出しで、大した作品があるわけじゃないんだから」

「そんなことはないわよ。美由紀の撮った写真はセンスがいいって、みんな褒めてくれてるわ。いまにきっと、女流カメラマンとして有名になるって。だからさ、結婚なんかしちゃうのは、ほんとは惜しいんだけどねえ」

「結婚したって仕事は辞めないわよ。そのために苦労しているんじゃないの」

「ほうら、苦労って、やっぱり松浦さんは賛成はしてないってことだろう？」

「それはそうだけど」

「だいたい男なんてやつは、焼《や》き餅《もち》焼きだからなあ」

孝男は自分は男ではないような口ぶりだ。

「それに美由紀は夜も遅いしな。やっこさんにしてみれば、ほかの男に取られるんじゃないかって、心配でしようがねえんだろう」

わざと下品な口調で、面白くなさそうに言った。

たしかに孝男の言うとおり、松浦の心配がそこにあることは分かっている。松浦自身はいまどき珍しいほど紳士的だが、世間の男どものほとんどはそうはいかない。

ただ、美由紀のほうだって、いまどき珍しい純潔を守っていることは、大学時代の美由紀を知る松浦にも分かっているはずだ。

美由紀の友人の多くは、男友達を含めて、美由紀のそういう時代後れを呆《あき》れ、笑う。当の美由紀でさえ、自分がどうしてバージンのままでいるのか、不思議に思うことがある。べつにそんなものにこだわっているつもりはないのだけれど、「危険」が迫ると、本能的に回避する習性があるらしい。

もちろん、相手が暴力的にくる場合には、こっちも暴力で立ち向かって撃退した。そのせいで、いつのまにか美由紀について「おっかねえ女」という風評が立った。それは悪い噂というより、むしろいい方向に作用して、仕事上の信用形成に役立った。

雑誌の仕事をしていると、編集者とカメラマンは、ときとして一心同体のようなムードになることがある。そうでないといい仕事が出来ないということも、たしかにある。それを私生活にまで引っ張ってしまうのは、もしかするとごく自然な成り行きなのかもしれない。しかし、それがあまりいい結果を生まないこともまた事実なのだ。

美由紀の知り合いにも一人、編集者とそういう関係に陥った女性カメラマンがいる。しばらくのあいだは、その雑誌の仕事を優先的に貰《もら》っていたが、噂が立つのと同時に、他社からの依頼がまったく途絶えた。やがてその雑誌社からも締め出され、ついに業界から消えてしまった。

美由紀に与えられた「おっかねえ女」の称号は、安心して仕事を任せられる女というイメージにほかならなかった。考えてみると、そのイメージを作るまでのこれまでだったようなものだ。

写真家としてようやく自信がついて、業界でも認められて、これからというときだ。母親に言われるまでもなく、この仕事を捨てるのは惜しいし、到底、そんな気になれっこない——とも思う。

「まあ、先方が籍だけ入れてくれれば別居状態でもいいって言うんだから、そうすりゃいいじゃないか」

孝男は最後には少し投げやりに言った。

「おれたちがああだこうだ言ったところで、決めるのは美由紀なんだからな。だいたいおまえは、いつだって親の言うことなんか聞きゃしなかったんだ。これまではそれでなんとかうまくいったんだから、今度もそうすりゃいいのさ。悪い条件じゃないしさ」

「そんな冷たい言い方をしないでよ」

美由紀は拗《す》ねてみせたが、孝男の言うとおり、籍だけ入れて別居というのは、やっぱり受け入れなければならないギリギリの条件なのかもしれなかった。

2

両親は籍だけ入れて、別に暮らすのもいいだろうと言ったが、美由紀自身は踏ん切りがつかないまま、数日が流れた。

松浦は美由紀からの返事をじっと待っていたに違いない。我慢の限界がきて、四日目に美由紀の携帯に電話が入った。

「高知へ発《た》つ前の晩は、Ｋホテルのレストランで食事をしよう」

このあいだの返事を、と切り出しかねて、違う用件に事寄せているのが分かる。

スケジュールを調べると、五月二十六日は夕方まで仕事が入っていた。ルポライターと一緒に、日光方面の観光取材に出かける予定になっている。

「ひどい恰好《かっこう》だから、そんな高級なところじゃないほうがいいわ」

「だったら、部屋を取っておくから、そこで着替えればいい」

松浦は怒ったような口調で言った。

美由紀はドキッとした。松浦にしてはずいぶん大胆な提案であった。

「そうね、そうします」

反射的に、自分でもびっくりするような言葉が、スッと口をついて出た。

ひょっとすると、ひょっとするかもしれない――という気がしないでもなかった。

それでもいいと美由紀は思った。その日を逃すと、松浦と自分とは永久に結ばれることはないような気がした。

「じゃあ、午後六時にホテルのロビーで待ってるよ」

松浦は勝ち誇ったような声で言った。

切れてしまった電話を見つめて、美由紀はしばらくぼんやりしていた。

約束の日の仕事は予定時刻を大幅にオーバーした。例の「旅と歴史」の仕事で、もともとハードなスケジュールではあったのだが、おまけに、同行したルポライターが駆け出しで要領が悪く、あっちこっちで時間ばかり食った。東照宮の宮司へのインタビューなど、美由紀が撮影しながら脇で聞いていても、頼りない感じだった。

「いつも頼んでる浅見ってやつが、秋田へ行ったきり帰って来ねえんだ。ピンチヒッターみたいなもんだけど、よろしく頼むよ」

昨日、打ち合わせのとき、編集長の藤田がそう言ってぼやいていた理由がこれで分かった。ルポライターなんて誰でも同じかと思ったけれど、そうではないらしい。

帰路も日光を出たのが遅れた上に、東北自動車道と首都高が渋滞で、Kホテルに着いたのは約束の午後六時を一時間半も過ぎていた。

ロビーの待ち合わせということで、こっちからは連絡しにくい。あのひとのほうから電話をかけてくれればいいのに――と、美由紀は逆恨みのように思った。

どうせもう、待っていてはくれないだろうと思った松浦が、ロビーの椅子にポツンと坐《すわ》っているのを発見して、美由紀はさすがに胸が詰まった。

「ごめんなさい、いま着いたところなの」

美由紀が謝るのに、松浦は「ああ」と頷《うなず》いただけで、何も訊《き》こうとせずに立ち上がって、「行こうか」と歩きだした。

エレベーターで九階まで上がって、廊下を端のほうまで歩いて、９１１号室のドアの前で立ち止まり、松浦はキーを出した。

ドアを開けて、松浦はボーイがするような恰好をした。

「この部屋だ。バスを使って、着替えして下りてくるといい。僕はさっきのところで待っているよ」

ほとんど美由紀の顔をまともに見ないで、クルッと踵《きびす》を返して去って行った。怒っているのか、それとも照れているのか、美由紀にはよく分からなかった。

着替え用のスーツをハンガーに掛けておいて、美由紀はシャワーを浴びた。時間がないので髪を洗うわけにいかないが、いつもより丁寧に体を洗っている自分に気づいて、お湯のせいばかりでなく全身が火照《ほて》った。

ずいぶん急いだつもりでも、四十分ほどは経過しただろう。ふだんは無造作に描く眉《まゆ》にも、気を遣いすぎて何度も失敗した。

ロビーに下りると、松浦は待ち構えたように美由紀に寄り添って、ふたたびエレベーターで十七階のレストランへ向かった。

フランス料理のコースを注文し、ワインを飲んだ。

「きみは車だから、少しにしておいたほうがいいよ」

松浦が言った。

美由紀は（あれ？――）と思った。泊まれとは言わないにしても、十分に酔いが醒《さ》めるまでは、あの部屋にいることになるのかと思っていた。もちろん、泊まる覚悟だってして来たつもりだ。

「大丈夫よ、すぐに醒める。それにこのワイン、とっても美味《おい》しいし」

半分、意地のようになって、いつもよりはハイピッチでワインを飲み、そのあとビールも頼んだ。

「大丈夫か」

松浦は苦笑いをしたが、美由紀がウェーターに注文するのを止めることはしなかった。

十時半頃、部屋に戻ったとき、美由紀ははっきり酔っていた。エレベーターに乗るまではしっかりした足取りで歩いたつもりだが、エレベーターから部屋に辿《たど》り着くあいだは見栄もなく松浦の腕に縋《すが》った。甘えたい気分もあったのかもしれないが、それよりも現実に足がもつれた。

部屋に入って、目の前のベッドに倒れ込みたいのを辛《かろ》うじて制して、傍らのソファーに坐り込んだ。

「ごめんなさい、どうしたんだろ、そんなに飲んでもないのに」

「十分に飲んでるよ、困ったやつだなあ」

松浦は少し冷たく聞こえるような言い方をした。

「どうする、そんなんじゃ、当分動けないだろう」

「平気、しばらく休めば……」

語尾を言い切るのが辛《つら》くなっていた。吐く息がビール臭いことに、美由紀は自分でも気がついて、いやだなあと思った。

「服を脱ぐと楽になるよ」

松浦の声が神の声に聞こえた。ほんとうにそうしたかった。

しかし、いざ上着を脱ごうとすると、指がもどかしいほど動かない。ボタン一つをはずすのに手間がかかった。

「どれ」

と松浦が近づいた。自分でする——と意思表示をする声が出なかった。ビール臭い息を吹きかけるのも気になった。

松浦の手が美由紀を人形のように扱って、上着を脱がせハンガーに掛けた。その一部始終を見る目が朦朧《もうろう》としていた。

美由紀は欲も得もなく横になりたいと思った。上体がしぜんに傾いてソファーに倒れるのを、右手をついてわずかに支えた。

「苦しいのか？」

訊かれて、素直に「うん」と答えた。

「しようがないなあ。じゃあ、とにかくベッドに入れよ」

「いいの、ここで」

「そんなところで寝てたら風邪を引くよ。強情を張るんじゃない」

松浦の腕が両脇に差し込まれて、美由紀は他愛なく立ち上がらせられた。

（ああ――）

と、美由紀は心の内で呟《つぶや》いた。これがお定まりの「コース」ってやつね――と思った。ほとんど混沌《こんとん》状態の頭の中で、それに抵抗したい気持ちと、成り行きに委《ゆだ》ねる快感とが交錯した。

松浦は美由紀をベッドに運び、靴を脱がせ、毛布の下に押し込んでから、スカートを脱がせにかかった。パンストも下着も新しいのと着替えたことが、美由紀の頭を過《よぎ》った。

（よかった――）と思った。

「ブラウスはどうする？」

松浦が訊いた。

「どうするって？……」

何を言っているのか、松浦の気持ちを量りかねた。

「いや、皺《しわ》になっても平気かって訊いているんだ」

「だめよ」

「そうか、じゃあ脱ぐか」

上着を脱ぐよりもはるかに手間のかかる作業になった。美由紀の上半身を右手で抱き起こすようにしながら、松浦は左手でボタンをはずした。

「そうか、女のボタンは逆についているんだっけ」

とまどったようなことを言って、それでもどうにか一つずつボタンをはずした。ブラウスの下はいきなりブラジャーだった。

松浦がどういう表情をしているのか、美由紀は何も見ていなかった。

美由紀は自分の体に自信を持っているわけではない。どちらかといえば痩《や》せ型で、カメラ機材を担いで歩くせいか、筋肉ばかりがむやみに発達した。胸はまあまあ豊かだが、ヒップから腿《もも》にかけてのラインはあまり女性的とはいえそうになかった。

ブラウスを脱がせるとき、松浦は美由紀の剥《む》き出しの肩を抱くような恰好《かっこう》になった。

ブラジャーからあふれるバストの膨らみも、しっかり見られたはずである。

目を閉じていながら、美由紀は肩を抱かれる感触と同じ程度に、バストへの松浦の視線を感じていた。

羞恥心《しゅうちしん》と期待感と、それにアルコールの効果で、美由紀の体は桜色に染まっている。このあとにつづくであろうドラマを想像して、美由紀は息苦しいほどであった。

毛布の下に美由紀の体を隠して、松浦は衣服をハンガーに掛けに行った。

(そんなの、放っておけば――)

美由紀は焦《じ》れた。松浦のそういう律儀さは好きだけれど、いまはそんな場合ではないでしょう――と思った。それに、のんびりしていると、このままほんとうに眠ってしまいそうで不安だった。

ベッドの脇に松浦が戻ってきた。目を瞑《つむ》ったままの美由紀の耳たぶに、松浦の息づかいが触れた。

「結婚してくれるね」

「ええ」

「籍も入れるね」

「ええ」

「今度、高知から帰ったとき、婚姻届を出すけど、いいね」

「ええ」

「ありがとう」

松浦の手が美由紀の頬に添えられ、ゆっくりと仰向《あおむ》けにされた。半ば開きかげんになった唇に、松浦の唇が重ねられた。

酔いで知覚が痺《しび》れているはずなのに、美由紀は頭の先から腰にかけて「ズン」というショックを感じた。

こんなことは初めてだった。ひどく好色な女になったような気がした。

松浦の体にしがみつきたい衝動に駆られたけれど、両手は毛布の下にある。その上から松浦に抱きしめられて、身動きができない。もどかしい思いに耐えきれず、美由紀は身をよじった。

(早くきて――)と心の中で叫んだ。

松浦がベッドから離れた。

クローゼットを開け、ハンガーをはずす音がした。服を脱ぐ様子を思い描いて、美由紀は無意識にシーツを握った。

ルームライトが消された。

ドアを開閉するような音が聞こえた。オートロックの音が「カチッ」と無粋に響き、ひそやかな足音が廊下を遠ざかった。


五月二十七日の朝の便で、松浦は高知へ赴任した。東京の濁った空から、土佐の突き抜けるような青い空への飛行であった。

彼の乗った飛行機が羽田を発《た》った頃、美由紀はKホテルのベッドで目覚めた。

体を起こしたとき、頭の中に重石《おもし》があるような鈍い痛みで目眩《めまい》がした。

しかしその痛みも、昨夜の記憶を薄れさせてはくれない。

何がどうしたのか、美由紀はいまだに理解できずにいた。

あそこまでこっちの気分を高めさせ、しどけない恰好をさらけ出させておきながら、何もせずに去って行くなんて、許せない——と思った。

トイレを使ってベッドにへたり込んで、惨めったらしい自分の姿を眺めて、美由紀は涙が出た。

ベッドの脇の小テーブルに封筒が載っていた。Kホテルの用箋《ようせん》に「ホテルの支払いは済ませてあります。自宅に帰って朝の便で出発します。いつでもいいから、高知へ遊びにおいで」と書いてあった。

「それだけ？……」

美由紀は呟いた。

（かっこよすぎるわよ――）と思った。

しかし、いかにも松浦らしいという気もしないではなかった。たがいに許しあってはいても、正式に結婚するまでは聖域は侵さないつもりなのだろう。

（ひょっとすると、あの人、童貞かもしれない――）

そうでもなければ、いくらピューリタンでもあのままで「退却」するはずがない。

（いやだ、あのトシで――）と、美由紀は自分の歳を棚に上げて笑った。笑いながら、その一方では厳粛な気分も感じた。

いいトシをした童貞と処女が結ばれるという、超時代後れの結婚だって悪くないじゃないの。むしろ褒めてやりたいわ――と、世間に向かって開き直りたかった。

そう思ったとき、松浦勇樹が心の底からいとおしくなった。いますぐにでも、高知へ彼を追いかけて行きたくなった。

カーテンを開けると五月晴の太陽が眩《まぶ》しい。この空のどこかを、松浦の乗った飛行機が細い雲を描きながら飛んでいる。

美由紀はまるで稚《おさな》い乙女のような気持ちになって、溢《あふ》れる涙が頰を伝った。

3

松浦勇樹の新しい勤務先は高知県教育委員会事務局生涯学習課、その課長としての赴任であった。代々このポストが文部省のキャリアのために用意されたものと決まっているわけではない。現に前々任者は県庁生え抜きのベテランで、生涯学習課長を最後に退官している。

その後を襲って赴任した、松浦より一期先輩の安木富士夫《やすきふじお》が、着任して一年後のこの春、交通事故に遭った。頭部を強く打ち、視覚障害の後遺症が消えないために急《きゅう》遽《きょ》、松浦が起用されたのだ。

高知県庁は城の下にある。近頃はどこの地方官庁も巨大な高層ビルを建てるが、高知県庁は倹約質素の証明か、それとも時代の波に乗り遅れたのか、七階建ての地味な建物だ。そのせいで、教育委員会の各セクションは庁舎ビルから百メートルばかり離れた別棟にある。建物も設備も古く、室内空間はいかにも狭い。生涯学習課の部屋な

って いた。

ど、デスクのあいだは体を斜めにしなければ歩けない。どのデスクも書類の山で埋まっていた。

着任の挨拶《あいさつ》回りなどで、初日は目の回るような忙しさだった。夜は課員による歓迎会が催された。「得月楼《とくげつろう》」という大きな料亭で、ここがその昔は、小説や映画で有名な「陽暉楼《ようきろう》」だったのだそうだ。

中庭に面した広い座敷に入ると、テーブルの上にはすでに料理が並んでいた。巨大な皿に鰹《かつお》のたたきや海老の刺し身など、見るからに旨《うま》そうな魚介類が飾られている。

「課長は初めてでしょうから、高知名物の皿鉢《さわち》料理にしました」

課長補佐の水野《みずの》が言った。高校時代は相撲部だったという、四十六歳の大柄だが物静かな男だ。

皿鉢料理というのは、大雑把《おおざっぱ》にいえば、刺し身を中心とした会席膳《ぜん》の盛り合わせのようなものである。皿の上には刺し身ばかりでなく、天麩羅《てんぷら》も焼き物も載っている。とにかく豪快なものだった。

大皿の料理には、それぞれ勝手に箸《はし》をつけていいのだが、慣れない主賓のために、太めでかなり年配の仲居が手際よく小皿に盛り分けてくれた。

松浦はほとんどビールだったが、他の職員は地酒を飲んだ。土佐は大酒飲みで有名だ。男はもちろん、女性の大酒飲みは日本一ではないかという。

その話が出たところで、松浦は太めの仲居に酒を勧めた。

「あなたもずいぶん飲みそうですね」

「はい、私もお酒が大好きで、この仕事がやめられません」

仲居は言って、男のように笑った。

「やっぱり土佐の女なんですね」

「いいえ、私は秋田の生まれです。言葉がちょっと違うでしょう」

「へえー、気がつかなかった。しかし訛《なま》りはぜんぜんないですね」

「そんなことありません。こちらさお世話になって十二年にもなっけど、なかなか秋田弁が抜けねもんで」

仲居はわざと訛りを強調して喋《しゃべ》った。そう言われると、たしかに東北訛りである。

「秋田の女性が遠く高知に来るまでのあいだには、ずいぶんいろいろなストーリーがあったんでしょうねえ」

「それはまあ、いろいろとありましたけんどね、あははは」

仲居は体を揺すって豪快に笑うのだが、表情にかすかな翳《かげ》りがあるのを松浦は見た。何も屈託がなさそうに見えて、秋田から高知まで流れてくるあいだには、それなりの歴史があるのだろう。

「課長さんはやっぱり東大法学部のご出身ですの？」

もう一人の若いほうの仲居が訊《き》いた。

「どうしてそう思うの？」

「それは、わたしらにはよう分からんですけど、東京からおいでになるお若い課長さんは、皆さん東大法学部や聞いてますので」

「そんなことはありませんよ。現に僕は私大を、それも五年かけて卒業しました」

「えーっ……」

と、仲居ばかりでなく、事情を知っている水野以外の職員全員が、驚いた目を松浦に集めた。

「僕はコンピュータが好きで、高校時代からパソコンに取りつかれて、卒業するとすぐコンピュータ会社に入ったんです。しかし実務だけではだめだと思い直して、コンピュータ関係のバイトをしながら、なんとか大学を出ました。一応、公務員試験は通りましたけど、むしろ文部省にはコンピュータの縁で入ったようなものです」

「へえー、そういうコースもありうるのですかねえ」

職員の一人が感心したように言った。

「それなんですね」

松浦は頷《うなず》いて言った。

「世の中には、中央官庁のいわゆるエリートっていうのは、みんな東大法学部卒のキャリアだ——という妙な常識みたいなものがあるらしくて、会う人ごとにそう言われます。しかし、それっておかしいでしょう。実力さえあれば、誰にでも国の行政に携わるチャンスがありますよ。僕の場合の実力はコンピュータの知識ですが、それ以外の方面でも、能力のある人は登用されるのが当然です。企業や官公庁での採用や昇進が、学歴にのみ依存する体質は、これからはどんどん変わっていくと思いますし、また変わらなければならないと思っています」

太めの仲居がパチパチと手を叩《たた》き、それに和して皆が拍手を送った。多少はお世辞もあるだろうけれど、概して好意的な笑顔が並んでいた。

「あ、いけない、演説みたいになっちゃいましたね」

松浦は顔を赤くして頭を掻《か》いた。

「そうはおっしゃっても、なかなか課長のような具合に、とんとん拍子いうわけにはいかないもんですけどなあ」

水野が穏やかな口調で言った。

「ええ、たしかに僕の場合は幸運も手伝っていると思います。それだけにいっそう頑張って、あいつは雑草のくせによくやったじゃないかという評価をもらって、これから後も、僕のようなアウトロー出身の人間がどんどん登用される道を造らなければならないと思っているのですよ」

「ご立派ですなあ」

水野は頭を下げた。若い上司の昂《たかぶ》った意欲に心底、敬意を表しているように見えた。

「ほんま、立派やねえ」

太めの仲居が土佐訛りを強調して言った。

歓迎会がお開きになったあと、今夜の会計のことでひと悶着《もんちゃく》あった。松浦がそれとなく水野に確かめたところ、「主賓は気を遣わなくてもいいのです」というのだ。

「それはいけませんよ。僕のためにこんなに集まってもらったのだから」

「いや、大丈夫なのです。こういうことのために、課内で積立をやっていますので」

「だめですよ、僕にも払わせてください」

「まあまあ、そんなにお固いことは言わんでください。いずれ課長にはドカッと奢《おご》ってもらいますがな」

水野の窘《たしな》める目に出くわして、松浦も引き下がった。公金から支出しているわけではないらしいし、そういうのが慣例になっているようだ。これ以上押し通すのはカドが立つ。せっかくの酔いも醒《さ》めるだろう。

二次会をと誘われたが、松浦は断った。

「まだ荷物も解いていないもんで」

「そうですな、私もご一緒しましょう」

若い連中は街に出たが、水野はタクシーを拾って道案内をしてくれた。

官舎は高知市街の少し北寄り、久万《くま》川を渡った愛宕町《あたごちょう》にある。東京の下町のような雰囲気のある住宅街だ。小さいながら、一戸建ての二階家が松浦にあてがわれた。

「課長はご結婚はまだ先ですか」

タクシーの中で水野が訊いた。

「あてはあるのですが、相手のほうも仕事を持っているもので、難しいのです」

「お仕事は何ですか」

「カメラマンです。雑誌の写真なんかを撮っています」

「なるほど、それは難しいですなあ。近頃は男以上に仕事のできる女性が多くなりました。ちなみに、高知県は女性の就業率が非常に高く、そのせいか離婚率も全国トップレベルなのです」

「女性が自立できるというのはいいことでしょう」

「それはまあそうですが、男どもにとっては戦々恐々ですな。あ、いや、課長のようにしっかりした方なら何も問題はないかもしれませんが、われわれ自堕落な亭主族はおちおちしておられません」

水野は結論のように言って笑った。万事に好意的な水野でさえ、女性上位にだけは否定的な立場であるように感じられた。それが高知県——というより、日本という国の現状であり限界なのかもしれない。

「そうそう、話は違いますが」

松浦は真顔に戻った。

「安木さんは東京に戻らず、高知にいるのだそうですね。まだ動けないほど、回復していないということなのでしょうか？」

「それもありますが、むしろ気持ちの問題だと思います。ご本人は東京へ戻りとうないということのようです」

「それは、どうしてですか？」

「さあ……」

水野は答えを渋っているが、安木の気持ちも分かるような気がする。たしか、安木は失明のおそれもあったほどのダメージを受けたということだ。将来を嘱望されたエリート官僚として、再起を危ぶまれる事故は、肉体的な痛みよりも精神的につらいものがあるにちがいない。赴任先から無様な姿で引き上げる無念さを、松浦はわが事のように思った。

「安木さんは市立病院でしたか。お見舞いに行きたいのですが、明日は日中一時間ほど、席を空けても大丈夫でしょうか」

「もちろん大丈夫です。いつなりと、課長がお留守のときはお任せください。それじゃ、明日の朝までに、病院の場所など書いておきましょう」

タクシー運転手に道順を教えるコツを、水野が伝授しながら、官舎に着いた。

水野は寄らずにそのまま帰った。

ガランとした家の中には、まだ梱包《こんぽう》したままの荷物がゴロゴロしている。それを解くのも億劫《おっくう》なほど疲れた。

冷蔵庫、テレビ、洋服ダンスといった、ホテルの部屋並みの基本的な道具は備え付けで、多少古いことさえ我慢すれば、当座は間に合う。ベッドはこっちへ来てから買うつもりだったから、畳の上に薄い布団を敷いた。

風呂に湯を張りながら、布団の上に引っ繰り返り、テレビをつけた。風景や言葉の訛《なま》りもさることながら、テレビ番組やCMの違いにローカル性を強く感じる。

全国共通の番組やニュースを見ると、かえって旅愁を覚えるものでもあった。いま見ているのと同じ画面を、美由紀も見ているのだろうか——などと思う。

午後九時のニュースが始まったときに、風呂の湯が気になって立ち上がった。湯を止めて、服を脱ぎに部屋にもどると、教科書問題のニュースが流れていた。さすがに文教関係の話題は関心を惹《ひ》く。

松浦は元の布団の上に坐《すわ》り込んで、テレビに見入った。

この春、新年度からスタートした新しい教科書に対して、反発するグループが主催したシンポジウムのニュースだった。ステージの上に五人のパネリストが並び、会場と対話する形で問題提起を行なっていた。

槍玉《やりだま》に上がっているのは、もっぱら歴史教科書で、とくに近現代史の記述が、いかに日本を糾弾し、日本の近現代史を汚辱に満ちたものとして描いているか——を訴える集まりであった。

ニュースのほうはごく短かったが、松浦は重い凝《しこ》りのようなものが胸に残った。

風呂は少し熱めだったが、疲れた体にはむしろ小気味いい。

湯上がりに、パンツ一つの恰好《かっこう》で、冷蔵庫の中のビールを取り出した。

グラスのビールを飲み干したところで、ふと思いついて美由紀に電話してみた。自宅の電話ではなく、携帯電話の番号をプッシュした。

「あら、いま松浦さんのこと考えていたところ」

美由紀はびっくりした声を出した。

「電話したかったんですけど、番号聞いてないから」

とりあえず官舎の電話番号を教えた。

「いまどこにいるの？」

松浦は訊《き》いた。

「家です、部屋でテレビ見てます。あ、そうそう、さっき、テレビのニュースで教科書問題のことやってましたよ」

「ああ、それなら僕も見た。そうか、こっちと同じなんだ」

「いやだ、当たり前でしょう。それでね、歴史教科書が日本のことを悪く書いているってことを言ったでしょう。それって、このあいだ取材で長野県へ行ったときに会ったおじいさんが言っていたことと、そっくり同じだったんです。だから、ちょっとびっくりしたっていうか、感慨無量っていうのか」

「ふーん、誰なの、そのおじいさんというのは」

「べつに誰っていうことない、飯島さんていうただのおじいさん。神社巡りをしている、それも八幡様ばっかりを回っている、ちょっと風変わりな人でしたけどね」

「それで、その人は教科書のことを何て言っていたのかな」

「昔の教科書は国の歴史を誇りに思ったり、親やおとなを尊敬できるような内容だったけど、いまは醜悪な歴史ばかり教えるって言ってました。これでは愛国心なんか芽生えるはずがないんですって」

美由紀は明るい声で喋《しゃべ》っている。

松浦の胸に、美由紀の言葉はドーンとこたえた。

歴史教科書の問題については、松浦にかぎったことでなく、文部省をはじめ文教行政に携わる者すべてが、多かれ少なかれ問題意識を抱かないわけがない。

近現代史のありようについて、テレビニュースで取り上げた「改革派」を是とするか非とするか、それぞれの胸の内にはそれぞれの考えがくすぶっている。

しかし行政内部にいる以上、建前として現状肯定の姿勢を貫かなければならない。ことに、他のセクションが管轄する問題について、妄《みだ》りに批判めいた発言をすることは許されないのだ。

教科書は初等中等教育局の「教科書課」が検定を行なう。

戦前の「国定教科書」のように、文字どおり国が定める方針に基づいて国が編纂《へんさん》し発行するものではなく、民間の出版社によって編纂・作成された教科書見本を文部省がチェックする方式で、正式使用が認められる。

基本的にはカリキュラムに則《のっと》って、教科の進め方がもっとも効率的であるように作成される。理数系の教科書についてはほとんど問題はないのだが、社会——とくに歴史教科書がつねに議論の対象となる。

歴史認識は、極端なことをいえば、個人個人によって解釈が異なっているのが当然なのかもしれない。

早い話、イスラエルとアラブの争いは、どちらが正しくてどちらが悪いのかなど、人それぞれで判断が違うだろう。『アンネの日記』がさかんに読まれた頃は、ユダヤ——イスラエルは悲劇の民族であるとして、誰しもが同情を惜しまなかった。しかしそのイスラエルが強国となって近隣諸国を力でねじ伏せている現状を見ると、あの同情は何だったのか——と思いたくもなる。もっとも、イスラエルにしてみれば、力を用いなければ国の存在が危ういという、やむにやまれぬ事態だったということなのだろう。

ことほど左様に、国際間の正義などというものは相対的なものなのだ。一方が正義を標榜《ひょうぼう》しても、相手国にとっては悪の権化なのかもしれない。

戦後半世紀を過ぎて、日本は経済的には大国として君臨しているが、その反面、あの戦争にいたる「歴史」に関しては、いまだに罪の意識に怯《おび》えつづけている。戦争を知らない子供たちまでが、隣国の指弾の前にはうなだれざるをえない。

いったいこの屈辱はいつまで引きずっていかなければならないのか――。

そのことを松浦も思わないことはない。

明治、大正、昭和とつづく、日本がアジアの大国としてのし上がってきた過程のほとんどを、犯罪行為の歴史として、その間にあったはずの英雄談や美談をすべて抹殺し、語り継ぐことさえ許されないような風土が、現在の歴史教育の現場だ。

これではたしかに、「国を愛せ」「誇りを持て」と言うほうが無理に違いない。

少し無言のときが流れていた。

「おとといのこと……」

と、受話器の奥から美由紀の少し甘ったるい声がして、松浦はわれに返った。

「とても恥ずかしかった」

「ああ、ごめん、ほったらかしにして帰ってしまって」

「そうよ、意地悪ですよ。目が覚めてから、悲しくていっぱい泣きました」

「ははは、きみでも泣くことがあるのか。それは大発見だね」

「ひどい……」

「ごめん、冗談だよ。僕だってあのときはつらかった。きみを抱きたい……あ、近くにどなたかいるの？」

「ううん、大丈夫、聞こえません」

「そう。僕だってね、誘惑に打ち克《か》つのにはすごい精神力を要したんだよ」

「どうしてですか？　そんな無理しなくてもいいのに」

「きみにそうあっさり言われると悔しいな。僕なりに正義を貫いたつもりなんだから」

言いながら、この場合、正義という言葉が妥当なのかどうか、自分で首をひねった。

「きみを大切なひとだと思っているから、とても大切にしたいと思っているからさ」

「嬉《うれ》しい……けど、つまらない、少し」

か細い声で言われて、松浦は身内から突き上げてくるものを感じた。

「会いたいな、とても会いたい。休みが取れたら高知においでよ。空がすごくきれいだ。それに食い物がいい。今日、土佐名物の皿鉢《さわち》料理っていうのを食ったんだ。きみにもぜひ食べさせたいな」

「ん？　それだけって……ああ、そうか、そうだ、結婚しよう。名実ともに今度こそ結婚しよう」

「それだけ？」

「あはは、名実ともにだなんて、そんな言い方、おかしいわ」

「そうかな、だめかな、だめかい？」

「ううん、いいです」

「そう、いいんだね。よし、それまでに車を買っておくから、ドライブしよう。こっちに来たら、きみのために新車を買うつもりでいた」

「でも、お仕事が変わって、当分は忙しいんでしょう？」

「ああ、忙しいことは事実だけど、それとこれとは別だよ。それに、嫁さんが来るとなったら、誰だって邪魔はしないさ。みんな気のいい連中ばっかしでね。つくづく高知に来てよかったと思った」

「なんだか、すごく張り切ってる」

「そうかな、そうだな。きみの声を聞いたとたん、元気が出てきた。ありがとう」

松浦は受話器の中にいる美由紀に向かって、最敬礼を送った。

4

翌朝、松浦は生涯学習課にしばらくいたあと、安木を見舞いに出掛けた。県庁からそう遠くない市立病院である。

安木富士夫はベッドの上にいた。顔色は思ったよりいいが、左眼と頭を包帯で巻かれ、見るからに痛々しい。

「やあ、いよいよ来ましたか」

安木は松浦の顔を見るなり、挨拶《あいさつ》より先にそう言った。

「僕の後継がきみだって聞いて、やっぱりなと思ったよ」

「えっ、それはどうしてですか」

「たぶん、きみも僕と同じで、省内で煙たがられているだろうからさ」

「というと、安木さんも？」

「ああ、十分に煙たがられていたね。とくに例のサッカーくじ問題では、相当しつこく抵抗してやった。きみもそうでしょう」

「もちろんです。安木さんがいたときから、しょっちゅう議論してたじゃないですか。

僕はあのとき以来、自説を変えていませんから、うちの課長も手を焼いてましたよ。しかし、それと今度の人事がリンクしているとは思いませんでしたね」

「ははは、甘い甘い」

「それじゃ、つまり、はっきり言って左遷ということですか」

「驚いたなあ。今頃気がついたの？　きみも相当なお人好《ひとよ》しだね。役所の人事なんてそんなものさ。邪魔なやつは遠くへ追っ払う。まあ、一種のペナルティのつもりかもしれないけどね」

「そうですかねえ、ほんとにサッカーくじが原因の左遷ですかねえ。どうも僕には信じられないですね。だって、あれは反対するのが正論でしょう。あんな馬鹿馬鹿しい法案を文部省が担ぐこと自体、おかしいじゃないですか。部内にだって、僕だけじゃなく、反対意見の持ち主がけっこういましたよ」

「いるけれど、発言はしない」

「いや、そんなことはありませんよ。飲み屋なんかでもその話題になると、かなり盛り上がりますからね」

「飲み屋で盛り上がっても、公式の場所や部内の会議で発言するやつはいないでしょう。課長に嚙《か》みつくのは、いつだってわれわれ馬鹿正直な人間ばかりだった」

「………」

　松浦は黙った。たしかに思い当たることはある。

「放っておくと、マスコミにまでペラペラ喋《しゃべ》って、省内不一致を暴露しかねないと警戒したんじゃないかな。そんな不穏分子は遠くへ追っ払うにかぎる。それも、文部省とは直接関係のない地方の役所に閉じ込めてしまえば、少しはおとなしくなると考えたんだろうな。しかしね、上の連中のやることが、必ずしもうまくゆくとは限らないですよ」

　安木は、意気消沈した松浦の様子を見て、慰めるように言った。

「遠くへ追いやろうと何をしようと、その人間の資質がすぐに変わるわけじゃないんだから。むしろそんなことをすれば、病原菌を拡散する結果を招く。どこへ行こうと、主張することは主張しますよ。つまり、彼らにとっては、ガンの転移を招くようなことになるのだが、そこに気づいていないんだね」

「ははは、僕たちはガンですか」

「そう、それもかなり悪性だ。下手をすると彼らの命取りになりかねない。現に、この僕だって、こっちへ来てからむしろ積極的にサッカーくじ批判をやってきた。生涯学習の講演だとか、各市町村の集会に呼ばれるたびに、必ず話の中にその問題を混ぜることにしているんだ。地方の一般市民はサッカーくじのことなんか、それほど関心を持っているわけじゃない。知らないでいれば、たぶん、気がついたら法案が通って、町は悪法によって汚染されているってことになっていただろう。僕がサッカーくじの悪法たる所以《ゆえん》を話すと、いまさらのように、そんなひどいことがまかり通っているのかと、びっくりする」

「役所で何か言われませんか」

「いろいろ言う人もいるよ。あまり派手なことは言わないほうがいいってね。本省ほどじゃないが、県庁内でも上のほうは中央を向いている人が多いから、厄介なやつが来たと思われていただろう。中には、おまえが一人でいきがるのはいいが、補助金に影響が出るなどと、露骨にいやみを言う人もいて、水野さんなんかはハラハラしていた。しかし、県知事も僕と同じ意見でね、大いにやってくれと尻《しり》を叩《たた》かれた。民間にも同調してくれる人は少なくないし、市民運動のレベルにまで拡げようとしてくれている。ただし、そういう奇特な人はごく稀《まれ》で、市民の多くは、考え方としては賛成しても、運動となると尻込みする傾向があってね」

「それはなぜですか」

「ヤクザだよ」

安木は腹立たしげに言った。

「もともと、高知県内では、一部の人間とはいえ、サッカーくじ推進の動きはかなり強いものがある。いや、むしろ中央より現実的といってもいいかもしれない。その背景にはヤクザの存在があると考えられる。関西には英正組という広域暴力団の組織が蔓延《まんえん》していて、高知にもその舎弟分にあたる片江組というのがある。これがサッカーくじがらみで何かやらかそうとしているらしいんだな」

「何をやるんです？」

「いや、具体的なことはまだよく分からない。しかし、競馬にしろ競輪、競艇、オートレースにしろ、何らかの形で暴力団の財源に寄与していることは間違いない。ノミ屋なんていうのもその一つだが、サッカーくじも何らかの方法でヤクザの集金システムに繰り込まれるのだろう。いずれにしても、彼らにとって、僕みたいなのは邪魔な存在であることは確かなようだ。いやがらせの電話なんか、しょっちゅうだった」

「えっ、脅迫ですか」

「明らかにそうだね。月夜の晩ばかりじゃないなんてさ、おっそろしく古めかしいことを言いやがった。夜中に家に石を投げられて、窓ガラスが割れたこともある」

「まさか……」

松浦は一瞬、息を呑《の》んで、言った。

「その怪我はそれじゃないんでしょうね」

「ははは、これは違うよ。これはただの交通事故だ。しかも僕の不注意でね。しかし、連中にしてみれば、それ見たことかというところだろうな。そいつが悔しい」

安木は頬を歪《ゆが》めた。

「痛みますか？」

「ん？ あ、いや、怪我の痛みはないが、胸が痛む。こんなざまで、せっかく盛り上がりかけた反対の気運が先細りになってしまうのがさ。同調して後押しをしてくれている人たちに申し訳ないよ。テレビのニュースなんかで、サッカーくじ法案が着々と進捗《しんちょく》しそうなのを見ると、こんなふうにベッドに縛りつけられている自分が残念でならない」

「心配しなくてもいいですよ、僕が跡を引き継ぎますから」

「ああ……」

安木は視線を上げて、松浦を見つめた。

「それはそうしてくれることを望むけど、しかし、風当たりがきついよ」

「覚悟の上です」

「そう……」

安木は気づかわしげに黙った。

「心配しなくても大丈夫ですよ。安木さんが言ったように、せっかく膨らみかけた反対の気運を萎《しぼ》ませては、これまでの安木さんの努力も水の泡です。僕も安木さんに負けないように、あっちこっちで吠《ほ》えまくります」

松浦は喋っているうちに、自分の中から昂揚《こうよう》するものが溢《あふ》れ出るのを感じた。安木の熱気に触発されたのだろう。

別れぎわに安木は、「無理はするなよ」と言い、「忙しいだろうけど、また来てくれ」と名残惜しそうだった。

役所に戻ると、水野が「いかがでした？」と寄ってきた。

「思ったより元気そうでした。相変わらず意気軒昂たるものがありましたよ」

「ああ、サッカーくじのことですか」

水野は声をひそめた。

「ええ、ベッドにいるのが残念だと言ってました」

「分かります。前課長は、一途《いちず》にサッカーくじ阻止にかけているようなところがありましたからね」

「かなり軋轢《あつれき》もあったそうですね」

「おっしゃるとおりです」

水野は周囲を見回した。課長席の周辺には少し空間があるが、部下の耳は意識しないわけにいかない。彼らの多くは、新任のエリート課長に心服しているわけではないのだ。むしろ、中央から舞い降りてきた白鳥のような若者に、無条件で好意を抱けというほうが無理というものかもしれない。

「僕は安木さんの後継として、サッカーくじに対しては同じ姿勢で臨むつもりだと言ってきました」

「えっ……」

水野はもう一度、周囲に気を配って、いっそう声を小さくして言った。

「それはおやめになったほうが……」

「なぜですか。これは安木さんに迎合するわけでなく、もともとの僕自身の信念なのですから」

「それはよく分かりますが、世の中には道理の通用しない人間もおりますので、どうぞ慎重にしてください。安木さんにも、いろいろあったようで」

「ああ、それも聞きましたよ。そういう暴力に屈しなければならないこと自体、世の中の不条理じゃないですか。とはいうものの、僕も臆病《おくびょう》な人間ですから、無鉄砲なことはしませんので、ご安心ください」

「さようで……いや、本当にそうしていただきたいですな」

水野は最後まで気掛かりそうだった。この若者、自重すればいいが、素直にいうことを聞いてはくれないだろう――と、松浦の胸の内を読み取っている顔であった。

5

松浦が高知へ去って以来、しばらくのあいだ、美由紀は仕事も何も手につかず、ぼんやり気抜けしたような瞬間をしばしば経験することになった。編集者との打ち合わせの最中に、相手の言ったことを聞き逃すような、これまでになかった失敗を犯した。

松浦はわりと小まめに電話してくれるのだが、折悪しく美由紀が遅い仕事で留守をしていたり、逆に美由紀のほうから電話したときには松浦が帰宅していなかったりと、うまい具合にはいかないものだ。

たまに摑《つか》まったときには、おたがいに、つい愚痴が出る。松浦は口に出しては言わないけれど、早く高知に来い――という思いがつのっているにちがいなかった。

仕事と結婚という、女性であるための宿命のように課せられた「二者択一」が、まさにいま、美由紀の目の前にあった。なぜ女だけがこういうハンディキャップを負わなければならないのよ——と愚痴も言いたくなる。二年か三年待てば、また東京に戻れると松浦は言うが、確実に東京なのか、その後もどこかに転勤にならないという保証はない。

松浦が遠い土地で独り身でいることも、気にならないわけではなかった。母親もそのことを言っていた。それを憂いあれを悩むと、どうすればいいのか分からなくなってくる。

電話の声を聞いているときだけは、すぐ近くにいるような錯覚で、気持ちが安らぎ、胸が温かくなるけれど、現実の松浦は遠い高知なのだ。受話器を置いたとたん、その距離を実感して、胸の内が空疎になり、隙間風《すきまかぜ》が吹き抜けるような寂しさに襲われる。

「高知か……」

意味もなく呟《つぶや》く。

独り自室でテレビドラマを見ていながら、ふっと心ここにあらざる状態に陥っている自分に気づく。ドラマの筋が何も記憶に残っていない。テレビのブラウン管の上に、まだ見ぬ高知の風景のあれこれが思い浮かんだ。

(どんなところなのだろう——)

松浦は電話のつど、子供のようにはしゃいで、高知はとてもいいところだと言っている。松浦がそう強調すればするほど、早く高知へ行きたい——という思いと、その逆に拒否反応のようなものを感じてしまう。

(嫉妬《しっと》かな——)と、思った。

ばかげた話だけれど、高知に嫉妬しているのかもしれない。あんなに好きになってしまった高知と自分のことを、松浦が天秤《てんびん》にかけているようなことを考えてしまう。

テレビを消して、美由紀は今日、出版社から届いたばかりの週刊誌を開いた。その中の「夫婦のステップ」というページの写真撮影を依頼されている。著名人夫妻が結婚以来の人生を語り合う——という、全部で三ページの軽い内容だ。

担当編集者がむやみに「明るく撮れ」と言うので、いくぶん露出オーバーめに撮ったのだが、思ったとおり、あまり出来はよくなかった。グラビアならともかく、ザラ紙に印刷されると、なおさら狙いどおりの効果は出にくいものである。

パラパラとページを捲《めく》って、事件記事の見出しに目が止まった。

神社巡りの老人が殺された奇怪な謎

週刊誌らしい、思わせぶりな見出しだが、その「神社巡りの老人」の文字に、美由紀はギョッとなった。

すぐに「飯島昭三」という活字が飛び込んできた。

「うそっ……」

思わず声に出した。

記事の内容は、秋田県金浦町の竹嶋潟という沼で他殺死体となって発見された老人の話題であった。事件があったのは少し前のことらしい。その後追い記事といったところで、扱いもごく小さい。自分に関係がなければ、何気なく見過ごしてしまっただろう。

その老人が長野県中野市で会った飯島昭三であることは、間違いなかった。

記事には「神社巡りの旅の途中、奇禍に遭った」と書いてある。また、金浦町の隣の仁賀保町にある八幡神社を訪れたらしいとも書かれていた。

「八幡神社……」

美由紀の脳裏には、中野市の小内八幡神社の風景が蘇《よみがえ》った。春まだ浅い信濃《しなの》路の、うら寂しい神社の杜《もり》の中で、穏やかな笑みを浮かべて佇《たたず》む老人の姿が懐かしい。

あの飯島昭三が殺されていた――。

美由紀は背筋に冷たいものが走った。

週刊誌の記事は事件の真相に迫るような内容は希薄で、むしろ死体が遺棄されていた竹嶋潟にまつわる大蛇伝説を紹介することで、事件の怪奇性を煽《あお》ろうとしていた。

（いったい何があったのかしら――）

あの穏やかな老人が、そんなひどい仕打ちに遭わなければならない、いったいどういう事情があるというのだろう。

それも、神社巡りの旅の途中である。まったく、この世の中、神も仏もないという、その証拠みたいな話だ。

美由紀は悲しみよりも怒りで胸が震えた。老人を殺害した犯人に対してはもちろんだけれど、それを興味本位の記事に仕立てた週刊誌にも、怒りをぶつけたかった。

しかし考えてみると、美由紀にしたって、日頃はそういう週刊誌の記事を楽しみ、現にいま読んでいる週刊誌などの雑誌から貰《もら》う仕事で食べている。それを悪しざまに言うのは、天に唾《つば》するようなものだ。

ベッドに入ってからも、飯島老人のことが脳裏に去来して、なかなか寝つけない。神社の境内で、車の中で、小布施の和風レストランで、老人が話してくれたあれこれが思い出される。ゆったりした口調で、ときには若者のように眸《ひとみ》を輝かせて語った。そういえば、飯島老人は近いうちに秋田のほうへ行くと語っていた。そうやって八幡神社巡りをつづけているという、その理由は話してくれなかったが、そのこだわりには老人の過去にまつわる深い事情があるような気がした。

飯島老人は話の最後のほうで美由紀に、神様について勉強して欲しい——と言い、「あなたには特別な、ふつうの人とは違う『貴いもの』がある」と言った。

そのときはびっくりもし、あやうく笑ってしまいそうになったが、老人はどこまでも真剣な面持ちだった。

「貴いもの」だなんて、そんなふうに人に言われたのは、もちろん生まれて初めてのことだし、たぶんこれからだって、生涯言われるはずもないだろう。あれからしばらくは、鏡を見るたびにそのことを思い出しては、照れて、鏡の中の自分に向かってアカンベーをしたりした。

(あれは何だったのだろう?——)

飯島老人は詳しい説明を避けるように、話題を打ち切った。

そのことばかりでなく、飯島はいくつもの謎を残したまま別れて行った。「小内」という名を気にして小内八幡神社を訪れたと言っていたことや、美由紀の祖母のことをしきりに聞きたがっていた様子も、みんな中途半端なままで別れた。

その飯島老人がもうこの世にはいない。そのことを思うと、あのときもっといろいろな話をしておけばよかった――と、いまさらのように後悔の念が湧いてくる。

翌日、美由紀は「旅と歴史」に顔を出して、日光取材の写真を編集者に渡した。

「よく撮れてるじゃないか」

藤田編集長が脇から首を突っ込んだ。

「島村《しまむら》の文章は下手っくそだが、美由紀はますます腕を上げたな」

同行したルポライターをこき下ろして、美由紀を褒めた。

「ありがとうございます。じゃあ、ギャラ、上げてくれるんですか」

「ははは、お世辞を言うとすぐそれだ。まだまだ十年早い」

「十年経ったら、いいかげんオバンになっちゃいますよ」

「そうか、われらがアイドル美由紀ちゃんもそういう歳になったか。で、どうするんだい結婚」

「さあ、どうしましょうかねえ」

「あてはあるんだろう？　もしなかったらいい男を紹介するぞ。金と将来性はともかく、顔と仕事っぷりはまあまあだ。わがままで自分勝手で、すぐに職場放棄をしちまうところが玉に瑕《きず》だけどね」

「ひどいなあ、そんないいかげんな人を推薦するんですか？」

「ははは、ちょっと悪く言い過ぎたかな。実際はそんなにひどくない。浅見っていうルポライターだけど、いちど会ってみろよ。今日ここに来ることになってるから」

「いいですよそんなの……あ、そうそう、それよか編集長、このあいだ長野県中野市に土びなの取材に行ったでしょう」

「ああ、あのギャラだったらもうちょっと待ってくれよ」

「そうじゃなくて、そのときに出会ったお年寄りが殺されたんです」

美由紀はバッグの中から週刊誌を取り出して、ページを開いた。

「ほら、これです、この記事」

「秋田県……あれ？　この事件なら、浅見ちゃんが言っていたやつじゃないか」

藤田はあらためて眼鏡を直し、雑誌に顔を近づけた。

「そうだよ、これだよ。さっき言った浅見ってのが、この事件のことを調べてるんだ。このあいだ秋田へ行って、一週間ばかりこっちの仕事をほっぽりっぱなしでさ」

「えっ、そうだったんですか……」

「驚いたなあ。そうなのか、美由紀がこのじいさんに出会っていたとはねえ。偶然とはいえ、妙な巡り合わせじゃないの。やっこさんが喜びそうな話だ」

「やっこさんて？」

「だからさ、浅見ちゃんだよ。そういう奇々怪々な話にぶつかると、やたら興奮するビョーキの持ち主なんだ」

「その人、会わせてくれます？」

「いいとも、いますぐにだって会わせてやるよ。ほら、あそこに立っている」

藤田の指が美由紀の背後に向けられた。

第五章　放浪の秘密

1

ドアを入ったとたん、藤田編集長の指が真っ直ぐこっちに向けられ、手前の女性が振り返った。浅見は反射的に笑顔を作ってペコリと頭を下げた。女性もつられたように、とまどいながらお辞儀を返した。

「浅見ちゃん、ちょっとちょっと」

藤田が呼んだ。

「紹介するよ、この美人は美由紀ちゃん——カメラの小内美由紀女史だ。彼がいま話したルポライターの浅見ちゃん」

浅見は近づいて名刺を出した。

「そうですか、あなたが小内さんですか。この前の中野市の土びなの写真、とてもよかったですね」

「ああ、見てくれたんですか、ありがとうございます」

「今度、一緒に仕事させてください。といっても、そういう仕事に恵まれたらですが、よろしくお願いします」

「こちらこそよろしくお願いします。編集長の話ですと、日光の取材は浅見さんに依頼するはずだったのだそうですね」

「ええそうなんですよ。どうせギャラが安いからと思って断ったんだけど、残念なことをしました。あなたとなら、ギャラなんかどうでもよかった」

「あはは、お世辞がうまいんですね」

「盛り上がっているとこ、悪いけど」

藤田が二人のあいだに割って入った。

「秋田の話はどうなったのさ」

「ああ、あれですか」

「あ、そうでした」

浅見と美由紀が同時に応じて、たがいに顔を見合わせた。浅見は「どうぞ」と美由紀に先を譲った。

「あの、この記事のことなんですけど」

美由紀が週刊誌のページを開いた。浅見が覗《のぞ》き込むと例の「竹嶋潟」の事件が載っている。

「浅見さんはこの事件のことを調べているんだそうですね」

「ええ、まあそうですが」

「それでさ」と藤田が横から口を挟んだ。

「美由紀ちゃんがその被害者のじいさんを知っているんだそうだ」

「えっ、あなたのお知り合いですか」

浅見は驚いた。

「知り合いというわけではないんですけど、あの土びなの取材のとき、中野市で会って、いろいろ話を聞いたりしたんです」

「ほうっ……」

浅見は穴のあくほど相手の顔を見つめてから、慌《あわ》てて周囲を見回した。藤田ばかりか、何人かがこっちの様子を窺《うかが》っている。

「ちょっと出ませんか。隣の喫茶店で話を聞かせてください」

浅見は美由紀の肩をそっと押すようにしてドアへ向かった。

「おいおい、浅見ちゃん、それはないぜ」

後ろから藤田がクレームをつけるのを、二人は完全に無視した。

喫茶店は空《す》いていた。テーブルを挟んで向かい合うと、美由紀が意外なほど若く見えたので、浅見はかえって気圧《けお》された。

二人ともコーヒーを注文したが、べつに何でもよかった。その証拠に、話に熱中して、ほとんど口をつけないままだった。

「そのお年寄り、飯島さんていうんですが」

浅見が言うと、美由紀はすぐに頷《うなず》いた。

「ええ、知ってます。飯島昭三さん。ほんの行きずりみたいに会っただけなんですけど、一緒に食事したりして、ためになる話を沢山聞かせてもらいました」

溜《た》めていた気持ちを一気に吐き出したいとでもいうように喋《しゃべ》った。

「またいつか会いましょうって言ってお別れして、そしたら昨日、この週刊誌を見ていたら、殺されたっていう記事が出ていて、もうびっくりしたんです。でも、そういえばあのとき、飯島さんは近いうちに秋田のほうへ行くって話してたなって思って……」

美由紀の目は潤んでいた。ついさっき、編集部にいるときの陽気そうな雰囲気とはガラッと変わった。感性が豊かで、しかも仕事場とプライベートな場とを、使い分けることのできる女性だ——と浅見は感心した。

「よかったら、そのときの話を詳しく聞かせてもらえませんか」

「ええ、いいですけど……あの、浅見さんは事件を調べているって、その事件のことを記事に書くんですか？」

眉《まゆ》をひそめ、疑わしい目になった。

「いや、これは仕事じゃありません。じつは、僕の姪《めい》が通っている学校の先生が飯島さんの息子さんで、その関係でたまたま事件に関わることになったんです」

「そうなんですか、よかった。もしルポの仕事として調べていらっしゃるのなら、ちょっと困るなって思ったんです。こんなふうに雑誌に書かれるのは、飯島さんが気の毒で」

「その点は心配しないで大丈夫です。ある事情があって、僕が事件に首を突っ込んでいること自体、秘密にしておかなければならないくらいですからね」

「事情って、どういう？」

「ははは、まあそれはいいでしょう」

浅見はあいまいにはぐらかした。まさか母親が怖いなどとは言えない。

「とにかく安心して話してください」

「分かりました」

小内美由紀は目を宙に据えて、しばらく考えをまとめてから話しだした。

長野県中野市の小内八幡神社で会って、小布施のレストランで食事をして、車で駅まで送って別れるまでの長い話だったが、美由紀は要領よく要点を押さえて話した。

浅見は退屈するどころか、美由紀の話の隙間《すきま》に見え隠れする飯島老人のイメージに、強く興味を惹《ひ》かれた。とくに八幡神社に異常とも思えるほど執着していたことに、何か特別な意味があるのか、奇妙に思えた。

「飯島さんが長野県だけでも何カ所かの八幡様を巡っていたとすると、それまでにもあちこちの八幡神社を回って歩いていたのかもしれませんね。秋田へ行く前は石川県でも神社巡りをしていたそうですし」

「ええ、私もそんなふうに思いました。飯島さんはずっと、日本全国の八幡様を巡って歩いてきたんじゃないかなって。秋田を回ればあと少しとか言ってましたし」

「なるほど……」

そのことは重大なヒントかもしれない。

「飯島さんが小内という名前にこだわった理由は、分からないのですね？」

浅見は訊《き》いた。

「ええ、はっきりそう言ったわけじゃないんです。こだわっているって感じたのは、私の勝手な思い込みかもしれません。でも、祖母の知り合いの名前だって言ったら、祖母のことまで知りたがっていたことはたしかで、ちょっと変だなあ——とは思いました」

美由紀はそのときの情景を思い浮かべる目をした。

「ただ、私が変に警戒して、最初に松浦という偽名を名乗ってしまったもんで、詳しいことを聞こうにも聞けなかったのが残念ですけど」

「そうでしたか……ところで」

浅見はさりげなく訊いた。

「あなたがそのとき名乗った松浦という名前には、何か意味があるのですか？」

「えっ……」

美由紀の頬に朱がさした。

「ええ、フィアンセの名前です。いまは高知県にいるんですけど」

「なるほど」と、浅見は相手の顔が眩《まぶ》しくなった。美由紀のほうはもっと照れ臭いのだろう。その話題から逃げるように言った。

「飯島さんは東京の出身で、ほとんど東京在住でしたが、一時期、大分県にも住んだことがあるそうです」

「ほう……大分県には宇佐八幡があるのですが。そのことと八幡神社巡りとの関連については、飯島さんは何か言ってませんでしたか」

「宇佐八幡の話はいろいろ聞きましたけど、そのことと八幡神社巡りをしている理由や目的と関係があるようなことは聞いていません。それよりも、これはなんとなくなんですけど、何かを探して歩いているような感じがしました」

「何か——というと？」

「たとえば、人探しだとか」

「ふーん、どうしてそんなふうに感じたのですか？」

「ですから、なんとなく……理由を訊かれると困っちゃうんですけど、あのときも小内八幡神社の神主さんを訪ねて、いろいろ聞いていたみたいですし。そうそう、あの神社を訪ねたのも、小内っていう人と関係があるんじゃないかって思ったんじゃないかしら。とにかく、ただのお参りだけのための旅ではないような気がしました」

そのとき、中空を見据える美由紀の眸《ひとみ》が、透明な湖のような色に染まるのを、浅見はたしかに見たと思った。戦慄《せんりつ》に似たものが、浅見の背筋を襲った。この女性には何か、得体の知れぬ特殊な能力が宿ることがあるのではないか——と思った。

飯島老人もそのとき、浅見が見たのと同じものを彼女に見たのかもしれない。

浅見がそんなふうに感じたのは、ほんの一瞬のことで、美由紀の様子はすぐにふつうの状態に戻った。目の前にいるのは、意欲や秘めた才能はあるにしても、ごく平凡な若い女流カメラマンにすぎない。いま見たものは単なる錯覚にすぎないような気にもなった。

「浅見さんて、不思議な眸をしてますね」

こっちの思っていたことを、いきなり逆に言われて、浅見はどぎまぎした。

「鳶色《とびいろ》っていうのかしら。その目で見つめられると、なんだか魂を吸い取られそうな気がします」

「驚いたなあ、僕があなたにそう言おうと思ったところですよ。小内さんには何か、特別な能力が具《そな》わっていると……」

「あら……」

美由紀は目を丸くした。

「そういえば、飯島さんがそれと同じようなことを言ってましたけど」

「ほう、何と？」

「え？　いえ、変なことですから」

「いいじゃないですか、教えてください」

「だめですよ、笑っちゃうようなことなんです」

「笑いませんよ。言ってみてください」

「だけど笑いますよ、きっと。あはは、こう言ったんです。『あなたはふつうの人とは違う、貴いものがある』って」

浅見は胸を突かれた。「貴いもの」とは言いえて妙だ——と思った。浅見が漠然と感じたものの正体を「貴いもの」と看破した飯島という老人の眼力にも、端倪《たんげい》すべからざるものがある。

「ほらね、おかしいでしょう。呆《あき》れちゃうでしょう。ははは」

照れて屈託なく笑う美由紀に、最前の妖《あや》しい気配は、もはやどこにもなかった。

2

小内美由紀と別れてから、浅見は市ケ谷のJ学院へ向かった。飯島弘と校門の前で落ち合って、彼の父親の家に行く約束になっている。

堀端の桜並木は濃厚な緑に染まっていた。けさのニュースで、梅雨前線が沖縄から九州地方へ北上しつつあると報じた。季節のうつろいは早いものだ。つい先日、秋田で鳥海山の雪を見てきただけに、一入《ひとしお》その感が深く、なんだか世の無常を思ってしまう。

ソアラのフロントガラスの前を、下校する生徒たちが三々五々、通り過ぎる。少し遅い時刻だから、クラブ活動でもやっていたのだろうか。軽やかな足取りで、はじけるように校門を出てくる。

姪の智美《さとみ》に出会うかと思ったが、下級生はすでに下校したあとらしい。

飯島弘は小走りにやってきた。

「職員会議に摑《つか》まって、なかなか抜け出せなくて、すみません」

助手席に乗ってから、しきりに謝った。いかにも教師らしい真面目な男だ。

飯島昭三の家は目黒区碑文谷にある。八年前に妻を亡くしてから、そこでずっと独り暮らしをしていた。

息子の弘は洋美と結婚して間もなく独立、北区のマンションに住んだ。

「父には何度も、こんな古い家は売って、一緒に住もうと言ったのですが、どうしてもうんと言わなかったのです」

　弘がそう言うのも無理がないほど、たしかに古い家であった。敷地はそう広くないが、ともかく一戸建ての二階家ではある。隣に八幡神社の森があるお蔭《かげ》で、戦災に遭うのは免れたそうだが、それだけに古い。葺《ふ》き替えた屋根だけはそうひどくはないが、壁などはかなり傷みがきている。

　玄関に入ると、外気よりは数度は低そうな空気が澱《よど》んでいた。主が家を出てから、少なくとも半月は経過しているに違いない。

「父が最後にこの家を出たのがいつなのか、正確なところは分かっていないのです。ゴールデンウィークいっぱいは、人出が多いのでどこへも行かないと言ってましたから、出かけたのはたぶん、五月なかば頃じゃないかと思いますが」

　狭い応接間に入った。応接間といっても粗末な応接セットがあるだけで、周囲には壁面が見えないほど本棚が置かれ、書物がギッシリ詰まっている。

「こんな状態なもんで、申し訳ありませんがお茶も出せません」

　飯島弘は恐縮している。

「いいえ、気にしないでください。僕のほうで無理を言ってお願いしたのですから」

　老人の居宅を見せて欲しいと言い出したのは浅見の側である。

警察も聞き込みに来たときに、ひととおり住居の様子を見て行ったそうだが、あまり細かくは調べなかったらしい。秋田県象潟署の捜査本部から出張してきた捜査員はわずか二名だったそうだ。これでは詳細にわたる家宅捜索などできるはずもないし、もともとその気はなかったのだろう。

浅見は本棚の書物を丁寧に見ていった。蔵書の種類はさまざまで、哲学書から文芸書にいたるまで、とりとめもなく並んでいる。硬すぎるくらい硬いものが多い——という以外、とくにどの分野に傾注したという印象は受け取れなかった。

一階は応接間のほかはほとんどがキッチンと食堂、風呂場などで占められている。書斎兼居間は二階にあった。

八畳の和室で、窓際に座卓を置き、そこで書き物や調べ物をしていたようだ。

この部屋の周囲も壁も覆い尽くすような書物の山である。ただし、応接間と異なって、書物の種類には一つの方向性のようなものが感じ取れる。宗教関係と教育関係の書物、それに地名辞典など地理、歴史、風土に関するものが多い。

その中でとくに「八幡神社」とその信仰に関するものが浅見の目を惹《ひ》いた。

日本宗教事典、神社名鑑といった分厚い書物ばかりでなく、神社の由緒や縁起などを印刷したパンフレットのようなものまで、八幡神社関係のありとあらゆるタイプの資料がそこにはありそうだ。

テーブルの上には各県ごとの神社名鑑が積んであった。秋田県神社庁編纂《へんさん》の名鑑がいちばん上に載っている。それぞれの県にそれぞれの神社庁があって、神社名鑑を発行しているらしい。

ここには秋田、石川、長野、兵庫、広島、高知の六県の神社名鑑があった。

その中で秋田県神社庁のものはとくに立派な装丁で、平成三年の発行になっている。それは平成新天皇の即位を奉祝する意味があってのことらしい。「発刊のことば」には「畏《かしこ》くも、天皇陛下におかせられましては、皇紀二千六百五十年、第百二十五代の皇位をお継ぎ遊ばされ……とりわけ、わが秋田県が、勅 諚《ちょくじょう》を仰ぎ、悠紀国《ゆきのくに》に点定され、御代初めての大嘗《だいじょう》の盛儀に栄光の大役を……」といったことが書いてある。

悠紀国とは、大嘗祭に供える新穀を出す国のことで、秋田県が新たにそれに選ばれたのを記念していることが分かる。それはともかくとして、科学万能、民主主義の現代に「皇紀」という言葉が生きていることを、浅見はあらためて認識した。

浅見ははじめ、漫然と見ていたのだが、ふと気にかかることを発見した。

そこにある六県の神社名鑑の中には、秋田、長野、石川と、浅見が知っているかぎりでも、飯島老人が八幡神社巡りをした県が三つとも入っている。

「お父さんが八幡神社巡りをなさった地方ですが、これまでどことどこにいらっしゃったのか、分かりませんか」

「今度の旅は石川県と秋田県で、その前は長野県、さらにその前は高知と、それからどこだったかな、広島にも行ったような気が……ああ、そうですす広島にも行ってますよ。カキのお土産をもらったことがあります。もっとも、そのときもやはり八幡神社巡りだったかどうかは知りませんが」

「兵庫県はどうでしょう？」

「兵庫ですか……」

飯島弘は記憶を辿《たど》っていたが、ゆっくりと頷《うなず》いた。

「そういえばたしか、だいぶ前にそんな話もしていたような気がしますねえ。しかし、どうして兵庫って分かるのですか？」

「これです」

浅見はテーブルの上の神社名鑑を、扇の形に拡げた。

「いま言った県が全部揃ってます」

「あっ、ほんとだ……」

飯島の目が点になった。口を半開きにしたまま、しばらく動かなかった。

「どういうことですかね？　とりあえず資料の揃ったところだけ歩いたのでしょうか」

自信なげに、不安そうに呟《つぶや》いた。

浅見はあらためてテーブルの周囲にある膨大な資料を見渡した。

「神社に関してはこれだけの資料が揃っているのに、神社名鑑は六県分だけで、しかも全部、お父さんが回ったところばかりというのは、単なる偶然とは思えません」

「それもそうですねえ……」

「むしろ最初から、この六県にある八幡神社だけを巡ることに、決めていらっしゃったのじゃないでしょうか」

「そうかもしれませんが、しかし、なぜその六県だけなのでしょう？」

「さあ？……お父さんはそれについて、何かおっしゃっていませんでしたか」

「いや、ぜんぜん」

飯島は言下に首を横に振った。

「八幡神社のことだって、私がどこへ何をしに行く旅行なのか、いちおう心配だからと、しつこく問いただして、ようやく話してくれたくらいですからね。どこへ行ったのかも、後で土産をもらって、ああ高知か、広島かと分かるようなものでした」

しばらく六県の神社名鑑を眺めてから、浅見は言った。

「じつは、長野県中野市の八幡神社で、お父さんに会ったという人がいるのです」

「ほう」

「僕の知っているカメラマンなのですが、お父さんと食事をしたりして、親しく話したそうです。そのとき、お父さんは、いずれ秋田県のほうへ行く、あと少しだ——とおっしゃっていたというのです。秋田は八幡神社の多いところらしいので、秋田県を最後に八幡巡りの旅は終わるという意味だったのかもしれません」

「しかし、秋田へ行く前に石川県にも行っていますが」

「そうですね。それはどうしてなのか分かりません。あるいは秋田へ行く前に石川にも寄る予定だったのをおっしゃらなかっただけなのか、それとも石川へは以前も行っていて、すでにいちど訪れたからおっしゃらなかったのか、急遽《きゅうきょ》、立ち寄る必要が生じたのか……いずれにしても、六つの県の八幡神社を巡って、最後は秋田へ行って完結するというご計画だったと考えて、間違いはないと思います」

「だとしても、なぜ六県を選んだのかが分かりませんね。ぜんぜん根拠のない選択だとも思えません」

「そうですね、何か理由なり目的なりがあったのでしょう。それも、伊達《だて》や粋狂で気まぐれに旅をしたというのではなく、よほどの必然性と熱意をもって、真摯《しんし》に八幡巡りをなさったに違いありません」

「しかし、なんだって……と、話はどうしてもそこに行きますねえ」

「そういうことについて、お父さんが話したがらなかったという、その理由に問題が潜んでいるような気がするのですが」

浅見は飯島の顔を見つめて言った。

飯島弘は気まずそうに苦笑した。

「まったく情けないくらい、私は父親のことを知らないのですよ。今度の八幡神社巡りのことだって、この体《てい》たらくですからねえ。結婚してこの家を出たのが二十年前。その前も父親とはよく、議論みたいなことはしましたが、ふつうの家族的な親子の会話みたいなのは、あまりしたことがなかったですね。息子の私から言うのもなんですが、父は陰湿でも因循姑息《いんじゅんこそく》というわけでもなく、むしろ真っ正直な人間だったと思います。しかし本当に、家族に対しては無口でしたねえ。いや、ひょっとすると、余所《よそ》の人に対しても無駄なお喋《しゃべ》りはしなかったのかもしれません」

父親が坐《すわ》っていた座布団を見下ろして、感無量の面持ちだ。

「子供の頃から、あまり褒められることもなかった代わりに、叱られもしませんでした。およそお説教らしいことを言わない主義だったのじゃないでしょうか。ただ、中学のときか高校のときか、進路を決めるので悩んでいる頃に、教育者になれと言われたことがありました」

「なるほど、それで現在、飯島さんは先生をなさっているんですね」

「まあそうだと思います。ほかに能力がなかったとも言えますが」

「なぜ教育者に——とおっしゃったのでしょうか？」

「日本の将来は教育にかかっているということを言ってました。敗戦によって価値観がすべて逆転してしまって、日本と日本人は進むべき方向を見失ってしまった。教育もその拠《よ》り所を失って、精神や哲学のない、技術的なことのみに偏った方向へと向かうだろう。その結果生まれてくるのは、視野が狭く浅く、処世術だけが長《た》けた、場当たり的な国民性ということになる。経済大国にはなりえても、他国から尊敬はされない。それは教育の根幹となる精神や国家観、世界観が存在しないからだ——といったような話をしたと思います」

「立派ですねえ」

「ははは、立派だけど、そんな小難しいことを言われたって、ガキみたいな私に分かるはずがありませんよ」

「しかし、結果的には教育者になられたのですから、やはりお父さんの影響が大きかったのではありませんか」

「まあ、それはそのとおりですが」

飯島は頷いたが、すぐに首を振った。

「父が私に期待したのは、社会に影響力を持つほどの教育家ということだったのでしょうけれど、私はそんな器ではありません。せいぜい高校の教師になる程度の能力しかありませんよ。それでも、まだしも国語か歴史の教師になれば、多少は満足したかもしれない。そうでなければ、父の言っていたような、国家観だとか世界観などを生徒に教えるチャンスはありませんからね。しかし、私は数学を専攻しました。数学が好きだったこともありますが、それよりも、そうすることで父親の言いなりにならない部分を誇示したかったのでしょう。愚かな抵抗というやつです」

苦渋に満ちた表情だった。

「お父さんはたしか文部省でしたね」

浅見は飯島自身のことから、話題を逸《そ》らした。

「そうです。ただの事務屋で、天下りもしないで、最後は課長で退官しました」

「天下りをしない役人なんて、いまどき珍しいですね」

「そういう、妙に依怙地《いこじ》で潔癖性なところが父にはありましたね。出世欲もぜんぜんなかったらしい」

「そうはいっても、中央省庁の課長さんになられたのですから立派じゃないですか」

「いや、それだって遅いのです」

飯島は残念そうに首を振った。

「旧帝大出で課長どまりで退官したのは、父ぐらいなものじゃないですかね」

「えっ、お父さんは帝国大学卒ですか」

浅見は驚いた。彼は一浪して三流大学に入るのがやっと。卒業後も一流企業どころか、ありとあらゆる会社をしくじって、とどのつまりルポライターなどという、母親の雪江に言わせれば「ヤクザなお仕事」に落ち着いたのだが、浅見の父親も兄も帝大——東大の出身で、それぞれ大蔵省の局長と警察庁刑事局長という要職についている。父親は五十二歳で「次官候補」と言われながら、惜しくも急逝した。兄の陽一郎は四十七歳。いずれは警察庁長官の椅子は固いだろうという話だ。

飯島の父親の時代の帝大卒は、現在よりもさらに希少価値があって、国家の中枢に関与する地位に上り詰めても不思議ではない。それが文部省の課長どまりとは、たしかに息子が言うとおり、遅すぎる出世といってもいいだろう。

七十四歳で全国を歩き回るほどだから、健康に問題があったわけではなさそうだ。何かほかの理由で出世が遅れたか、あるいは本人の意思で出世しなかったのかいずれかとしか思えない。おそらく、息子が「潔癖性」と評したことと無縁ではないだろう。天下りを拒否したのも、そういう性格からきているのかもしれない。

大蔵省や建設省、それに防衛庁などと較べれば、文部省の天下り先は少ないのかもしれないが、それでも、とにもかくにもエリート役人なら、国立大学事務長や私大の理事、文教関係の各種財団役員といったように、そのつもりになれば、天下り先はいくらでもあったはずだ。それに背を向けて、あっさり退官してしまったのは、何かよほどの信念があってのことと思わせる。

「そうして、悠々自適ですか……」

浅見は尊敬の意味を込めて言ったのだが、飯島のほうは違う受け止め方をしたのか、苦笑しながら言った。

「まったく気楽な隠居じいさんみたいでしょう。退官した頃も、何人か父の友人が訪ねてきて、仕事に就くよう進言してくれたみたいですけど、全部断っていましたね。中の一人が『おまえさんはいいな、呑気《のんき》で』と、露骨ないやみを言ってました。『帝大出がもったいない』と、捨て台詞《ぜりふ》のように言う人もいましたね。そうそう、じつは、それで私は父が帝大出だったことを知ったのですよ」

「えっ、じゃあ、それまではご存じなかったのですか?」

浅見はまた驚かされた。

「そうなんです。信じられないでしょうが、知らなかったのですよ。父はそんな話はぜんぜんしませんしね。いや大学の話どころか、若い頃や昔のことは何も話してくれたことがなかったようなものです。とにかく昔話の大嫌いな人間でしたね。客が来て思い出話なんかを始めると、そういう話はやめてくれって怒るんです。そんなもんだから、友達も少なかったのじゃないですかね。お客もめったに来ませんでしたよ」

浅見の頭の中に、飯島昭三という老人のイメージがだんだん形を成してきた。頑固で、人からは狷介固陋《けんかいころう》と思われていたようだ。その狷介のよってきたるところは彼の過去にあるらしい。帝国大学卒業という輝かしい経歴を持ちながら、なぜそうまで頑《かたくな》でなければならなかったのか——。

「父にしてみれば、六十歳からの人生はおまけみたいなものだったのでしょう」

飯島は言った。

「というより、六十も七十も生きるとは考えていなかったのじゃないですかね。だから、それから先の生活の設計図ができていなかった。どうやって生きればいいのか、当惑していたようなところがあります。あとどれくらい生きるのかも分からない。さりとて、自殺するわけにもいかない……」

浅見は思わず飯島の顔を見た。

「いや、これは実際、父の言った言葉でもあるのです。人間は自分の思いどおりに生きることは容易でも、思ったとおりに死ぬことは難しいとね」

思いどおりには死ねないと言っていた飯島老人が、思いがけない死を与えられることになるのだから、世の中は皮肉だ。

「お父さんが八幡神社巡りを始めたのは、いつ頃からですか？」

浅見は訊《き》いた。

「わりと最近ですよ。去年の秋ぐらいからじゃないですかね。もっとも、八幡神社のことを調べ始めたのはもっと前からです。一昨年の夏休みに、この家に遊びに来たら、買ったばかりの資料が山のように積んであって、それがほとんどここにあるような宗教や神社関係の本でした」

「そうすると、その時点で八幡巡りを計画されていたわけですか。しかしなぜ八幡様だったのでしょう？」

またしてもその疑問にぶちあたる。

「まったく分かりません。だいたい、八幡様っていうのは何なんですか？　日本中、どこにでもある神社らしいのだけど」

数学が専攻で、しかもミッション系の学校に勤める飯島は、八幡とは何かが理解できないらしい。

もっとも、浅見にしたって、そう訊かれてすぐに明快な答えは出なかった。

「武勇の神様で、源氏の守護神じゃなかったかと思いますが」

「たしかに神様なんでしょうね？　八幡大菩薩《はちまんだいぼさつ》というから仏様じゃないかっていう気もしますが」

「ああ、それはたぶん神仏習合《しんぶつしゅうごう》でしょう」

「どうもその神仏習合というのがよく分からないのですがねえ」

飯島の言うとおりだと浅見も思う。

3

日本の宗教をいま一つ難解にしているのは、この「神仏習合」にその原因のほとんどがあるに違いない。

現にこの「八幡様」にしたって、「八幡神社」というくらいだから神様だと思うのが当然だ。鎌倉の鶴岡八幡宮に初詣《はつもうで》する人たちだって、社頭で柏手《かしわで》を打ってお辞儀をする。

ところが、飯島が言ったように、その一方には「八幡大菩薩」という称号もあるからややこしい。武将の旗印などに「南無八幡大菩薩」などと掲げているのを、絵画や映画で見ることがある。

いうまでもなく「南無」も「菩薩」も仏教の用語である。いったいぜんたい「八幡」は神様なのか仏様なのか――たぶん、日本人の九割はこの問題について、明快な解答を語れないだろう。

日本人ほど宗教についていいかげん――というか寛容な民族は、おそらく世界でも珍しいのではあるまいか。

神前結婚をして、キリストの誕生を祝って、死ねばお寺に葬られる。お宮参りがあって、お寺参りがあって、建前には神主さんが来て、お彼岸にはお坊さんが来る。日常使われる礼儀作法には儒教思想に基づくものが多い。要するに何でもあり――なのだ。しかもそれでうまくいっているところが世界の驚異である。

このいいかげんさ、寛容さは、古代日本が神仏習合という摩訶《まか》不思議な宗教体系を創出したところに、その根源がある。

神仏習合とは、難しいことを省略して、ごく簡単にいえば、日本古来の「神」を、大陸から伝来した仏教の「仏」よりワンランク下の存在と位置づけたことだ。早い話、神は仏の「仮のすがた」だとする考え方である。たとえば、徳川家康は死んで神になるのだが、その名称は「東照権現《とうしょうごんげん》」という。権現とは仮の姿のことだ。「仏」が家康という「神」の恰好《かっこう》をして現れた——といった意味にとれば分かりやすい。

神様にしてみれば、ずいぶんばかにされた話だが、仏教が伝来して間もなくの奈良時代に、そういう思想が定着した。

どうしてそうなったのかには、いろいろな説があるけれど、たぶん、大陸から来たお坊さんに医学の知識があって、日本の神様では治せなかった天皇の病気を平癒したために、朝廷の信任を得て、それ以来、仏が日本古来の神の地位に取って代わった——といったところが真相だろう。

それまでの「神」は、おもに卜占《ぼくせん》によって物事を決めたり、祈ることで病気を治したりといった具合に、科学や理論とはほど遠いことをしていた。

もともと、原始的な宗教は、自然の偉大さや不思議、得体の知れない現象などに対する、素朴な「おそれ」からきている。説明できないことはすべて神様のせいにした。「カミナリ」はつまり「神鳴り」だ。「天の恵み」というように、雨が降るのも降らないのも神様のおぼしめしだと考えた。

そんな非科学的な——と笑うが、科学万能の現代でも、原子力発電所の建設で、大真面目で「地鎮祭《じちんさい》」をやる。山の神、地の神は怒りっぽいので、気を鎮めていただこうというものである。まして古代はそれが徹底していた。洪水や旱魃《かんばつ》も神様の気まぐれのせいだから、イケニエを捧《ささ》げて、とにかく祈ることしかしない。積極的に治山治水に立ち向かう知恵はなかった。

そこへゆくと仏教は理論であり科学的だ。説得力はあるし、医学、製鉄、土木工事などの技術力を伴っているから信頼もされる。見たこともない薬で病気が平癒するのもそうだが、堤防や運河を造ったりして、治山治水に立ち向かうのも、一般人の目には奇跡と映っただろう。

弘法《こうぼう》大師が地面に杖《つえ》を立てると水が出たり温泉が湧いた——というのは、弘法大師が大陸で井戸掘りの技術を学んできたためだと解釈することもできる。

こんな奇跡を見せつけられたのでは、神の上に仏が君臨すると考えないわけにいかなかったに違いない。おまけに仏様は優しく、めったに怒らない。怒り狂ってカミナりを落としたり、大風を吹かせたりする神様とは対照的だ。「光明遍照《こうみょうへんじょう》」といい、仏恩は光のごとく、あまねく平等に世界を照らす——というのだから、庶民にとってはまことにおいしい話だ。どう贔屓《ひいき》目に見ても、神様陣営には分が悪い。

神から仏へ——という「宗教変動」が、大和朝廷の様相を一変させた。神様派の物部《もののべ》氏が仏教派の蘇我《そが》氏に駆逐されてしまう。ただし、天皇家は神様の家系だから、何もかも仏教一色というわけにはいかない。差し障りがないように神様派を立てながら、仏教を導入しなければならない。

そこで採用されたのが「神仏習合」だ。神といえば神、仏といえば仏——という、摩訶不思議、曖昧模糊《あいまいもこ》、両方に花を持たせる方法である。日本政府がもっとも得意とする玉虫色の論理は、じつはこのときに確立されたのかもしれない。

とはいっても、神道が仏教の下風《かふう》に置かれたことは否定しようがない。この怨念《おんねん》は神様派の中にえんえんと燻《くすぶ》りつづけた。それが時を得て一挙に爆発したのが、明治初期に起こった。「廃仏毀釈《はいぶつきしゃく》」の嵐である。全国で寺院が破壊され、仏像が焼かれた。坊さんたちの中には慌てふためいて、看板を「寺」から「神社」にかけ替える者もいた。王政復古は同時に、めざましい神様の復権でもあった。

じつは「八幡」も仏教伝来以前から存在した神だったといわれる。

八世紀の中頃、奈良の大仏が建立されつつあったとき、宇佐から八幡神が都に招聘《しようへい》され、大仏鋳造に協力するという「大事件」が起きた。

これのどこが大事件なのかというと、日本古来の神様が仏様の事業のために労働を提供したからである。それまでは鋳造に必要な金属――ことに黄金の量が極端に不足していたのだが、「神様が協力するくらいだから」と考えたのかどうか、とたんに遠く陸奥国《むつのくに》辺りから莫大《ばくだい》な黄金が届けられた。

為政者がたくみに宗教を利用して人心を掌握する、恰好のサンプルといえるが、このことは仏教以前に八幡神信仰が全国的に分布、浸透していたことを物語る証拠でもある。

八幡のルーツはどこか――については、さまざまな研究がされてはいるものの、いまだに絶対的な定説はないらしい。それでも、どうやら大分県宇佐地方から発生したことだけは確かなようだ。

現在の宇佐神宮の奥宮に、縄文期以来、祭祀《さいし》のシンボルとなった三巨石がある。この祭祀を行なっていた土豪の族祖がウサツヒコという王とウサツヒメという女王で、これが宇佐の地名に転じたとされる。宇佐氏が地域を支配していたこの時点では、まだ原始宗教的なものでしかなく、典型的なシャーマニズムによる政治形態だった。

やがて辛島《からしま》氏や大神《おおが》氏といった外来の勢力が侵攻してきて、いくつもの部族が協力、あるいは統合状態に入る。そのための「統合のシンボル」として八幡神の思想が必要になったと考えられる。

「八幡」は「やはた」――つまり、八枚の幡《はた》（旗）のことである。『宇佐託宣集』巻三に「辛国《からくに》ノ城ニ八旒《はちりゅう》ノ幡ガ天降《あまくだ》ツタ」といったような意味の記述がある。また、巻一には「誉田《ほむた》天皇御誕生の時、龍宮城より産着を八枚奉った」という内容のことが書かれている。誉田天皇とは第十五代応神《おうじん》天皇のことで、八幡神社の主祭神だ。

ちなみに、八幡神社の境内にある由緒書などを読むと、祭神に「誉田別命」と書かれている。また「大帯姫命《おおたらしひめのみこと》」とあるのは神功《じんぐう》皇后――応神天皇の母――のことで、さらに「比売大神《ひめのおおかみ》」とあるのは宇佐に天降った三柱の女神だということになっている。

これら三種の神様が八幡神社の基本的な祭神だが、ところによっては、応神天皇の父である仲哀《ちゅうあい》天皇や、祖父である日本武尊《やまとたけるのみこと》を併祀している八幡神社もある。

応神天皇は熊襲《くまそ》や隼人《はやと》を平定するなど、武勇にすぐれた人物だったので、八幡は武勇の神という印象があるけれど、そもそもは神功皇后や比売大神でも分かるとおり、神の託宣を授かる巫女《みこ》が祭祀の中心だった。

八幡に関するこれらの知識が、浅見の頭の中に系統立ってあったわけではない。歴史好きの浅見にしたって、宗教のことはどちらかといえば苦手だ。ただ、日本の歴史を学ぶためには、宗教との関わりをどうしても避けて通るわけにいかない。むしろ、宗教が政治を動かしていた時代のほうが長いといってもいいくらいなのである。「苦しいときの神頼み」といい、「運を天に任す」といい、科学万能の現代でも、言葉としてだけではなく考え方に、最後の最後で二者択一を迫られたとき、神の意思に頼ろうとする精神が生きている。

一九四一年十二月八日に発せられた、アメリカ・イギリスに対する宣戦布告の詔勅は、「天佑《てんゆう》ヲ保有シ万世一系ノ……」で始まる。要するに神様がついているのだから、負けるはずがない――とする思想で第二次世界大戦の火蓋《ひぶた》を切った。一億国民の命運を神の手に預けたのである。

これはジョークのようだが、ひょっとすると、あれだけの大事を始めるに当たって、国は神託を仰いだかもしれない。いや、たぶんそうしただろう。もちろん公式には発表しないが、卜占によって開戦の是非を決定した可能性は、あって不思議はない。アメリカの大統領の中にだって、重要施策を決定するとき、星占いに頼った人がいたというくらいなのだから。

後になって冷静に考えれば、神頼みの戦争を始められた国民の側はたまったものではないのだが、その当時は多くの国民が「神国日本だから負けるはずがない」と、多少なりとも思ったことは事実だ。

そんなばかな——と笑うなら、オウム真理教のことを思うがいい。麻原彰晃《あさはらしょうこう》という、あんな髭面《ひげづら》の見るからに怪しげな教祖でさえ、信じる者は何も疑わずに、日本はおろか世界を相手に戦争をするつもりでいた。宗教とはそういうもので、だからこそ憲法は「政教分離」を定めている。

昭和天皇が偉大なのは、昭和という長い苦難の時代に君臨したことではなく、自ら「人間宣言」を行なったことである。

これはわが国歴史上、最大の出来事であり快挙といっていい。皇紀二千六百余年のあいだ、天皇は神の子孫である——としてきた歴史に、天皇自ら終止符を打ったのだ。

4

「飯島さんのお父さんはどの程度、八幡様を信仰しておられたのでしょうかねえ?」

浅見は部屋の中を見回して言った。

「それはよく分かりませんが、各地の八幡神社を巡拝して歩いているのだから、父に信仰心があったことは確かでしょう」

飯島弘は不満そうな口ぶりだ。父親の信仰心にケチをつけられたくはないのだろう。

「それにしては、八幡様を祀《まつ》っておられた形跡がどこにもないのは不思議です」

「なるほど、そういえばそうですね」

飯島も不安そうに視線を巡らせた。

「飯島さんのお父さんが八幡様を巡拝して歩いたのは、とくに強い信仰心によるというより、何かほかの目的があったためではないか——そんな気がするのですが」

浅見は言った。

「ほかの目的というと？」

「それはまだ分かりません。ただ、六つの県に絞って巡拝したことや、その中からいくつかの神社を選んでいることなどにも、何か意図的なものが感じられます」

「それはたしかにそうですが、いったいどういう意図ですかねえ」

「これはあくまでも勘でしかありませんが、お父さんは人探しをしておられたのではないでしょうか」

「はあ……」

飯島弘は納得しかねる目を、もういちど資料の上に落としてから言った。

「この八幡神社巡りで、人探しですか？　四国から東北まで、ずいぶん広い範囲だし、神社の数だって相当なものですよ。ちょっと無理なんじゃありませんかね」

「ええ、常識的にはかなり無理な話ですが、何かの手掛かりがあったのかもしれません。それに、これは僕の勘だけでなく、ほかにもそういう印象を抱いた人がいるのです」

「誰ですか、それは？」

「ほら、さっきお話しした、長野県の八幡神社でお父さんに出会ったカメラマンです」

「ほう、その人もそう言っていたのですか。父が人探しをしていると」

「いや、あくまでも印象ですから、事実かどうかは分かりません」

「具体的に、どういう印象だったと、彼は言っているのですか？」

「あ、彼じゃなくて彼女です。女性カメラマンなのですよ。お父さんは彼女に八幡様のことをいろいろ詳しく話してくれたのだそうです。ですから、彼女の目にはずいぶん信仰心のあるご老人のように映ったのでしょう。僕もその話を聞いたときには、単純な巡拝だと思いました。しかし、こちらのお宅の様子を拝見すると、どうもそうではなかったのではないかと思えてきました。もちろん、世間一般なみ以上の信仰心があったことは否定しませんが、むしろそれよりも八幡神社の研究をしておられたような印象が強い」

「たしかに」

飯島も部屋の様子を見回して頷《うなず》いた。信仰を裏付けるような、神棚や掛け軸のたぐいはいっさい、見当たらない。

「浅見さんの言うとおりかもしれませんね。いや、父が神仏に対して敬虔《けいけん》な気持ちの人間であったことは疑いませんが、この資料を見るかぎり、信仰よりも研究者の態度です」

「それと、その女性の話で気になったことがあるのですが」

浅見は少しためらいながら言った。

「お父さんには、霊感に対する思い入れのようなものがあったかもしれません」

「レイカン？　霊感商法の霊感ですか？　まさか、父がそんなものに興味があったとは考えられませんよ」

飯島は心外そうに言った。

「いいえ、そんな世俗的なものではなく、もっと高度な意味です。たとえば古代シャーマニズムの世界のような」

「シャーマニズムというと、巫女さんとか、そういう、まじないのアレですか」

「まあそうです」

「さあ、どうですかねえ」

飯島は否定的に首をひねった。

「曲がりなりにも父はインテリでしたからねえ。そういうまじないだとか巫女さんのようなものは、信じてなかったと思いますよ」

彼の口調には、いくぶん不愉快そうな気配も込められている。

「そうでしょうか……」

浅見はそれ以上は無理に自説を押しつける気はなかった。しかし、小内美由紀からあの話を聞いた瞬間、飯島老人に対して、浅見は直観的にシャーマニズムの影を感じた。

小内美由紀は子供の頃、祖母に「おまえの守り神は八幡様だ」と言われたといい、その話を飯島老人にしたところ、ひどく興味を惹《ひ》かれた様子だったそうだ。

そういう「予言」をした美由紀の祖母に対しても、また「貴いもの」を持つ美由紀本人に対しても、飯島老人はひとかたならぬ関心を抱いたふしが窺《うかが》える。

老人の八幡に対する崇敬の姿勢や、そういうエピソードからは、シャーマニズムへの思い入れのあることが感じ取れる。狂信というのではなく、親しみや憧れに近いものがそこにはあったような気がする。

インテリだからというだけでは、それを否定する理由にはならない。アメリカでカルト教団のメンバーが多数、自殺を遂げた事件は記憶に新しいが、彼らのほとんどはエリートと言われるほどのインテリだったという。

とはいっても、その思い入れが八幡神社巡りに繋《つな》がるというほどには、老人に熱心な八幡信仰があった気配は見当たらない。それが不思議といえば不思議だし、八幡神社巡りが人探しであった可能性を裏付ける証拠のように思えるのだ。

飯島弘の話や、飯島老人が残した資料から類推しても、飯島老人が六つの県の八幡神社を訪ねたことははっきりしている。資料にはところどころ、神社の名前の上に鉛筆で○印がつけてある。△印もある。「?」マークをつけたのもあった。長野県更埴《こうしょく》市の武水別神社には○印が、中野市の小内八幡神社には「?」が、また秋田県仁賀保町の八幡神社のところには○印がついていた。そのことから類推すると、どうやら六県の八幡神社をすべて巡拝したわけではなく、それぞれの県で、二、三カ所かせいぜい五、六カ所を選んで訪ねているらしい。

八幡神社は名鑑に記載されているものだけでも、各県平均して百以上はある。全部を回るとなると気の遠くなるような日数を要するだろう。

それにしても、どういう基準で神社を選んだのか、あるいは無作為に気の向くままに参拝したのか、それがよく分からない。○印をつけたのは、何か確実性のあることを物語っているようだ。△印は不確定要素があるということなのか。?印となると、とくに興味があったという意味なのかもしれない。?マークは唯一、小内八幡だけについていた。

神社名鑑の記載内容は、神社の名称につづいて住所、祭神、例祭日、主要建物など、かなり詳細にわたっている。たとえば飯島老人が道を尋ねた秋田県仁賀保町の「八幡神社」は次のようなものだ。

鎮座地　由利郡仁賀保町平沢字上町
祭神　誉陀別命・息長足姫命・玉依姫命
例祭　五月十五日
主要建物　本殿五坪・幣殿拝殿二十五坪
氏子　五五〇戸
崇敬者　二〇〇人

高知県は△印のついた神社が二カ所で、その一つ、若宮八幡宮を例に引くと、

鎮　座　地　高知市長浜
祭　　　神　応神天皇・神功皇后
例　　　祭　十一月六日
本　　　殿　九坪（境内一万五千坪）
氏　　　子　一二〇〇戸
崇　敬　者　一六〇〇人

などとなっている。それ以外に、社宝や創建の由緒、神事などを細かく書いているものもある。高知の若宮八幡宮は「どろんこ祭り」で有名な神社で、四月の初め頃、テレビでその模様を放送していた。

飯島老人がこれらの八幡神社を巡拝して歩いたとなると、選択には何らかの理由なり根拠なりがあるに違いない。

ざっと見渡した印象で、はっきり分かるのは神社の規模である。小さすぎるのは明

らかに除外していた。

神社といってもピンからキリまでで、中には氏子数が百戸にも満たない、おそらく祠《ほこら》程度と思われるものもある。そういうところはもちろん神職は住んでいない。

小内美由紀の話によると、長野県中野市の小内八幡神社を訪ねた際、飯島老人は宮司の住居を訪問していたという。

そのことから、どうやら社域に神職が住んでいるか、あるいは神社の近くに神職の住居があることが、少なくとも条件の一つだったと考えてよさそうだ。

それとは逆に規模の大きいところはどうだったのだろう。あまりにも大きすぎて、神職が何人もいるような神社は、飯島老人がマークをつけた中にはないらしい。

もっとも、八幡神社の大社——宇佐八幡宮（大分）、石清水《いわしみず》八幡宮（京都）、鶴岡八幡宮（神奈川）、筥崎宮《はこざきぐう》（福岡）、香椎宮《かしいぐう》（福岡）などはいずれも六つの県以外にあることもたしかだ。

「いちばん最初は、どこの神社を訪ねられたのでしょうか？」

浅見はふと思いついたことを言った。

「それはたぶん、広島じゃないかと思いますが」

飯島は自信なさそうに答えた。

「さっきも言いましたけど、父がこんなふうな旅行を始めたのは、たしか去年の秋頃からで、その最初が広島でした。広島土産のカキを取りに来いと呼ばれて、珍しいことがあると思ったものです」

「珍しいといいますと？」

「いや、父は元来が旅行好きで、母が生きている頃はよく独りで旅行に出かけていたものです。しかし、母が亡くなってからはそれもパッタリやめて、自宅に籠《こ》もりがちで、遠出することはありませんでした。だから、父にまた放浪癖が始まったのか――と言うと、苦笑いしていました」

「そうすると、そのとき以来の八幡様巡りですか」

「そうらしいですね。いや、もちろんそのときは八幡様とは知りませんでしたよ。それどころか、どこへ旅行しているのかも気にしていませんでしたからね。ただ、心配だから、ときどきは出先から連絡を入れてくれるようにとは言っておきました」

広島県の神社名鑑には、三つの神社の上に○印がつけてある。

亀山神社（呉《くれ》市）

府中八幡神社（府中市）

岳《だけ》御調《みつき》八幡神社（御調町《みつぎ》）

そのうち、亀山神社の名前だけは、〇印だけでなく、力強い鉛筆の線で名前をグルッと囲んでいる。

亀山神社には「八幡」という名称がないので、気がつきにくいが、祭神は応神天皇と神功皇后だから、れっきとした八幡様である。紹介する略記には「県社」と書かれている。県社というのはかなりの格式といっていい。それを裏付けるように、「氏子二万戸、崇敬者一〇万人」と記載されていた。

「この囲み線を見ると、これだけは特別扱いのような感じがしませんか。いかにも確信ありげです」

「ほんと、そんな感じですね」

飯島は同意した。

「ひょっとすると、お父さんが去年の秋に広島へいらっしゃったのは、ここにお参りするためだったのじゃないでしょうか」

「そうかもしれません」

だからといって、それで展望が開けるものでもなかった。

「行ってみますよ」

浅見が軽い口調で言ったので、飯島は驚いた。

「行くって、広島へですか？」

「ええ、とりあえず、どういう神社なのか見てみたいのです」

「しかし、何も浅見さんがそこまで……いや、私も智美クンには、叔父《おじ》さんである浅見さんに相談してくれるように頼みましたが、そこまでやっていただく筋合いのものではありません。それでなくても、秋田まで出かけていただいて、恐縮しているのです」

「そんなことは気にしないでください。秋田だって、仕事のついでなんですから。そうでもなければ、いくら物好きな僕でも、懐がつづきませんよ」

浅見は笑ったが、飯島は納得しない。

「どうしても広島へ行くとおっしゃるのなら、それ相応の費用をお支払いします」

えらく堅いことを言った。

「ははは、それじゃ、まるで探偵業を営んでいるみたいです。分かりました、広島行きはやめますよ」

飯島にはそう言ったが、その数日後、浅見は広島へ向かっている。

5

六月に入って梅雨のはしりのような雲が広がる日もあったが、この日は快晴で、新幹線から眺める風景は眩《まぶ》しいほどだった。

広島駅前でレンタカーを借りた。

浅見は以前、江田島には行ったことがあるが、対岸の呉市は遠望しただけだ。戦時中はここに「呉鎮守府《ちんじゅふ》」という海軍の中枢ともいえる基地があって、周辺は要塞《ようさい》地帯だったと何かの本で見た記憶がある。

広島市街のはずれから自動車道ができていた。マツダをはじめとする大企業の倉庫群を、虹《にじ》のような長大な橋で一挙に跨《また》ぎ、呉まではほんの三十分ほどの距離であった。

呉は想像していたのより、はるかに大きく、そしてきれいな街だった。広い通りがよく整備されている。海上自衛隊の基地があるというから、軍港のイメージを思い描いてきたのだが、街の中心部はどちらかといえば文化都市の雰囲気が漂う。

目指す「亀山神社」は市の東側、呉港を見下ろす高台にあった。その辺りの急な坂のある街の様子は、どことなく横浜や長崎に似ている。

亀山神社は「氏子二万戸、崇敬者一〇万人」という名鑑の記載ほどには、壮大なものではなかった。参道の坂道は石畳で広さも十分、社殿は権現造り、丹塗《にぬ》りの建物もそれなりの格調を誇ってはいるけれど、どことなく軽いのである。

社殿の前では、お宮参りの夫婦が赤ちゃんを真ん中にして写真を撮っていた。それ以外には参詣者《さんけい》の姿はない。

祝詞《のりと》を上げ終えた宮司が社殿から社務所に戻ってきた。五十代なかばぐらいだろうか。烏帽子《えぼし》をつけた神官の装束がよく似合う。大柄で古武士のような風格がある。

社務所の窓辺には御札やお守りなどが並べられ、その向こうでもう一人の若い神職が、机に向かい何やら熱心に書き物をしている。宮司はいったん奥に引っ込んで、装束を平常の白い衣・水色の袴《はかま》に替えて現れた。

浅見はいちばん安いお守りを拝受して、神社の由緒書をもらった。それからおもむろにポケットから写真を取り出して、若い神職に見せた。

「ちょっとつかぬことを伺いますが、この写真のご老人をご存じありませんか」

「さあ、私はちょっと分かりませんが、宮司さんにお聞きになってみてください」

まだ勤め始めて間がないのか、神職は当惑げに宮司を振り返った。

「何でしょうか？」

顔を上げた宮司に、浅見は質問を繰り返した。

宮司は立ってきて、写真を手に取ったが、「いいや、知りませんな」とすぐに首を振って、すげなく返して寄越そうとする。

「去年の秋頃、こちらにお参りしているはずなのですが」

浅見は粘った。

「ご参詣の方はたくさんおいでになるので、それを記憶するというのは、なかなか無理ですがな。たとえ社務所に寄られた……」

言いかけて、(ん？――)というように、もういちど写真に見入った。

「そういえば、この方じゃったかな」

「えっ、やっぱり来てましたか」

浅見は勢い込んで言った。

「そうじゃな、たしかにこの方じゃったと思うが……」

あらためて、上目遣いに客を見た。

「あんたは、どういう？」

「あ、失礼しました。『旅と歴史』という雑誌のルポライターをしている者です」

浅見は「旅と歴史」の肩書のある名刺を出した。

「ああ、『旅と歴史』じゃったら、ときどきはわしも見よりますけどが。けど、あの雑誌とこのご老人とどういった関係があってじゃろか？」

「じつは、このご老人は飯島さんとおっしゃるのですが、つい最近、亡くなりました」

「ほう、あの方がお亡くなりになったですか」

宮司は気の毒そうに眉《まゆ》をひそめ、写真に視線を落とした。

「そうじゃったのですか。お元気そうじゃったけどが、分からんもんですなあ。ご病気ですか？」

「いえ、殺されました」

「殺された……」

宮司は若い神職と顔を見合わせた。

「そうすると、あんたはその事件のことを調べておられるのですか？」

宮司の顔に警戒の色が表れた。

「事件を直接調べるというわけではありませんが、ご遺族の頼みで飯島さんの歩いた場所を辿《たど》っているところです」

「ふーん、それはまた、なんでですか？」

「飯島さんは、八幡様巡りをしていたのですが、その最初に訪れた先が、こちらの亀山神社だったらしいのです」

「なるほど、それはたぶん、あんたの言われるとおりでしょうなあ」

宮司は当然のように言うので、浅見は面食らった。

「と、おっしゃいますと？」

「いや、私が会うたときに、そのような話をされとったです」

「えっ、じゃあ、宮司さんは飯島さんとそういうお話をされたのですね？　そのこと、詳しく話していただけませんか」

「そうじゃねえ……そしたら、ここではなんじゃけ、あんた、中に入られるがええ」

浅見は宮司が指さしたドアに走った。

「はっきり憶《おぼ》えておるわけじゃないが」と前置きして、宮司が話してくれたところによると、飯島老人が亀山神社を訪ねたのは去年の十月頃だったようだ。

はじめ、浅見と同じようにお守りを買ってから、「こちらのお社《やしろ》は戦後の建物ですか」と訊《き》いた。宮司は「そうです」と答えた。

「えっ、じゃあ、まだ新しいのですか」

浅見は窓の向こうの社殿に視線を送った。どことなく軽そうに見えたのは、歴史の重みのないせいだったのか。

「そうです。終戦直前の昭和二十年七月二日の空襲で焼けて、再建したのは昭和三十年五月十二日……あ、そうじゃった、ご老人——飯島さんいいましたか、あの方もやはりそれを知らんかったようでした」

宮司は思い出した。

神社が空襲で全焼したと聞いて、飯島老人は残念そうに、

「それでは、それ以前の資料などは残っていないでしょうね」

と言った。

「はい、文字どおり灰燼《かいじん》に帰してしもうたいうことです」

と宮司は答えた。

「氏子さんの名簿や、寄進者名簿なども」

「もちろん、すべてです」

それからしばらく、飯島老人は思案してから、その当時の氏子代表や、有力者たちのその後のことは分からないかと訊いた。

「どうなのでしょう?」

浅見も飯島老人の立場で質問した。

「いや、あれから五十年以上経ちますので、その当時の方はどなたもとうにお亡くなりになったですよ」

宮司は言った。

「だいたい、呉市はあの空襲で潰滅的《かいめつ》にやられて、この辺りは一面の焼け野原になったのです。私はここに来て、まだ三十年ばかりですが、戦前からここに住んでおられる方はほとんどおられませんな。けど、現在、氏子の幹事をお願いしている竹本《たけもと》さんいう方が、西鹿田《にししかた》のほうにおられるので、もし当時の詳しいことを知りたいのであれば、そこへ行かれるとよろしいとお教えしました」

浅見は「竹本氏」の住所を控えると、礼を述べて社務所を出た。やはり飯島昭三が神社名に○印をつけたのは、その神社について何らかの「確信」があったからのようだ。

竹本家は呉市西鹿田の高台、かなり急な斜面の住宅街にあった。ずいぶん古い家で、聞いてみると、この一角だけは戦災で焼け残ったのだそうだ。

全体は日本家屋なのだが、一階の南角だけが、当時としてはたぶんモダンだったに違いない洋風建築になっている。旧《ふる》い中流家庭の建物にはこのタイプが多かった。

玄関の呼び鈴を押すと、しばらく待たせてから、かなりの歳の老人が現れた。

「ご主人ですか？」

浅見が訊くと、人なつこく、白い義歯を見せて笑った。

「いやいや、わしは隠居ですがな。息子じゃったら、役所から夕方に戻ります」

「あ、いえ、そうではないのです」

浅見は名刺を出し、一緒に飯島老人の写真を添えて、用向きを告げた。

「ああ、この人じゃったら、たしかに去年の秋頃、見えたけど」

「えっ、いらっしゃってますか」

浅見は声がはずんだ。

「それで、どういうお話をされたか、憶えておいでですか？」

「憶えとりますよ。なんでも、戦前の亀山神社さんのことを知りたいという話でした。氏子の名簿がないかとか、そんなことを言うとったですな」

「氏子の名簿……」

浅見は当惑した。

「そうです。けどそういったものはわしの家にはなかったけ、そう言うと、鯉田さんいう名前は知らんかと言われました」

「コイタさん、ですか」

「そうです。鯉田、広島カープの鯉じゃけ、よう憶えとるんじゃけど、しかしそういう名前も知らんかったです。出征のときに、亀山神社に祈願に見えたそうじゃけど、お宮さんのほうでも、そういった記録はすべて焼けてしもうたはずじゃけえなあ」

「出生ですか」

浅見は最前の「お宮参り」を連想したが、そうではなかった。

「そうです。武軍長久の祈願です。あの頃は毎日のように、何組もの出征兵士を送り出す人らが見えとった」

竹本老人は遠くを見る目になった。

浅見は(あっ——)と思った。飯島老人の放浪の謎を解く手掛かりらしきものが、チラッと姿を見せたと思った。

「ひょっとすると、飯島さんは戦友のご遺族を探しておられるとか、それらしきことはおっしゃってませんでしたか」

「ああ、そうじゃったな。詳しいことは憶えておらんけど、そのようなことを言うておられたかもしれません。けど……」

と老人は首をかしげた。

「遺族と言うたかどうじゃったか……」

「あ、そうですね、ご遺族ではなく、戦友ご本人ということも考えられますね」

浅見は気負って言った。

「それで、結局は手掛かりはなかったのでしょうか」

「なかったです。役所のほうに行ってみたらどうかと言うたのじゃけど、そういうことではないようでした。もっとも、役所へ行ったところで、当時の基本台帳は建物ごと灰になってしもうたじゃろけどなあ」

老人は首を横に振った。

「呉の空襲というのはそんなにひどかったのですか」

「ひどいなんちゅうもんじゃない。何度やられたか分からんようなもんじゃけえの。呉には海軍の基地があったし、海軍工廠《こうしょう》、航空工廠もあったし……そうじゃ、あんたは知らんかな。戦艦大和も空母赤城も、ここのドックで造られよったんじゃ」

「あ、そうだったんですか」

「そうじゃがな。特殊潜航艇回天もここで造りよったです」

誇らしげに言って、

「そうじゃ、あんた、もしよかったら、ちょっと上がりんさい」

腕を引っ張るようにして、客を玄関から応接室に招じ入れた。そこだけが洋風建築の例の角部屋であった。壁も天井も補修はしているようだが、それでも相当に古い。

老人はしばらく奥に引っ込んだかと思うと、何冊かの本を持って現れた。どことなくいそいそした様子から、彼がひまを持て余していたことが想像できる。

老人はテーブルの上で、呉市役所が出版した『呉・戦災と復興』という写真集を開いた。戦艦大和の進水式や艤装《ぎそう》の模様を記録した貴重な写真に始まっている。その中に呉軍港の空襲の模様が数ページにわたって載っている。いずれもアメリカ軍による記録写真ばかりである。

「ひどいもんじゃろ。これは空母天城、これは戦艦日向、巡洋艦利根、戦艦伊勢、戦艦榛名、巡洋艦大淀……」

つぎつぎに写真を指さしながら、竹本老人は声をつまらせた。

この高台からは軍港が一望できた。空襲が終わって防空壕《ごう》から這《は》い出して軍港を見ると、さっきまで威容を誇っていた戦艦が無惨にも破壊され、傾き沈んでいるのが見えた。

「世界に冠たる日本海軍の、そこはあたかも墓場のようじゃったですよ」

この本の年表などによると、呉は昭和二十年三月から七月にかけて、B29百数十機による空爆を数度受けている。七月一日から二日の未明にかけての市街地に対する焼夷弾爆撃《しょういだん》によって、呉市の住宅地は完全に壊滅状態になった。

「この家が焼けんかったのが、不思議なくらいなもんじゃったです。軍港を爆撃するのは分かるが、民家をやることはないじゃろ。あげくの果てには広島にピカドンじゃけえ、ひどいもんじゃ。南京大虐殺があったかどうか知らんけど、非人道的いうことなら、こっちのほうがはるかに非人道的じゃがな」

老人は話しているうちに、だんだん激してくるタイプらしい。血圧が上がらなければいいが――と、浅見は心配になった。

「ところで、飯島さんにもこの写真集をお見せしたのでしょうか？」

浅見は遠慮がちに訊《き》いた。

「ん？　ああ、お見せしました。びっくりしとられたなあ。涙ぐんでおられたように見えたが、わしより少しお若かったが、たぶん海軍軍人じゃったんじゃなかろか」

（そうか――）と浅見はまたしても思った。飯島老人が文部省の役人だったことは知っていたが、それ以前――ことに戦前はどうだったのかについて、まったく考えもしないでいた。考えてみると、飯島老人が八幡神社巡りを始めたのは、ちょうど戦後半世紀を経た年だ。そのことに何か意味があったのではないか。

飯島老人のその後の行動は、竹本老人には分からないそうだ。「鯉田」という人物のことについても、それっきり話題にのぼらなかったらしい。もっとも、竹本老人もかなりの高齢だから、何があったか忘れてしまった可能性はある。

浅見は竹本家を辞去すると、そこから南へ少し行って、海上自衛隊の基地を過ぎ、工場地帯を見下ろす道路を走ってみた。

自衛艦が浮かぶ港。ポッカリと船台を空けたままのドック。巨大なクレーンが林立する鉄鋼など基幹工業の工場――。石油コンビナートの多い京浜工業地帯とは異なるスケールの大きな施設が、見る者を圧倒する。

飯島老人もこの風景を見たのだろうか。もし見たとしたら、「日本海軍の墓場」の写真と思い併せて、何を思っただろう。

浅見は広島市に戻って、駅から近いビジネスホテルに入った。

6

夜になるのを待って飯島弘に電話した。こちらの居場所は言わずに、飯島老人の終戦当時のことを訊いた。

「もしかして、戦争に行っておられたのではありませんか?」

「ああ、そうだと思います」

飯島は頼りない口調で言って、われながら気がさしたのか、

「いや、思いますなどとあいまいなのは、私もよく知らないからなんですよ。そのくらい父は何も話してくれなかったのです。ただ、このあいだの父の葬儀のときに、父と同じ航空隊にいたという人と挨拶《あいさつ》しました」

「えっ、航空隊ですか」

「ええ、海軍航空隊と言っていたような気がしますが」

「どこの航空隊ですか？　広島とか呉辺りではありませんか」

「さあ、何しろ混乱していたときなので、あまり話をしているひまもなくて……あの、広島というと、父が広島へ行ったのはその関係だったということですか？」

飯島は気掛かりそうな声になった。

「いえ、そういうわけではありませんが……ちょっと思いついたのですが、お父さんが八幡神社巡りを始められたのは、終戦からちょうど五十年経った頃でしたね」

「そういうことになりますね」

「それでですね、そのことから何となく、戦後五十年を記念してとか、そういう動機があったのじゃないかという気がしたのです」

「なるほど、その可能性はありますね。そうすると、浅見さんの言う人探しは、その当時の戦友か何かかもしれません」

「そうでしょう、そう思うでしょう」

浅見はわが意を得たり――と声をはずませた。

「その、お葬式に見えた方は、住所氏名はわかりますか？」

「ええ、調べれば分かるはずです。じゃあ、調べて、後ほどお電話しましょうか」

「あ、いや、いま僕は出先ですから、こちらからお電話しますよ」

浅見は慌てて言った。

気もそぞろで食事をして、小一時間ほど待ってから飯島に電話をかけた。

「ああよかった、たったいま、見つけ出したところですよ。ゴタゴタの最中に片づけたものだから、どこへ仕舞い込んだか分からなくて参りました」

飯島は大げさに甲高い声で言って、

「その人の名は岩原良男《いわはらよしお》さん、住所は神戸市東灘区《ひがしなだ》――」

「神戸ですか、ちょうどよかった」

思わず言って、口を押さえた。

「ちょうどいいって言いますと？」

「いや、明日、たまたま大阪まで行く用事があるんです。ついでに足を延ばして、その人に会ってきます。兵庫県ならお父さんのところに神社名鑑がありましたし、神戸にも八幡神社があるかもしれません」

飯島に怪しまれないうちに、急いで挨拶して電話を切った。

翌朝、少し早めの列車で神戸へ向かった。東灘区付近は阪神・淡路大震災でとくに被害が大きかったところだ。あれから一年、復興がめざましいそうだが、しばらくぶりで神戸を訪れた浅見の目には、かつての面影の消えた風景が悲しかった。

岩原家のある山手のほうは、まだしも被害の程度が深刻ではなかったようだ。岩原家は二階家で、道路から石段を四段上がったところに玄関がある。チャイムボタンを押すと、中年の女性が顔を出した。

「岩原良男さんのお宅でしょうか？」

と尋ねると、詳しくは聞かずに「はい、どうぞ」と愛想よく中に入れてくれた。

「おとうさん、お客さんですよ」

女性が廊下の奥へ声をかけると、「おう」という声につづいて「よっこらしょ」と大儀そうな声がして、居間とおぼしきドアから老人が現れた。痩《や》せ型で、ジャージのズボンにスポーツシャツという恰好《かっこう》は若く見えるが、飯島老人と同じ航空隊にいたというのだから、七十歳をいくつか越えていることは間違いないはずだ。

浅見は「旅と歴史」の名刺を使った。肩書のないルポライターでは、カタギの人にはどうも信用されにくい。

「飯島昭三さんのご子息のご依頼で、神戸に行くようなことがあれば、ぜひ岩原さんをお訪ねして、葬儀のときのお礼を申し上げてほしいと言われまして」

「ほう、それはまたお固いことでんなあ」

岩原は目を丸くした。

「わしも偶然、新聞で飯島さんの亡くなりはったいうことを知って、びっくりして、電話で葬儀の日取りだけを聞いて、とりあえず伺うたようなもんでした」

「飯島さんの言うには、なんでも、そのときはろくなご挨拶もできなかったそうで、ずいぶん気にしておりました」

「いやいや、それはお取り込みの最中でっさかい、仕方ないってことです。どうぞ気にせんといてくださるよう、よろしゅうお伝えください。ま、とにかく上がって、お茶でも飲んでってください」

誘われるまま、浅見は玄関脇の応接間に上がり込んだ。岩原がキッチンのほうへ

「トシエさん、お茶頼んまっせ」と叫んだところをみると、息子の嫁なのだろう。

「岩原さんは飯島さんのお父さんと、海軍航空隊でご一緒だったのだそうですね」

浅見は早速、本題を持ち出した。

「そうでした。いや、一緒いうても、飯島さんは中尉。わしは一等飛行兵曹でしたけどな」

「航空隊はどちらだったのですか?」

「宇佐です。宇佐海軍航空隊でした」

「宇佐……」

浅見は驚いて、思わず相手の顔をまじまじと眺めてしまった。

「飯島さんが一時期、大分に住んでおられたというのは、そのことだったのですか」

「ああ、そうですよ。飯島さんは宇佐の航空隊にもおったし、結婚もしはった」

「えっ、宇佐で結婚したのですか」

「はい、そうでした」

岩原は忘れていた日々のことをにわかに思い出して、懐かしそうに目を細め、遠い記憶を見つめた。

「べっぴんの奥さんやったですなあ。勤労奉仕隊として、防空壕掘りなんかに駆り出されてきてはった女学生たちの中でも、ひときわ目立つ存在でしたよ」

「というと、奥さんは宇佐の女性ですか」

「そうです。わしらも若かったが、宇佐航空隊には、学徒出陣の若い士官たちが沢山おってでした。そういう青年将校の憧《あこが》れの的やったけど、お相手が飯島中尉ちゅうのは、意外でした」

思いがけない展開になって、話の行方が見えなくなってきた。飯島老人の若き日のロマンスを聞いても、はたしてそれが事件の謎を解く鍵《かぎ》になるものかどうか、浅見にはさっぱり自信がなかった。

「飯島さんは本命ではなかったのですか」

仕方なく、岩原に調子を合わせるように言った。

「それはまあ、乙女心ちゅうのは分からんもんですが、隊員のあいだでは、飯島中尉が本命いう噂はなかったとちゃいまっか。わしもはっきり憶《おぼ》えてへんけど、永坂《ながさか》中尉という、飯島さんと同期の方がおりはって、その方が本命やないかと思とりました」

「しかし実際は飯島さんだったというわけですね」

「結果としてはそやけど、それは永坂中尉が先に出撃してしもたさかいに、たまたまそういうことになったやろね」

「出撃……じゃあ、永坂中尉は戦死されたのですか」

「そうだす。永坂中尉は第二次の出撃やったです」

岩原は深刻そうな表情になった。

浅見は「あっ」と思い当たった。

「その出撃とおっしゃるのは、神風特別攻撃隊のことですか」

「もちろん、そうでんがな」

岩原は当たり前のことを訊《き》くな——という目で浅見を睨《にら》んだ。

「そうだったんですか。飯島さんは特攻隊員だったのですか」

「飯島さんにかぎったことやおまへんで。当時の航空隊は地上要員を除く、若手の飛行機乗りは全員が特攻隊に志願しとったというてもええ。もちろんわしかて特攻隊員でした。もっとも、ろくに訓練もでけてなんださかいに、腕前のほうはあぶなっかしかったでっけどな」

「特攻隊に入っていたのに、飯島さんや岩原さんが無事に帰還されたのは、どうしてなのですか?」

「ははは、それを言われるとつらい。いや、ほんまの話が、生きたまま終戦を迎えたときは、死なんでよかったと思う反面、生き恥をさらすのがつらいいう気もしました。

現に、終戦の翌日、死に場所を求めて最後の特攻に出撃した人たちがおったんでっせ」

浅見は厳粛な思いに、しぜん背筋が真っ直ぐになった。

「わしらの仲間の中にも、敗戦を認めへんとか、出撃しょういう者もおったことはおったんです。けど、司令や隊長が許可せえへんかったんと、それに、正直なところ、わしらが乗る飛行機もあらへんなんだいうのが実情でした。宇佐航空隊は何度も敵の空襲に遭いましてな。掩体壕《えんたいごう》の中の飛行機までやられるような有り様で、終戦の三カ月も前、五月五日に解隊してしもたんです」

岩原の顔が急に老け込んで見えた。

「そんなわけで、わしはとうとう特攻機には乗らんでしもたが、飯島中尉の場合はいちど出撃はしてはるんでっせ」

「えっ、出撃したのですか？」

「特攻隊の出撃は、操縦技術の優れとる者から順番に出て行ったようなもんです。わしみたいな下手くそには、大事な飛行機を任せるわけにいかんかったんでしょう。その証拠に、第一次の特別攻撃隊には、宇佐航空隊の教官クラスがほとんど全員、参加してはります。自分らが教えた部下たちの前で、自ら模範を示す気持ちもあったんやろと思いまっけどな」

肩を落とし、ため息をついてから、思い直したように、「あ、そや、飯島中尉のことやったな」と言った。

「飯島さんは第四次の出撃でした。宇佐航空隊から出撃した特攻は第五次までで、そのうち第三次まではなんとか、優秀な飛行機が揃っとったんやけど、あとの二回はオンボロ飛行機ばっかしで、故障続出。目標までまともに飛んで行けたんは半分か、悪くすると三分の一ぐらいとちゃうやろか。特攻は、いったん宇佐から鹿児島県の串良《くしら》とか国分《こくぶ》の基地に移動してから、沖縄方面に向かうんやけど、途中から引き返して不時着する機があとを絶たへんかったいうのが実情ですわ」

「じゃあ、飯島さんもそれで助かったのですね」

浅見がそう言うと、岩原は目を剝《む》いた。

「あんた、それは飯島さんに失礼なんとちゃいまっか。助かったいう言い方は」

「あ、すみません」

浅見は素直に頭を下げた。

「心ないことを言いました」

「ああ、いや、いまどきの若い方には理解でけんやろけど、あの当時の若者たちは、ほんま純粋やったんでっせ。遊びたい盛り、勉強したい盛りいうのは、いまの子らと変わりはない。自分から死にたい思うもんなどおるはずがないんです。誰かて生と死のギリギリのとこで苦しみ、そうして死んでった。みんな若うて、教官かてあんたと同じくらいの若者ばかりやったんでっせ」

岩原は立って行くと、薄っぺらな印刷物を持ってきて、泣きそうな顔で言った。

「見たってください、これが宇佐航空隊の神風特別攻撃隊員です」

表紙に「宇佐海軍航空隊　神風特別攻撃隊戦没者名簿」と印刷されている。

表紙をめくると、最初の行に「機密連合艦隊告示第一四二号（二〇・八・四）」とあって、そこから先が名簿になっていた。

神風特別攻撃隊第一八幡護皇隊艦攻隊宇佐海軍航空隊飛行隊長兼教官　海軍大尉大《おお》下博《したひろし》……

「八幡！……」

浅見は愕然《がくぜん》として口走り、「八幡」の文字を指で押さえた。

第六章　闇の警告

1

高知に着任した日と翌日だけは快晴だった空が、それ以来ずっとぐずついている。梅雨前線は北上して、四国の沿岸まで近づき、停滞しているのだそうだ。

役所内での松浦勇樹生涯学習課長の評判は、少なくとも当初のうちはまずまずであったようだ。安木に檄《げき》を飛ばされたあとも、水野に諫《いさ》められたこともあって、しばらくはおとなしくしていた。

しかしそれも最初のあいだだけで、周囲の状況が摑《つか》めてくるにつれて、松浦の行動は目立ちはじめた。各市町村での「顔見世」的な集まりの席上でも、外交辞令ばかりでなく、機会さえあれば自分の教育行政に対する考え方を披瀝《ひれき》し、生涯教育のあり方を述べ、さらに勢いの赴くまま、サッカーくじへの批判的な持論まで語った。

その「跳ねっ返り」ぶりはすぐに上層部に伝わったらしい。上司に呼ばれて、「着任早々、だいぶ活躍しているそうだね」と皮肉を言われた。

「はい、なるべく早く地元に溶け込みたいと思っているものですから」

「それはいいけど、市民にもいろいろ主義主張があるのだからして、サッカーくじ問題など、政治のからむ話はしないほうがいい。本来業務以外のテーマについては、なるべく言及を差し控えるように」

露骨に釘《くぎ》を刺された。

水野も心配して、「何かと誹謗《ひぼう》中傷する人もおりますので」と、暗に部内にもスパイがいることを示唆するような忠告をした。

しかし、松浦の行動がそれで制御されることはなかった。むしろ、そういう抵抗があればあるほど、得体の知れぬ「巨悪」の存在を実感して、それに立ち向かって行きたい闘志が湧いてくる。

もともと松浦はデスクワークよりも動き回るタイプの仕事が性に合っている。その意味からいえば、生涯学習課というのは、自分から望んででも手掛けてみたかったセクションといってよかった。

着任の挨拶《あいさつ》で知事に会ったとき、知事に問われるままに、生涯学習教育に関する抱負のようなものを披瀝した。

「じつは、こちらに参って早々、私がカメラやコンピュータやスカイダイビングが趣味だと申しましたところ、そんな趣味があるとは意外だと言われました。学生時代からガリ勉ひと筋にやってきたと思われているらしいのです。そのとき私は、あ、これだ――と思いました。一般に勉強というと、すぐに机に向かって教科書を開いているという情景を連想しますが、じつは人間は一生を通じてさまざまな学習活動をしているわけです。もちろんそれには学校教育や社会教育のような、組織的なものもありますが、文化活動、スポーツ、音楽や絵画、囲碁、将棋といった趣味の範疇《はんちゅう》に入りそうな、ごく個人的な学習もあります。ところが、そういったものまでを含めて学習とか教育であるとは、なかなか考えにくいのが、日本の、あるいは日本人の体質なんだなと気づいたのです」

松浦は少し喋《しゃべ》りすぎかな――と、知事の顔色を窺《うかが》ったが、知事は耳を傾けている。

「私はまずそういう固定概念――つまり、教育や学習は、教えるほうも学ぶ側も苦しむものであるといった考えを払拭《ふっしょく》することに、力を注ぎたいと思っています。とくに生涯学習の基本的な考え方は、楽しみながら学ぶ、遊びながら、しぜんに教養や人間的な豊かさが身についてゆく——といったものであって、そういうチャンスを万民にひとしく開いてゆくのが行政の責務だと信じております」

「いいじゃないですか」

知事は手を広げ、二回、大きな音の出る拍手を送ってくれた。秘書が勘違いして飛んできて、「何か?」と言った。

「ん? あ、いや……そうだ、あらためて紹介しておこう。彼は高島《たかしま》君、僕が頼りにしている男です。今後、何か僕に急用があるときは、彼にそう言ってください。いつでも対応させてもらいますよ」

高島秘書とはすでに顔見知りだが、たがいに「よろしく」と挨拶を交わした。

松浦が知事に与えた印象は悪くなかったようだが、知事から受けた印象もきわめて良かった。まだ五十歳になっていない若い知事で、見た感じは華奢《きゃしゃ》だが、高知県始まって以来の強腕知事という評判を聞いている。

そのことを言うと、知事は苦笑した。

「例の『君が代』問題のことでしょう」

市民ホールで開かれたシンポジウムで、知事は「君が代」問題を質問され、「個人的見解」と断った上で、「『君が代』が日本国歌としてふさわしいかどうか、検討してもいいのではないか」という趣旨の発言をした。その発言が物議を醸した。

「あれはね、私の真意が伝わっていないか、あるいは意図的にねじ曲げて解釈したかのいずれかだと思っていますよ。たぶんきみには分かってもらえると思うが」

　知事は身を乗り出して言った。

「外国へ行って、日の丸を見ると身内がゾクゾクッとくるような感動を覚えるじゃないですか。どこの国の誰に対しても、日の丸が国旗であることは素直に誇ることができる。ああ、日本人に生まれてよかったと思う。しかし、残念ながら、アメリカ人やフランス人が折りにふれて、自国の国歌をさっそうと歌うようには、僕は『君が代』を歌うことはできない。古い映画に『カサブランカ』というのがあるのを、観たことはありませんか」

　松浦はかすかに「いえ」と首を振った。

「その映画の中に、モロッコのナイトクラブのようなところで、ナチの軍人たちが傍若無人にドイツ国歌を歌うシーンがあるのです。すると、それまで小さくなっていたフランス人たちが、突然立ち上がり、『ラ・マルセイエズ』の大合唱を始めた。涙を流しながら歌うその迫力に、ドイツ国歌が圧倒され、やがて沈黙する。それを観たときには、私は外国の人間ながら感動で胸が震えた。そういうのは、日本国歌では絶対にありえないと思いますね。歌詞の内容が悪いとかそういう議論をする以前に、メロディに問題があるのかもしれない。心を昂揚《こうよう》させる要素に欠けているのですね。僕のような年代の人間でさえそれなんだから、音楽教育の進んだ若い世代の人たちが、『君が代』を歌いたがらないのも無理がないような気がするのですよ。そういうことを含めて、戦後五十年を経たいま、そろそろ新しい国歌を作ることを、国民的課題として検討してみてもいいのじゃないか――と、そう言ったのですがねえ」

この知事の発言を「不愉快」として、右翼団体の街宣車が知事公舎に突っ込むという事件が発生した。

「その件については、明らかに彼らの行為が不当だと思います。知事の個人的ご意見を暴力的に封殺しようとするのは許せません」

松浦は思っていたことを言った。

「ははは、きみの言うとおりです。マスコミの論調も、それに県民の多くも同様に、僕の発言の意図するところに対して理解を示してくれました」

「それならば何も問題ないではありませんか。私はむしろ、右翼のそういう行動を容認するような土壌が、高知県にはあるのかと心配だったのです」

「いや、そんなことはまったくない。坂本龍馬の昔から、土佐は変革を歓迎する土地柄といっていい。実際、この事件を機に僕を後押ししたいと言ってくれる新しい支持層も生まれました。しかし、公職にある者の心得としては、たとえ個人的見解であったとしても、誰もが必ずしもそう受け取らない可能性のあることまで配慮して、慎重に発言しなければならないのかもしれない」

「そうでしょうか」

松浦は真っ直ぐ知事を見つめて言った。

「もしそうだとすると、知事はご在職中はご自分の主義主張を閉じ込めておかなければならないことになります。それはむしろ、政治家のあるべき姿ではないと思いますが」

「ほう……」

知事が大きな目をいっそう丸くしたのに気がついて、松浦は頭を下げた。

「あ、申し訳ありません。生意気なことを申し上げました」

「いやいや、構いませんよ。ただ、そんなふうにまともに言ってくれる人は珍しいので、ちょっとびっくりしたな」

「どうも、出過ぎたことを……」

「そんなことはない。それをいかんと言うのでは、それこそ言論封殺じゃないですか。

こういう立場にいる人間には、誰しもなかなか率直に意見を言ってくれないものです。とくに利害関係を抜きにした場合にはね。県知事になってから、良きにつけ悪しきにつけ、ズケズケと物を言ってくれるのは、女房ともう一人ぐらいなものですかな」

「どなたですか？　高島さんですか」

隣室に去った秘書のほうを窺うようにして言った。

「ははは、彼は命令と文句だけです。ああしろこうしろ、あれをしてはいけないと、そんなことばかりですよ」

知事はおかしそうに言ってから、真顔に戻った。

「そうだ、きみにも会っておいてもらったほうがいいかな。八幡神社の宮司さんだが、かつては教師をやっていたこともあって、県教育界のうるさ型でもありますからね」

「八幡神社というと、例のどろんこ祭りの若宮八幡ですか？」

「ははは、きみもテレビを見ましたか。どうもみっともなかったかな。私も引っ張り出され、若い女性に追いかけられて、顔に泥を塗られた。僕としては県民へのサービスのつもりだったが、あとでおふくろさんに叱られましたよ。遊んでいるひまがあったら、真面目に政治をしろと。しかしまた来年もやる気でいますがね……えーと、何の話でしたっけ」

一瞬、悪戯《いたずら》っ子のような目を宙にむけて、「あ、そうそう」と思い出した。

「僕の言うのは若宮八幡宮ではなくて御代田《みよた》八幡宮という、室戸《むろと》市にある神社です。ここの宮司の吉永さんというご老人は、なかなかの見識の持ち主だと僕は思う。高知県の——というより、現代日本の教育現場の有り様についての卓説は傾聴に値しますよ。私の私的なブレーンの一人になっていただいているのだが、きみも折りを見て、いちど行ってみなさい」

知事は名刺の裏に細かい文字で紹介状を書いてくれた。

「とにかく、行政に携わる者は、つねに毀誉褒貶《きよほうへん》に晒《さら》されると覚悟しなければならない。前任の安木君もそうだったが、松浦君もそれに劣らず、一本筋の通った行政官だと思いますよ。僕よりもはるかに若いのだし、自らの信ずる道を突進していただきたい」

最後に訓示を垂れて、大きな手で握手を求められた。

このときの知事の励ましが、松浦の行動エネルギーを支えていた。県庁トップである知事の御墨付がある以上、たとえ上司の顰蹙《ひんしゅく》をかおうと、同僚や部下に煙たがられようと、わが道を行くのみだ——と思った。

安木も言っていたが、市民のサッカーくじに対する認識は驚くほど低く、「青少年スポーツの振興」というお題目をまともに信じて疑わない人がほとんどだ。松浦の解説を聞いて、目からウロコの思いだという反響が多く、松浦をますます勢いづかせた。

2

松浦が御代田八幡宮を訪ねたのは、着任した翌週の土曜日である。高知市から室戸市へは国道55号の一本道。土佐湾沿いの海岸線を行く快適なドライブだ。交通量は少なく、免許取得から一カ月ばかりで、しかも慣れないレンタカーだが、べつに不安もないし、危険を感じることもなかった。

国道と並行するようにコンクリート製の高架が続いている。鉄道を建設する予定が、中途で頓挫《とんざ》したものらしい。四国に限らず、この種の「遺跡」は日本中に散在している。旧国鉄時代に、将来的な見通しもなく、安易で強引な計画を推し進めようとした、いわゆる政治路線の成れの果てである。

無理と無駄の塊のような残骸《ざんがい》を放置しているのは、いまさら原状に復そうにも、その予算がないからなのだろう。

不思議に思うのは、この手の事業の失敗について、誰かが責任を負ったという話を聞かないことだ。選挙目当てに鉄道誘致をぶち上げた政治家、それを安直に容認した運輸・建設等の省庁、背後で画策に暗躍したであろう大手ゼネコン……と、事業を巡って動いた連中は、投入された膨大な国家予算を食いつぶした口を拭《ぬぐ》って、知らん顔だ。

松浦の所属する文部行政は、そういう生臭い世界と最も遠い位置にある。だからといって安閑としていていいというわけではない。マクロ的に見れば、文部省といえども政府の一員であることに変わりはないのだし、世の腐敗や歪《ゆが》みを生み出す根源は、国の教育にあるのかもしれないのだ。

松浦がいわゆるキャリアとして文部省に入局したのは、国の教育行政の、ことに指針づくりに参画したいという、一種の使命感があったからだ。教師として教育現場に立つことも、教育に携わる方法ではあるけれど、松浦はより大所高所に立って、国全体の教育に影響力を持ってみたいと思った。

彼の若い目から見ても、現在の文部省がやっている施策には疑問点が少なくない。何年かごとに大学入試制度をいじっては、現場や受験生に混乱を与えたりするようなのは、小手先で改革を試みようとする、思いつき行政の弊害を象徴するものだ。

いまの文部省の行政官には理念がない。こんなことは誰にも洩《も》らすわけにいかないが、改革すべきはそういう文部省の体質そのものだ——と、松浦はひそかに思っている。

御代田八幡宮は室戸市の中心部から北西に十キロ近く離れた吉良川《きらがわ》という集落にある。吉良川はかつては半農半漁の村だったが、しだいに農産物と畜産主体に移行、昭和三十四年に室戸市に合併した頃は、漁業はほとんど衰退していたようだ。

しかし、旧街道沿いに低い家並みのつづく町を見ると、かつてはここが漁師町であったことを思わせる雰囲気がある。

集落の真ん中付近を左に折れた正面に、御代田八幡宮の鳥居が立っていた。鳥居の脇に由緒書が掲示されている。祭神は「誉田天皇（応神天皇）、神功皇后、比咩《ひめ》神」。創建年代は不詳だが、神社に伝承されている「御代田祭」は鎌倉時代の様式を伝えるものという点から、それ以前の創建と推定される——と書いてある。

広い境内の奥に社殿が建つ。手前に拝殿、奥に本殿がある構造はいわゆる八幡造りと呼ばれるものだ。背後には樹木が鬱蒼《うっそう》と繁る山が迫っている。標高はさほどではないが、かなり急峻《きゅうしゅん》だ。

社殿の向かって左手前に社務所兼宮司の住居がある。白木造りの簡素な平屋だが、建坪はかなりありそうだ。

あらかじめ電話でアポイントメントを取っておいたので、宮司は待機していた。玄関には高校生ぐらいの少女が出迎えて、奥の座敷に案内してくれた。

吉永宮司は七十六歳、教師をしていたのは三十年ほど前までで、父親の先代宮司が亡くなったのを機に、御代田八幡宮宮司跡を継いだ。その後、地域教育史や土佐の自由民権運動の研究に力を注ぎ、地元はもちろん、中央にも多くの論文を発表している。以上が、これまでに松浦が集めた吉永に関する予備知識であった。

論文などを読んで、その論調の激しさからかなり狷介《けんかい》な人物——と、それなりに覚悟はしてきたが、吉永宮司の第一印象は想像どおりといってよかった。

座敷の神棚を背に坐《すわ》った吉永は、白い衣に淡い水色の袴《はかま》をつけている。背筋を真っ直ぐに伸ばし、膝《ひざ》の上に手を置いた姿は毅然《きぜん》として、七十六歳の年齢を感じさせない。松浦は思わず居住まいを正した。

挨拶を交わして、たがいに相手の顔を見据えた恰好《かっこう》で対峙《たいじ》したとき、吉永宮司の表情が微妙に揺れた。

「はて？……」

わずかに首を傾《かし》げた。

「あなたとは、どこぞで会うたことがありましたかな？」

「いえ、初めてお目にかかります」

「そうでしたか……」

松浦の名刺を遠ざけたり近づけたり、何度か客の顔を見たりしたが、結論を得られないままに諦《あきら》めた様子だ。

「知事さんのお話だと、新任の課長さんはなかなか優秀なんやそうですな」

いくぶん皮肉な口調で言った。

「そうおっしゃっていただいたのは光栄ですが、まだ駆け出しで、お褒めにあずかるようなことはしておりません」

松浦は型どおりに謙遜《けんそん》した。

「そらそうでしょう。けんど、知事さんがそう言うちゅうのは、なんぞ理由があってのことではありましょう。ひと言でええが、あんたはその職にあって何をせんとするがか、教えていただきたいもんですな」

吉永は眼光鋭く、松浦の目を見つめた。明らかに、この若造を試そうとする意図が感じられる。

「いまは無力ですが、いずれは……」

松浦は吉永の誘導に引きずられるのを警戒しながら、しかし本音を言った。

「わが国における教育の概念を改革したいと思っています」

「ふん……」

吉永はそっぽを向いた。しかし相手を軽んじたというのではないらしい。

「どう改革しよう、言われるのかな」

「それはにわかにはお答えするわけにいきません。目下勉強中と申し上げるのみです。そのために吉永さんにお目にかかっているとお考えください」

「わしに会うて、それでどうしよう言うがですか」

「吉永さんの『開拓する教育』を読ませていただきました。教育の根本は実践にあるというご趣旨かと思います。教えながら学ぶ——といった教育現場の尊さを力説していらっしゃる。その一方で、国の教育制度——とくに受験制度の弊害ともいうべき、学力偏重教育が教育現場の荒廃と崩壊を招いていることを指摘しておられます。その思いは私もまさに同じです。しかしあのご本では、それでは教育に携わるわれわれは何をすればいいのかについては説いておられません。一般論や示唆を述べるだけでなく、吉永さんの強い論調からすれば、具体的な手法か、少なくとも目指すべき方向について明言されてあって不思議はないと思うのですが」

「はぐらかしちゅうと言うがですか」

「ええ、率直に言えばそうです」

怒るかな——と危惧《きぐ》したが、吉永は表情を変えなかった。

しばらく天井を見上げた恰好で動かずにいてから、おもむろに言った。

「ある人がこう言うちょります。『日本は無教育の国になってしまった』とね。世界のどこの国から見ても、日本ほど教育が進んじゅう国はないがごとくに思われそうだが、じつはそうではない。それは見かけだけで、日本には真の教育は皆無だちゅうのです。それどころか、教育が国を亡ぼそうとしているという、いささかショッキングな警告を発している。そのことを憂える者は政治家には何人かはおる。学者にもおる。だが、行政に携わる者には、どうやらおらんらしい」

視線を松浦に向けてギロリと睨《にら》んだ。

「あんたは違うと言うかもしれん。たしかに文部省内部にも教育行政の過ちに気づいちゅう者がおるかもしれん。しかし何もせず、何も発言せんちゅうことは、存在せんのと同じこっちゃ。行政当局に教育についての理念が存在せんとあっては、何も変わるはずがない。変わらんどころか、悪しき方向へ悪しき方向へと、ひたすら歩むばかりじゃね。いまや文部省の鼻面を引きずり回しちゅうのは、文部大臣でもなければ代議士でもなく、受験業者だと極言してもえいでしょう。その証拠に、文部省は大学入試のシステムを変えるような、日替わり行政ばっかりやりおる」

松浦の反論を予期したのか、吉永は言葉を止めて客の気配を窺《うかが》った。しかし松浦は何も言わずに、吉永の口許《くちもと》を見つめ、彼の話の先を待った。

「当高知県には『私高公低』という言葉がある。いや、全国的な風潮と言うてもええでしょう。私立校のみが優位を誇り、公立校の評価は低下するばかりじゃ。かつての中学では、ごく一部の特殊なケースを除けば、学業成績の優秀な生徒のほとんどは公立高校を目指したもんじゃが、いまは違う。出来のいい生徒は、まず私立高校を目指す。その理由はただ一つ、大学進学を容易にせんがためじゃき。

受験競争に勝つノウハウを備えた高校が優秀校であるかのごとく考えられて、そこに合格することに、彼らはあたら中学の三年間を燃焼しつくす。マスコミはマスコミで、高校の大学合格者数を発表して、その傾向を煽《あお》りたてる。教育の優劣を、単に受験に強い生徒を育て得たか否かで判定し、これによって学校の序列を定める風潮が、社会にも市民にも蔓延《まんえん》しちゅう。

教育の現場では、受験に勝ち抜く生徒とそうでない生徒を色分けする傾向が強まっている。受験戦争に対応すべく、中学校の中には受験クラスとそうでないクラスを作ったところもある。そこまでせんでも、学校や教師の側に、出来る生徒と出来ない生徒を選別させる意識を助長するような環境が強まっていることは否定できんでしょう。こうした教育の歪《ゆが》みから生み出される弊害は数かぎりない。受験戦争からはみ出した、いわゆる落ちこぼれと称する生徒たちの問題も大いにある。学校から見放され、目的を見失った彼らの中には、非行に走る者も少なくない。

しかしわしがむしろ問題にしたいのは、受験戦争に勝ち抜いた連中の将来の姿じゃね。人格形成のもっとも重要な時期に、彼らに叩《たた》き込まれたのは受験に勝つノウハウじゃき。データとしての知識ばかりが詰め込まれ、人間として必要な情緒や感性がないがしろにされちゅう。いうなればコンピュータ人間のごときもんじゃな」

長々と語ってきて、吉永宮司は「ほうっ」と大きく深いため息をついた。

吉永宮司の孫娘がお茶を運んできた。漆黒《しっこく》の髪の毛を短めにカットした、いまどき珍しいほど地味な感じの少女だ。

「敏子《としこ》いいましてな、安芸《あき》市にある高校に通いゆう」

吉永がいかにもいとおしそうに、目を細めて紹介した。

「ごゆっくりどうぞ」

少女は襖《ふすま》の敷居に膝をついて、きちんと挨拶《あいさつ》して座敷を出て行った。

「あの子らあも、呑気《のんき》そうに見えるが、本心をいうたらみんな悩みゆう。自分らあがどう生きたらえいのか、目標が見えちゃあせん。学校や親が与える命題は、ただひたすら勉強して、少しでも高い点数を取れいうことばかりじゃ。

その結果、何が起きいうかいうたら、愚にもつかんイジメや、中学生の自殺に心中、それに近頃は傷害事件まで横行しよる……情けないと思わんですか。学校や教師の側にはそれを止める手段を見極める者が誰一人としておりゃあせん。事件が起こってから言えるがは、せいぜいいのちの大切さを自覚せい——と、その程度のことじゃ。そんなとおり一遍のお題目を唱えてみたところで、子供らの悩みを払拭《ふっしょく》できるはずがない」

「では、どうすればいいとお考えですか」

松浦は少し反発する口調になって言った。吉永の言ったことは、そこまでは誰しもが分かっていることでもある。その先の解決法が見つからないでいる。その答えを示さなければ、傾聴に値する意見とはいえない。

「ほんじゃき、目標を与えることじゃと言いゆうでしょうが」

吉永は不満そうに眉《まゆ》をひそめた。

「点取りゲームのような目標じゃあない、もっと大切な目標があることを、子供らあに教えてやることじゃょよ」

「その目標とは？」

「分からんかね、あんたほどの人がそれを分からんでは困る。もっとも、教育現場に携わる者たちの多くは、日本の教育に何が欠けちゅうかが分かっちゃあせんことも事実。いや、分かっちょっても、それを前面によう押し出せんところに、現在の教育界いうか、日本いう国そのものの根本的な欠陥があるというべきかもしれん。その欠けちゅうものとは何かを考えたら、その答えは自《おの》ずから出てくるのと違いますかな」

「愛国心ですか」

「ふん……」

吉永はまた鼻を鳴らして、脇を向いた。それはどうやら、否定の意思表示ではなく、いくばくかの満足感を表す癖のようなものらしいことが、松浦には分かった。

「しかし」

松浦は納得のいかない気持ちで言った。

「吉永さんの論文をいくつか拝見しましたが、愛国心について言及したものがあったかどうか、気がつきませんでした」

とたんに吉永はつらそうな顔になった。

「そんなもんは、愛国心いうもんは、教育論の中で活字にして開陳するようなことではないでしょう」

「そうでしょうか？　そんなことはないと思いますが」

松浦は強く反発した。それが吉永の本心だとは思えなかった。

「われわれを含めた教育界全体について、愛国心に関する議論が不足していることは、否定できない事実だと思います。この問題を持ち出すと、すぐにイデオロギーに結びつけて言われがちです。行政側にとっては一種のタブーとして、扱われているといっていいでしょう。それだけに、教育評論の中から、愛国心を積極的に取り上げて、われわれに指針を与えてくれるような風が吹いてくることを望んでいるのです」

「あんたの言われるとおりじゃ」

吉永は妙に弱々しい口調で言った。

「教育者としての立場はさておいても、わしらあおとなが、子供らに国を愛することを教えられんゆうがは、まっこと情けないことですわ。歴史教科書のどこっちゃあに、国を愛せとは書いちゃあせん。むしろ、日本という国がどればあ愛し誇りに思うには足らざる国か、いうことばあを書いちゅう。いまの日本で声高に『愛国』を掲げちゅうがは、こないだ街頭宣伝車で知事公舎に突っ込んだような連中ばあです」

「それを承知の上で、何も発言なさらないのは、失礼を顧みないであえて言うならば、怠慢ではありませんか」

ここまではさすがに言い過ぎかと思ったのだが、吉永は苦笑で応じただけだ。

「わしらのような年寄りらあには、後ろめたさがあるがですわ」

「後ろめたさとは、どういうことですか」

松浦の質問にはすぐに答えずに、吉永は冷たくなったお茶を啜《すす》った。

それからしばらく窓の外に視線を送って、社殿の棟木辺りを眺めていた。

「日本人の歴史観が変化したがは、あの戦争に敗れたときです」

吉永は静かに話しだした。

「そのとき以降、わが国の教育から愛国の文字が消えてしもうた。いままで正義じゃと信じちょったもんが不正であり、善やと思うちょったことが悪じゃと知ったと同時に、愛すべき国が憎悪の対象になってしもうた。あの時点で国家の体制が瓦解《がかい》せんかったがは、日本人の理性によるがか、臆病《おくびょう》によるがか、はたまた進駐軍のおかげながか、いずれにしても奇跡に近かった。わしらはまさにその転変の渦中におったがですよ」

松浦は終戦の年——一九四五年当時の吉永のことを想像した。年齢は二十四、五歳、いまの松浦より若い。

「終戦の時、吉永さんは何をしていらっしゃったのですか？」

愚問であったらしい。

吉永は少し軽蔑《けいべつ》したような、困ったような表情で、松浦を一瞥《いちべつ》した。

「若うて健康な男は、全員が軍隊におったに決まっちゅうでしょう」

「あ、そうですね」

しかしそう言いながら、「全員が軍隊にいた」という状況を、すんなり実感できたわけではなかった。

吉永が「若くて健康な男」と言ったとき、松浦の脳裏にはなぜか小内美由紀の面影が浮かんだ。それから自分と同じような年代の若者たちの群像を次から次へと思い描いた。

若いサラリーマン、学生、プロ野球、Jリーグ、コンサート会場や盛り場に群れる人々、暴走族――あの膨大な若者たちが「全員」軍隊にいる状況など、想像を絶する。

「軍隊におった者すべてがそうじゃとは言えんが、わしら――少なくともわしには後ろめたさがあるがですよ。死んで行った者たちに対する後ろめたさ。国を守りきれんかった後ろめたさ。どういう理由や形であるにせよ、国の『悪事』に加担したいう後ろめたさ。とりわけ、死ねんかったことへの後ろめたさがつらい」

「そんな……」

松浦は絶句するほど呆《あき》れた。

その様子を見て、吉永は焦《じ》れたように顔をしかめた。

「あんたには分からんことかもしれんが、そういう後ろめたさがあることは事実ですよ。かつて忠君愛国の名のもとに戦うたことも、国を愛するがゆえに死んで行った仲間がおったことも、すべて事実です。そういう過去を背負っておるわしには、どうしても他人に対して国を愛せよとは言いがたかった。

戦争が終わって教師になって、民主主義という名の与えられたカリキュラムに従うてやってきた。最初の十年は無我夢中じゃった。何もかも新しことずくめで、奔流に流されているような日々じゃった。日本人は食うため生きるために死に物狂いだった時代じゃな。戦前までの記憶など、すべて断ち切ろうとしちょった。後ろを振り返る余裕がないがじゃのうて、振り返ることを避けちょった。

日本の近代史は、侵略者と虐殺者の烙印《らくいん》を押した、あの東京裁判によって完全に否定しつくされておった。そのような醜悪な自国の歴史を、誰が好き好んで振り返るもんかね。その悪夢から逃れようとするかのように、日本人は誰もかれもが自己中心主義の権化と化して、経済成長への夢ばあを追いかけて突っ走った。

二十年経って、わしはふと立ち止まった。教壇に立っておって、その虚《むな》しさに気がついた。わしは歴史を教えちょったが、古代から近世までに時間をかけ、近代史のとくに明治以降についてはほとんど上っ面ばあを教え、物事の神髄に触れることをせんかった。その欺瞞《ぎまん》に耐えられんようになったのじゃよ」

吉永は一気に話し、言葉を止めた。

3

話がやむと、異様な静寂が訪れる。それを打ち破るように鰐口《わにぐち》の少し間抜けな音がひびいた。それにつづいて柏手《かしわで》を打つ音が聞こえ、松浦はここが八幡宮の一角であることを思い出した。

「ちょうどその頃、お父様が亡くなられて、神職を継がれたのでしたね」

松浦が言うと、吉永は「ん?」と惚《ほう》けた顔になった。そういう顔をすると、ただの疲れた老人にしか見えない。

「ああ、あはは、それはあれですな、わしに関する記録をどこぞで見たのじゃな」

「ええ、資料にはそう書いてありますが、違うのですか?」

「まあ、それもまったくないことはないが、ほんまの理由は、教師をしゆうことに耐えられんようになって、逃げだしたがじゃよ。日本を、日本人をだめにする教育に加担するのが、苦しゅうなってですな」

「日本の学校教育は、日本と日本人をだめにしますか」

「ああ、だめにしますな。少なくとも歴史教育に関しては」

「だとすると、その教育をうけてきた私は、だめな日本人ということになります」

「さあ、それはどうじゃろか。あんたは歴史を学びましたかな?」

「えっ……」

松浦は胸を突かれた。

「そういえば、歴史を——吉永さんがおっしゃったような歴史の神髄を学んだという記憶がありません」

「そうじゃろう。あんたの先生もわしと同様、古代から江戸末期までを教えて、お茶を濁したに決まっちょります」

たしかにそのとおりであった。歴史教師は進学時期を迎え、カリキュラムを消化できないという理由で、近代史の部分を駆け足で通過した。年代と事件を機械的、抽象的に並べ立てたにすぎなかった。

そういう近代史の教え方は、平安時代の王朝絵巻のような世界を、微に入り細をうがつようにして教えたのとは、対照的に素っ気ないものだった。いまにして思えば、教師に何らかの意図があったとしか考えられない。

大学に進んでからは、松浦は歴史を勉強するチャンスがなかった。高校時代からコンピュータにのめり込んで、趣味はカメラとスカイダイビング。どっちにしても歴史を繙《ひもと》くのとは正反対の方向にある世界であった。

「だからというて、歴史の教師が怠慢じゃったとは考えるべきじゃあない。むしろ、彼にしてみれば、そういうマイナス指向のことを教えて、あたら将来ある若者の精神を萎《な》えさせることをしとうなかったのかもしれん」

吉永は自分の経験からか、歴史教師に対して同情的なことを言った。

「私が学んだ学校だけではなく、どこの学校にも共通しているというわけですか」

松浦は憂鬱《ゆううつ》そうに訊《き》いた。

「必ずしもそうとばあは言えんじゃろね。むしろ近代史に時間を集中して、教科書に書いちゅう内容以上に、日本の歴史を貶《おとし》めて教える教師もおるかもしれん。しかし、はっきり断言できることは、学校で愛国心を熱心に訴えるような教師は、ほとんど存在せんちゅうことですな」

そこまで言い切るのは、吉永の偏見ではないか——と松浦は思ったが、それを否定できるだけの知識は持ち合わせていない。少なくとも、松浦が学んできたかぎりでは、たしかに吉永の言うとおり、愛国心を口にする教師がいなかったことも事実だ。

「吉永さんがそういう理由で教師をお辞めになったことはよく分かりました。しかし、教職を離れた以上、もっと自由に発言されてもよかったのではありませんか？　現に、いくつもの教育論のご著書をお出しになっていらっしゃるのですから」

「たしかに教育論は書けますな。教育現場での技術的なことや、教育心理学的なことは。あるいは学校教育の問題点じゃとか、地方と中央との教育格差の問題とか、そういうノウハウについては、教職に縛られんずつ自由に書くことができます。けんど、もっとも肝心なことは書くことができんかった」

「後ろめたさがあるからですか」

「そのとおりです」

「しかし、そんなものをいつまでも引きずったまま、何もおっしゃらずに……」

松浦は口を閉ざしたが、吉永は、

「何も言わんと、死んでしもうてはいかん、ですか」

と笑った。

「そのことはわしも考えちゅうがです。本来やったら、そういうことは示唆するばあで、あとはあんたのような若い人たちに委《ゆだ》ねるのが正しいありようじゃと思うが、それもまた考えようでは卑怯《ひきょう》ではある。それに、半世紀を過ぎたことでもありますしな」

「半世紀とは、戦後半世紀――という意味ですか？」

「そう、半世紀は沈黙しようという約束じゃった」

「約束をしたのですか？」

「さよう。ははは、約束いうても、実現する確信があってのことじゃあない。だいいちに、まさか半世紀も生きるとは思わんかったこともありますしな。それが、ふと気がついてみたらあれから半世紀を超えて生き永らえちょった。約束の期間をとっくに過ぎちょったちゅうので、愕然《がくぜん》としました」

「ちょっと、すみません」

と松浦は手を挙げて言った。

「その約束とは、何なのですか？」

「じゃから、あんたが言うたとおり、死なんうちに何か言うたり行動したりするちゅうことじゃ。半世紀の呪縛《じゅばく》から解かれて、そろそろ何かことを起こしても、神様は許してくださるじゃろいうことですな」

吉永は笑いながらそう言った。ひどく楽しげなのが、松浦には気になった。

「神様とは、八幡様のことですか？」

「わしらにとってはそういうことです。あんたは知らんかと思うが、宇佐の八幡神が九州南部の隼人族を攻め亡ぼした際、たいへんな殺戮《さつりく》を行なったがじゃが、八幡神はそのことをこじゃんと悔いられた。後に至って放生会《ほうじょうえ》という殺生禁断の祭事が行なわれるようになったのも……」

そのとき、何を思いついたのか、吉永はふいに話を中断して、「おう……」と呟《つぶや》き、松浦の顔をまじまじと見つめた。

「あんた……松浦さんは兵庫県のご出身でしたかな？」

「いえ、私は千葉県の産です」

「ご両親はどうじゃろか、どちらかのルーツが兵庫ということはないですかな」

「さあ、兵庫に親戚《しんせき》がいるという話は聞いたことがありませんが」

松浦はいささか薄気味悪いものを感じて、吉永の探るような目を見返した。

吉永は視線をはずして、首をひねった。

「私は何か、兵庫県人のような顔をしているのでしょうか？」

松浦は冗談めかして言った。

「は？　いや、そういうわけじゃあないですがね、あんたとよう似た目の人と、昔会うたことがあるもんじゃで……」

未練がましく、もう一度松浦の顔に視線を向けてから、首を一振りした。

「はて、何を話しとったですかのう」

「八幡神の隼人鎮圧の話と放生会の話をされてましたが」

「ああ、そうじゃった……八幡神でさえそうなのじゃき、わしらにも謹慎のときが必要じゃったいうことです」

「その謹慎の期間が半世紀ですか」

「そういうことじゃね。よもや五十年は生きまいと思うちょったが、生きてなお元気があれば、国に報じようと誓いおうたがです」

「それがさっきおっしゃった約束ですか」

「そうです」

「どなたと約束されたのですか？」

「それは……それは昔の仲間じゃね」

「昔の仲間というと、戦友ですか」

吉永は黙って頷《うなず》いた。それ以上のことは言葉にしたくない様子だ。それまでの饒《じょう》舌《ぜっ》とは対照的に、巌《いわお》のように頑《かたくな》な気配を、老人は身に纏《まと》った。

その岩を穿《うが》つように、松浦は訊いた。

「約束に加わった仲間の方は、何人もいらっしゃるのですか？」

その質問に吉永は無言で応じるかに見えたが、ふっと気が変わったのか、やおら昂《こう》然《ぜん》と頭を上げて、「八人」と言った。

「応神天皇誕生のとき、天より八旒《はちりゅう》の幡《はた》が下って神威を示したいうが、それとは関係のない、ただの偶然じゃがね」

どこか誇らしげな口調であった。

「その方々は皆さん、ご健在なのですか」

松浦は訊いた。老人の話すことに、抑えようのない興味が湧いてきた。

「分からんですな」

吉永はぶっきらぼうに答えた。

「えっ、ご存じないのですか？」

「ああ、別れるとき、消息は尋ねんことも約束じゃったもんじゃきのう。しかし、そうは言うても、自然、消息のようなものは流れてくるもんじゃ。生きちょる者もおれば、死によった者もおるいうことじゃろな」

あまり触れたくないことのように、唇を一文字に引き締めて、沈鬱な表情になったが、すぐに口を開いた。

「けんど、八人の生死はさほど重要なことじゃあない。肝心ながは後継者じゃ。大地に種を蒔《ま》いたかいなか——です。それがわしらの盟約じゃったと言うてもよろしい。わしのように生きておればまたよしとするが、死んでしもうても精神までは死なんもんです」

そのとき、松浦は吉永の孫娘のことを思った。

「さっきのお孫さんにも、その吉永さんの精神は伝えられたのですか」

「ははは、あんた、精神なんちゅうもんは、伝えたり教えたりせんでも、心にしみ通ってゆくもんと違いますかな。どうじゃろか、あんたの心にも愛国心はありますかな?」

試すような視線が松浦の目の奥を覗《のぞ》き込んだ。

「ある、と思います」

松浦自身も自分の心に問うて、胸を張るようにして言った。

「そうじゃろう。本来、愛国心いうもんは学ばんでも精神にあるもんです。わしがあんたにこのような話をしゅうがは、あんたにはなぜか通じるもんを感じるためじゃ。なぜか分からん。あんたは学校で学んだことはないと言うたが、あんたの心の中に国を愛する想いがふつふつと湧くのを、わしは感じゆうがですよ」

老人の目の中に、孫娘を見たときと同じような、温かい色が浮かんだ。

「しかし残念ながら、大多数の者は知識として国を愛することを学ばんといかんのが現状じゃ。ことに若い者たちは、砂漠のように精神が渇《かわ》ききっちゅう。物質主義、効率万能ばあじゃない、人間性の本質にかかわる大切なもんがあることを、誰かがいつか教えてやらんといかんがです。

世の中には愛国心を教え込もうとする者は存在するが、その多くはイデオロギーと無縁じゃあない。狭量な民族主義に凝り固まった連中が恣意《しい》的に、ためにする方向で一方に偏したエセ愛国心を吹き込もうとする。これは危険なことです。学校教育がただいたずらに空疎な人類愛をお題目のように唱えるがより、はるかに危険じゃ。彼らの潮流は戦後間もなくからあった。あの戦争に対する反省を完全に行なうどころか、大東亜戦争肯定論まで主張するありさまじゃった」

吉永は強い口調で言いながら、急にいたずらっぽい目を松浦に向けた。

「そうそう、わしらあが半世紀の沈黙を誓ったがは、『反省期』の意味があったがじやき、分かっちょりますか？」

「洒落《しゃれ》ですか」

松浦はつまらなそうに苦笑して見せた。

「ははは、気に入らんようじゃね。くだらん駄洒落じゃが、そのときは至極大真面目なもんじゃったですよ。いま思えば、その判断は正しかったがと違いますかな。長い冷却期間の中で、わしはあの戦争の意味を冷静に分析し、日本の近代史全体を客観的に評価することができた思うちょります。

ところが、さっき言うた一部の連中は、半世紀を反省の期間ではのうて、ほとぼりの冷める期間じゃと勘違いしちゅう。過去の罪業が消えて、亡霊の蘇《よみがえ》りを許されるときじゃと思うちゅうがです。

そういう勢力が一方にあるのに対して、逆にその動きを極端に警戒し、神経過敏になっちゅう者たちの勢力もありますのう。その者たちは、たとえば『愛国』の文字を見れば、ただちに国粋主義、帝国主義、反動というイデオロギーに結びつけたがる。

その以外の大多数の国民は何も思わんか、何も言わん人々ですよ。というても、彼らに国を愛す気持ちがないかいうと、決してそんなことはない。オリンピックで日の丸が上がれば涙を流すのは、ごくふつうの庶民的な感情でしょう。

しかし彼らに共通して言えるがは、国の愛し方を知らんちゅうことじゃね。国のどこをどのように愛せばええがか、さっぱり分からんがじゃよ。オリンピックのマラソンに勝ったきいうて感激するくらいのことしかできんがじゃ。むしろ、いまの若い人たちは、愛国心なんちゅうものはダサイとか言いゆう。いや、ダサイはすでに古くなってしもうたんじゃったかのう。

とにかく、国を愛するより世界を股《また》にかけるほうが先に行ってしもうちゅう。グローバルじゃとか、国際人じゃとかがかっこようて、いまさら愛国心なんちゅうことを言うがは照れ臭いいうところでしょうかのう。あんたは違う言うかもしれんですがね」

「ええ、私は違うつもりでおります」

松浦は昂然と肩をそびやかして言った。

「ふん、それはえい」

吉永はニヤリと笑った。

「ほんなら聞かせていただきましょうか。あんたはこの国の何を愛するがかね」

「それは……」

松浦は勢い込んで答えようとして、口ごもった。あらためて「この国の何を愛するのか」と問われ、自らも問うて、その答えが用意されていないことに愕然《がくぜん》とした。

「国を愛するということを、ひと言で説明するのは無理です」

逃げ口上と分かっていて、そう言った。

「やれやれ」

吉永老人は、若いエリート官僚の困った顔を、面白そうに眺めた。

「あんたほどの人ですらそれじゃ。まして一般庶民に愛国心を問うがは、カラスに道を尋ねるようなもんじゃのう」

あまりいい譬喩《ひゆ》とは思えなかったが、松浦に反論する元気はなかった。悔しいけれど、恥をしのんで訊《き》いた。

「吉永さんはどうお考えですか？　この国の何を愛するのか」

吉永は即座に人差し指を真下に向けた。いかにも老人らしい、節くれだった指だ。

「これじゃ」

「は？……」

松浦は不覚にも、小児のような無防備な顔になった。

「どういう意味でしょうか？」

「おのれの立つ所、五十センチ四方にも満たん地面こそが、国を愛す根源じゃね」

吉永は水色の袴《はかま》の膝《ひざ》に手をついて、「どっこいしょ」と掛け声をかけ立ち上がり、窓に向かって佇《たたず》んだ。

「おのれを存在させてくれるこの場所、そこから広がる大地、草原、森、山、川、海、空……そこに生きとし生けるものや同胞《はらから》たち。これらのすべてがわが祖国じゃと思うところから、国への愛情が湧いてくるがと違いますか」

吉永の視線の先には裏山の鬱蒼《うっそう》とした緑が迫っている。

「太古、人間は自然の営みに不思議を思い、万物に神を感じた。大地にも樹木にも山にも海にも……感謝と尊敬と畏怖《いふ》の思いがそこにはあった。それこそがじつは国を愛する初めの姿じゃったとわしは思うちょります」

松浦は吉永の視線の先を辿《たど》って、老人と同じ山の樹々を眺め、その向こうにある天空を見つめた。それはほんの二、三千年前、この土地に住んだ人々が見た風景と、さほどの違いはないのだろう。

目をつぶれば、この山や森に囲まれた小さな日溜《ひだ》まりのような土地に住みつき、河口にある入江や磯で魚や貝を漁る暮らしをしていた、遠い祖先の姿さえ浮かんでくる。

二人が黙りこくったまま、ずいぶん長い時間が流れたようだ。部屋の外から遠慮がちに吉永老人の孫娘の声が聞こえた。

「お祖父さん、電話ですけど」

「おうよ、いま行くがや」

吉永は言って、部屋を出がけに松浦を振り返って笑った。

「敏子いうたら、お客さんじゃきいうて、よそいきの言葉を使いゆう」

その吉永が、ふたたび座敷に現れたときには、うって変わって憂鬱そのもののような顔になっていた。何かあまり好ましい電話ではなかったらしい。心ここにあらざるように、ぼんやりと窓の外を見ている。窓の外に気掛かりな何かを見つけようとしている風情にも見えた。

「そろそろ失礼します」

松浦は気配を察して言った。

「そじゃのう、そうしますか」

老人は引き止めることもせず、むしろ促すような口調である。

玄関まで送りながら訊いた。

「あんた、車で来たがです？」

「はい、車です」

「そうですか……ほんなら、事故には気いつけてくださいや」

「はあ、十分注意します。なにしろ免許取りたてですから、おっかなびっくり運転しています」

「そうですか、免許取りたてですか。それはいかんのう……」

「いけませんか」

「ん？　あ、いや、いかんことはないが、しかしくれぐれも気いつけることじゃね。この世の中、何が起こるか分からんですぞ」

「ええ、気をつけます。前任者の安木もこの春先、事故に遭って、そのおかげで私が急遽《きゅうきょ》赴任することになったのですから」

「それじゃ、それですが。安木さんもえらい目に遭うた」

吉永は力を込めて言った。表情は沈痛に歪《ゆが》んでいる。

「あの、何かあったのでしょうか？」

老人の様子の異常さは、さすがに松浦も気になって、足を停めて訊いた。

「うーん……」

吉永は唸《うな》って、

「いま、妙な電話がありましてのう……」

その先を待ったが、吉永は口を噤《つぐ》んで、松浦が靴を履くのを見守っている。こちらから電話の内容を問いただすのも気がひける。松浦がそのまま挨拶《あいさつ》をしかけたときになって、吉永は口を開いた。

「松浦さん、あんた、誰ぞと揉《も》めちゅうことはないですか？」

「は、僕がですか？　いえ、とくにこれといって……強《し》いて言えば、役所で上司に睨《にら》まれていた程度のことはありました。それが原因で本省からこっちに左遷されたという説もあるようですが」

松浦は半分冗談のように言ったが、吉永は頬をニコリともしない。

「上司と何を揉めておったがですか？」

「揉めてはいません。ただ、上役の言うことを素直にきかなかったというだけです」

「何に反抗しちゅういうがね？」

松浦は「揉めて」いるとか「反抗」していると言ってはいないのだが、吉永に詰問口調で言われて、適当にはぐらかすわけにもいかない気分になった。

「いろいろですが……たとえば、目下の問題はサッカーくじ法案についてです」

「やはり……」

意外にも、吉永は得心がいったように、深く頷《うなず》いた。

「サッカーくじに反対しゆうがですか」

「ええ、反対意見を述べますし、機会あるごとに会議の席上や講演で、そう主張しています。それが上の連中には気に入らないのでしょう。しかし、サッカーくじが悪法か悪法でないかはともかくとして、そのようなギャンブルを、こともあろうに文部省の管轄で行なうような法案に対して、教育行政に携わる者としては反対するのは当然ではありませんか。文部省は何を血迷っているのか、その中の一員として、泣きたいくらいです」

「そのとおりじゃ、正論です……が、気いつけんといかん」

老人はいよいよ沈鬱な顔になった。

「何か、あったのですか？　ひょっとするとさっきの電話がそれでは？」

松浦は訊いた。

「ああ、そういうことじゃ。世の中には不逞《ふてい》の輩《やから》がおってから、邪魔者は力ずくで排除せんとしよる」

「僕はそんなものには屈しませんが、というと、電話はその脅しだったのですか」

「いや、はっきりそうとは言えんが、松浦さんがここに来ちゅうかどうか、探りを入れてきおった気配を感じ取ったがです。若いのを引き込んで、余計なことをするな、言いよったですよ。前にも何度か脅しをかけてきよったが、その電話の声と同じじゃった」

「ヤクザ、ですね」

松浦が言うと、吉永は驚いた。

「ほうっ、どうしてそれを？」

「安木さんも同じことを言ってました」

「ああ、安木さんがな。あの人にもずっと脅しがかけられちょった」

「それにしても、僕がこちらにお邪魔していることが、なぜ分かったのでしょう？」

「彼らの情報ネットワークはなかなか侮り難いものがありますよ。あんた、ここに見えることを、誰ぞに話さんかったですか？」

「それは話してます。知事さんや、病院に安木さんを見舞いに行ったときとか、それ・に、役所の中でもこちらにお邪魔する話は何回かして……」

松浦はギクリとなった。

「まさか、役所に……」

暗に松浦の疑惑を肯定するように、吉永は二度三度、頭を上下させた。

「その安木さんのことじゃが、あの日もここに、同じように電話があった。あの事故はその電話の直後じゃった」

「しかし、安木さんは交通事故だったのではありませんか？」

「それはそのとおりじゃが……とにかく心したほうがよろしい。着任されて日の浅いあんたじゃが、それでもこうして注目されちょる。言動には十分に注意して、そうじゃな、ここにはあまり近寄らんほうがええじゃろ。わしはあの連中にとっては疫病神みたいな存在ですきのう」

「僕はそんなことを気にしません」

松浦は気負って言った。

「それは分かっちょります。しかし、それでも注意するに越したことはない。くれぐれも気いつけてください」

「はい、分かりました」

挨拶を交わして玄関を出る松浦の背後から、吉永はもういちど「気をつけてのう」と言った。振り向くと、ほんとうに気掛かりそうな目が松浦を見送っていた。

4

車に乗ってから、松浦はあらためて、いまの出来事を思い返した。吉永の口調だと、さっきの「妙な電話」から前任者・安木富士夫の事故を連想したように受け取れた。

安木の交通事故の原因は何だったのだろう——と、にわかに松浦は気になった。自宅を出るときには、室戸岬見物を予定していたのだが、出端《ではな》を挫《くじ》かれたような気分である。それでも予定どおり、室戸岬への道を走りだしたものの、事故を起こさないよう、必要以上に注意を払った。

免許取りたてとはいえ、松浦は運動神経に関しては自信がある。スカイダイビングをやるくらいだから、度胸もあるし、スピードへの順応性も、突発的な出来事への対応も、人並み以上に優れていると、自分では思っている。

国道55号は交通量も少なく、快適なドライブコースといっていい。愚図つきぎみだった空も、いつの間にか雲が切れて、明るい陽光が不安な旅人を歓迎してくれた。海岸線の明るい風景に誘われて、ともすればアクセルを踏む足に力が入りそうな気持ちを、ぐっと引き締めて走った。

室戸岬は想像していたとおりに松浦を満足させた。巨大な岩が林立する磯の向こうに、太平洋が視界三百度に広がる。海の色は黒潮を思わせる深緑。磯も浜も豪快な白波に洗われ、期待どおりの男性的な風景だった。

松浦が生まれた千葉県にも、房総半島の突端に、ここと同様、沖合を通る黒潮に洗われる野島崎がある。しかし海の色がはっきり違った。この海は南海なのだ——という実感がある。岩の上に立ち、球形の水平線を眺めていて、松浦は吉永宮司の言った言葉を思い出した。

「足元から広がる大地、そして海か……」

それらの自然や生きとし生けるものどもに感謝し、畏怖《いふ》を感じる――国を愛すという捉《とら》えがたい概念が、じつはこんな素朴な発想から生まれているのだと、吉永は言った。

自分の立つ五十センチ四方の土地はかけがえのないものだ。住む家や家族にもいとおしさを感じる。庭先を流れる小川、その向こうの森、山……人は自分を取り巻く世界のどこまでを愛すことができるのだろう。

松浦の想いをかき消すように、上空の雲が重なりあって、辺りが暗くなった。天候は気まぐれのように変わり易《やす》い。降りだした雨に追われて、松浦は車に戻った。

帰路、御代田八幡宮のある吉良川の集落を過ぎて、安芸市近くにさしかかったとき、道路脇に無残な事故車が放置してあった。往路にはなかったものだ。

車の傍らにスーツ姿の男が一人佇《たたず》んで、小型の画板のようなものの上で、しきりに書き込みをしている。警察か保険会社の人間が事故の記録を取っているのだろうか。その様子からみると、事故発生からそれほど時間は経過していないのかもしれない。

通過してから気がついたのだが、事故車は松浦のレンタカーと同タイプのものだった。色も同じ白である。なんだか自分がそうなっていた情景を連想させて、あまりいい気分のものではなかった。

（まかり間違えば、自分が事故に巻き込まれていた可能性もあるのだ――）

そう思った瞬間、松浦はふたたび、吉永宮司がしつこいほど「事故に気いつけて」と言っていたことを思い出した。

（まさか――）

松浦はいきなり思った。

まさかその電話が「事故」を警告するものだったとか、そんなことはあるまい――と、すぐさま否定はしたのだけれど、そう思ったということは、逆にいえばその可能性を考えた証拠でもある。

（さっきの「事故」は身代わりか――）

そんな着想がチラッと頭を掠《かす》めた。

ばかげた着想だが、事故車が松浦のレンタカーとそっくりの車種、そっくりの色であったことは事実だ。（ひょっとすると、自分の身代わりになったのかもしれない――）というのは、必ずしも幻想とばかりは言えないような気がする。

（考えすぎだな――）

しかし結局、松浦はそう思い捨てることにした。

ただ、それはそれとして、安木富士夫の事故の真相は気になった。安木が事故に遭ったと聞いたときには、気の毒に――と思ったのと、その事故のおかげで、高知県出向のお鉢が自分に回ってきたときも、戸惑いを感じただけで、ことさらに事故の真相を聞き出すこともしなかった。安木自身、事故は自分の不注意だったと語っていた。どういう事故であったのか、詳細を聞き洩《も》らしたが、本人が言うのだから、やはり単なる通常の交通事故ということなのだろう。

（思い過ごし――か）

松浦は頭を振って、執拗《しつよう》にからみつく想念を払い捨てた。

官舎に戻ったのは夕暮れ近かった。この辺りは東京の下町のような、親しみやすい雰囲気だ。すぐ隣にはスーパーもあるし、向こう三軒両隣に挨拶した先は、どこも気さくな人ばかりで、独り暮らしでも当分はやっていけそうな町であった。

とはいえ、外気よりも数度は気温が低い建物の中に入ると、さすがに孤独感を覚える。脳裏にふっと、小内美由紀の顔が浮かぶのはこんなときだ。それに、きょう仕入れてきたばかりの言いようのない不安感も加わって、松浦の胸は押しつぶされそうに重かった。鍋《なべ》に湯を沸かし、レトルトのカレーを温めながら、フロントガラスが吹っ飛んだ事故車の姿が頭に浮かんだ。

松浦はふと思いついて、水野課長補佐の自宅に電話してみた。電話口に出たのは水野本人だった。

「家内と娘は音楽会へ出かけまして」

松浦と同様に、独り寂しく晩飯の支度をしている様子だ。

「何か？」

怪訝《けげん》そうに訊《き》いた。新任の上司が休日に電話してきた目的が、少し気になるようだ。

「べつに急な用事じゃないのですが」

松浦は気軽そうな口調を装った。

「安木さんの事故ですが、どういうものだったのかと思いましてね」

「ああ、そのことですか。あの事故は安木さんの運転する車が、前を走っていたダンプカーに追突したがです」

「追突……どうしてまた？」

「さあ、そこまで詳しいことは分かりませんが、ダンプが急停車したがは事実のようです。しかし、追突は通常、追突した側に一方的な責任があると見なされるもんじゃそうでして」

「それはそうかもしれませんが、追突してしまうほどの急停車だったとすると、そっちのほうにも問題があるのじゃないですか」

「それはまあ、そうですが……」

水野は当惑げに語尾を濁した。

「安木さんの居眠りだとか、何か原因があるのでしょうか？　それとも、単純な前方不注意なのでしょうかねえ？」

「さあ……」

運転歴の短い松浦が、あれこれ事故原因を想像してみたところで詮《せん》ないことだ。水野を困らせるだけだろう。松浦は質問を変えることにした。

「ところで、安木さんが事故を起こした現場はどこだったのですか？」

「たしか国道55号の安芸市付近だったと思いますよ」

「えっ、安芸市ですか？　室戸から帰ってくる途中の……」

「そうです。あの道は交通量が少ないもんで、けっこう飛ばしとうなるがです。それと、夕方時分はちょうど西日を正面に受けるようなところもありましてね、安木さんも太陽に目が眩《くら》んだがかもしれません」

それは水野の言うとおりなのだろう。地図の上で見ると、安芸市付近の国道55号はほぼ西へ向かう。今日は曇り空だったから危険を感じることはなかったが、「魔の時刻」のようなものはあるに違いない。

よほどヤクザの脅迫があったことと、安木の事故との関係を訊こうかと思ったが、さすがにそれは思い止《とど》まった。

電話を切って、電子レンジで温めたご飯にカレーをかけて、テレビを相手の食事をとった。

テレビのローカルニュースが安芸市郊外の事故を報じた。

「きょうの夕方近く、安芸市の国道55号でダンプカーに乗用車が追突する事故がありました。追突した車に乗っていた、高知市小石木《こいしぎ》町の会社員村岡亮一《むらおかりょういち》さん三十五歳は、頭を強く打っており、安芸市立病院に運ばれましたが、意識不明の重体です。現場付近は見通しのよい直線路で、事故の原因は村岡さんのスピードの出しすぎか、前方不注意ではないかと見られています」

松浦は凝然として、カレーを口へ運ぶスプーンの手が停まった。

（似ている――）

安木富士夫の事故のケースとそっくりではないか。場所も、相手がダンプカーであるところも、それに、想像される怪我の状態までも似ているように思える。恐ろしい想像に室温がいちだんと下がったように感じた。

（もし、自分が村岡という男と同じ立場だったとしたら――）

ことによると、彼と同じように、ダンプカーの後ろに突っ込んでいたかもしれない。テレビが報じたように居眠りか、あるいは前方不注意がなくても、何かのはずみで追突が生じた可能性はありうる。

安木や村岡が自分よりは運転が未熟だったとは考えられない。なにしろ松浦は免許を取得してから、わずか一カ月と少し。実際に道路上を走った経験となると、お話にならないくらいに乏しいのだ。

危険を回避するとっさの判断とはどのようなものか、正直いってよく分からない。教習所では「つねに適正な車間距離を保つこと」と教えられたが、快適な速度で走行しているときなど、はたして「適正な距離」を保っているかどうか、自信が持てない。ことに、渋滞もなく信号機もない、見通しのいいコースを走行していて、すぐ前を走っている車が急ブレーキをかけることなど、予測しないのがふつうだ。その場合の絶対安全な車間距離とは、どれくらい開けておけばいいものなのだろう。

自分が安木や村岡と同じ過ちを犯す可能性があったことを実感するのに伴って、吉永宮司が言った「気いつけて」の意味がいっそう強まった。

吉永の異常とも思える「忠告」が、まさか村岡の事故を予測してのこととは思えないけれど、現実に事故は起きているのだ。

もしあのとき、自分が室戸岬見物に行ってなければ、まさに村岡が事故に遭遇した時刻の前後に、あの現場を通過していたかもしれない——。

そのことに気づいて、松浦はまた新たな恐怖に襲われた。

吉良川の集落から室戸岬までは往復でもおよそ三十キロ。岬にいた時間を加えて一時間半ほどの遅れで、松浦は事故現場を通過したことになる。もしあの事故が、松浦が通りかかる一時間半ほどの前の出来事だとしたら、まさに松浦が事故の当事者であっても不思議はなかったことになる。

（やはり吉永宮司は、あの事故を予知したのだろうか——）

松浦はゾーッとした。

神に仕える家系に生まれたあの老人には、ひょっとして予知能力のようなものが具《そな》わっているのかもしれない。

松浦は日常的にコンピュータを扱う、どちらかといえば合理主義の人間である。超常現象的なことは信じない体質といっていい。その松浦の胸に、ふだんなら思いもつかないような発想が、黒雲のように湧いてきた。

それと同時に、松浦が引き上げる直前、吉永家にかかった「妙な電話」のことが、あらためて気持ちに引っかかった。電話があったとたんに、吉永の態度が一変した。あの憂鬱《ゆううつ》そうな気配はただごととは思えない。

あれは吉永宮司の「予知」ではなく、あの電話による「予告」だったのではないだろうか――。

それもまた恐ろしい想像だ。

想像はさらに想像の世界を広げる。

松浦は安木富士夫の「事故」のことを思った。

(事故に遭った日、彼もまた御代田八幡からの帰路だった――)

安木も今日の自分と同じように、吉永宮司を訪ねた後、国道55号を夕日に向かって走っていたのだ――と、松浦は思い、そう思ったこと自体に恐怖を覚えた。

(明日、吉永に電話して、そのことを確かめよう――)

そう心に決めた。だが、翌朝、御代田八幡宮への電話は、なぜか不通であった。

六月八日深夜、御代田八幡宮の拝殿南側付近から出火し、拝殿をほぼ半焼した。

出火原因は不審火――消防と警察の現場検証の結論は「放火の疑いが強い」というものであった。

火事に最初に気づいたのは吉永宮司の孫娘・敏子である。敏子は来年の大学受験に備えて、午後十一時過ぎまで机に向かっていた。そろそろ寝《やす》もうかと思って、何気なく視線を上げたとき、カーテンに赤い火の色が映るのに気づいた。

その時点ではすでに火の手が上がるほどだったのだが、それでも敏子の一一九番通報があったおかげで、なんとか拝殿を半焼しただけですんだ。もしも、あと十分も発見が遅れていたなら、本殿まで類焼したことは間違いないだろう。

出火場所は拝殿の階《きざはし》付近と見られ、むろんまったく火の気のないところだった。漏電などが発生する可能性もない。

時間から見て、子供の火遊びとは考えにくい。浮浪者などの火の不始末ということもありうるが、警察と消防は、階付近の燃え方がガソリン等、可燃性の物質によるものであるらしいことを重視した。

火の回りの早かったことも、その推測を裏づける。

地元の吉良川では御代田八幡宮への崇敬は篤《あつ》いものがある。吉良川の住人が八幡様に火を放つことなど、絶対にありえないと断言してよさそうだ。

だとすると、外部から来た何者かの犯行である可能性が強い。

単なるいたずらなのか、それとも、何か特別な恨みなどの意図のある犯行なのか、警察の関心はそこへ向かった。

警察の事情聴取に対して、吉永宮司は恨みを受けるような覚えはまったくないことを強調している。それより何より、火災で拝殿を焼失したショックが、警察の事情聴取に耐えられないほど、この老人を打ちのめしてしまったように思えた。

松浦勇樹は正午のテレビニュースで「御代田八幡宮炎上」を知った。ちょうど昼食の支度をしていて、湯が沸騰した鍋に乾めんを入れたところだった。

「――昨夜、午後十一時過ぎ、室戸市吉良川町の御代田八幡宮で放火と見られる火災が発生し、神社の拝殿を半焼しました」

「えっ!……」

一瞬、絶句した。

「さいわい発見が早かったために、本殿は無事で、けが人も出ませんでしたが、同神社の裏手には山が迫っていただけに、もし樹木に火が移っていれば、大規模な山林火災になりかねないところでした。消防と警察の調べによると、出火場所付近は火の気のまったくないところで、現場の状況から放火の疑いが強いと見て、捜査を始めました」

　画面には御代田八幡宮の焼けた拝殿が映し出された。半焼とはいえ、屋根と柱が残った程度で、板壁などはほとんど焼け落ちたか、残ったところも真っ黒だ。昨日見たときの面影を想像しようもない。

「御代田八幡宮は、高知県でもっとも古い、およそ一千年前の創建といわれる由緒ある神社で、五月に行なわれる御代田祭は国の重要無形民俗文化財に指定されています」

　ニュースはそういった解説をして、間もなく次の話題に移って行った。

　しばらく呆然《ぼうぜん》としていた松浦は、湯がふきこぼれる音でわれに返った。

　ガスの火は消えて、おびただしい湯が床にまでこぼれていた。

　うどんはまだ生煮えの状態だ。気を取り直してガスに火をつけたが、食欲はほとんど消え失《う》せてしまった。

　松浦の脳裏には、昨日の出来事が次から次へと、走馬灯のように浮かんでは消え、浮かんでは消えした。

　松浦が辞去する少し前に、吉永宮司にかかってきた「妙な電話」のことがあらためて気になった。吉永も、サッカーくじがらみで、ヤクザのような「不逞《ふてい》の輩《やから》」が跳《ちょう》梁《りょう》しているようなことを言っていた。

松浦を送り出すときに、吉永が「事故には気いつけて」と、しつこいほどに念を押したことも、何やら意味ありげに思えた。

前任者の安木を襲った事故と、昨日の事故とが、いずれもダンプカーのからむ追突事故だったこと。そして、その車の車種が自分のレンタカーとそっくりだったことなど、思い合わせれば、単なる偶然ではないような気もしてくる。室戸からの帰路、事故現場を見て（身代わり——）とふと思ったのが、にわかに現実味を帯びてきた。

それらのことと、昨夜の「放火」とが、どこかで繋《つな》がっているような、不気味なものを感じた。何か得体の知れない者たちがいて、悪意をもって迫ってくる情景を想像させる。アメリカのオカルト映画に、黒い死の影が人間を呑《の》み込むシーンがあったが、それを連想させた。

いや、ただの絵空事ではなく、かりに、火事の原因が放火だとすると、昨日の夜中、御代田八幡宮の境内の闇には、黒く蠢《うごめ》く悪意の者がたしかにいたのだ。その者は単なる愉快犯ではなく、何かの目的をもっていたにちがいない。吉永宮司の屈託した気配の原因も、そこにあるのかもしれなかった。

けたたましく電話のベルが鳴って、松浦はギョッとした。

四度までベルの音を数えてから、受話器を取り、耳から少し離して「はい」と言った。無意識に警戒感がこもった。

5

松浦に電話したとき、美由紀は番号を間違えたかと思った。電話に出た相手の男の声が妙に陰気で、しかも「はい」とだけ答えたからだ。いつもなら「はい、松浦です」と、張りのある声で応じる。

「もしもし、松浦さんですか？」

よそいきの声で呼んでみた。

「ああ、美由紀か、僕だよ松浦だよ」

雲が切れて、パッと太陽が覗《のぞ》いたような明るい口調になった。

「どうしたの？　どこか具合でも悪いんですか？」

「ん？　どうしてさ？」

「だって、すっごく暗い声だったから」

「ああ、いやべつに具合は悪くないよ。いたって健康だ。いまちょっと、考えごとをしていたせいかな」

「あ、ごめんなさい。じゃあ邪魔しちゃったかしら？」

「ううん、そんなことはない、電話してくれて嬉《うれ》しいよ。こっちからしようかと思っていたところだ」

「ほんと？　何か用事だった？」

「ううん、用事っていうわけじゃないけど、何となく声が聞きたかった。ホームシックっていうやつかな。ははは……それより、美由紀のほうこそ何か用？」

「今度の土日、休めそうだから、そっちへ遊びに行こうかと思って」

「ほんとかよ、そいつは嬉しいね、期待してるよ」

「じゃあ、行ってもいいですか？」

「もちろんさ、大歓迎だ。このあいだ話した皿鉢《さわち》料理っていうのを食わせるよ。それからあっちこっちドライブ……いや、それはやめとこうかな」

急に声が沈んだ。

「どうしてやめちゃうんですか？」

「ん？　いや免許取りたてだからね。事故でも起こしちゃつまらない」

「だったら私が運転する。車はあるんでしょう？」

「ああ、たぶんそれまでには新車が間に合うと思うけど」

「へえー、新車買ったの。楽しみだわ。じゃあ、車で桂浜だとか、四万十川《しまんと》だとか、足摺岬《あしずりみさき》だとか行ってみたいわね」

「しかし、ちょっと不安だな」

「大丈夫よ。いよいよ心配だったら、私が運転してあげる」

「そうか、そうだな、大丈夫かな」

何だか浮かない気配が伝わってくる。

「どうしたの？　変ね。何かあったの？　まさか松浦さん、事故ったわけじゃないでしょう？」

「いや、僕は事故なんか起こさないよ。起こすほど走ってないしね。ただ、昨日、事故を目撃した。それに、前任者が事故を起こして、いまも入院中なんだ」

松浦は目撃した「事故」のことをかいつまんで語った。

「でも、そんなの気にしてたら、永久に車、運転できないわ。大丈夫、私が教えてあげます」

美由紀は教官の口調で言って、笑った。

電話を切ったあともしばらく、美由紀は松浦の様子が気になった。「大歓迎」とは言ってくれたけど、必ずしもそうではないのでは？――と疑いたくなるような口ぶりであった。

母親の正子が、受話器を置く音を聞きつけて、襖《ふすま》の脇から顔を覗かせた。

「どうだったの、松浦さん、オーケーだって？」

「うん、大歓迎だって言うんだけど……」

「けど、何なの？」

あいまいな語尾を捉《とら》えた。

「ちょっとね、元気がなかったみたい」

「ふーん、病気なのかね？」

「そうじゃないけど、なんとなくね。行っちゃ悪いのかなって感じ。仕事がうまくいってないのかなあ」

正子が気掛かりそうに眉《まゆ》をひそめて、部屋に入ってきた。

「まさか、あれじゃないだろうね」

「何よ、あれって？」

「好きな人ができたとかさ」

「ばっかみたい、そんなんじゃないわよ」

美由紀は笑ったが、正子は深刻そうだ。

「分からないわよ、男の人は。それに、松浦さんは文部省のエリートなんだから、女の人なんか掃いて捨てるほど寄ってくるわ」

「やだなあ、掃いて捨てるだなんて。そういう女性を差別するようなことを言わないで。第一、松浦さんはそういう人じゃないんだから」

「だけどねえ、土佐の女性はお酒と情が強いって言うからねえ」

「あはは、そんな古いこと言っちゃって、高知県の女性が聞いたら、気を悪くするかもしれないわよ」

「古くなんかないわよ。土佐とか肥後の女は強いって、熊本のお祖母ちゃんだって、そう言っていたじゃない」

「そうかなあ、お祖母ちゃんが気が強いなんて思わないけど」

「強い強い、強いですよ」

正子はやけに強調した。美由紀は気がつかなかったけれど、嫁姑《よめしゅうとめ》のひそかな対立というのは、わが家でもあったのかもしれない。

「病弱だったお祖父さんの代わりに一家を支えて、お祖父さんが亡くなったら、さっさと熊本へ引っ込んで、あんな寂しいところで独り暮らしをしてるんだから。気が強いなんてもんじゃないわ」

「あら、あそこはいいところじゃないの。静かで、別荘地みたい」

「何が別荘なもんですか。お隣さんが見えないようなあんな森の中なんて、私はいやだわねえ。美由紀だってそんなこと言うけど、住めっこないでしょう」

「うーん、いまはね。いまはとてもじゃないけど住めないわ」

「ほらご覧なさい」

正子は勝ち誇ったように言った。

「だけど、歳を取って独りになったら考えてもいいわ」

「ばかねえ、あんた、いまからそんな老後のこと考えてんの?」

「そうじゃないけど、いずれは人間、歳を取るのよ。母さんなんかもう近いんだから、そろそろ独りになったときの身の振り方を考えておいたほうがいいんじゃないの?」

「やめなさいよ、縁起でもない」

「ははは、だけどお祖母ちゃん、どうしているのかなあ……」

ふと気になった。この仕事を始めてから、祖母には会っていない。子供の頃、お祖母ちゃん子だった美由紀には、祖母の匂いや温《ぬく》もりがむしょうに懐かしいことがある。

「高知はやめて、熊本へ行こうかしら」

「何を言ってるの。そんなことより松浦さんのほう、大事にしなきゃだめじゃないの。モタモタしてると、捨てられちゃうよ」

「あ、いやだなあ、そういう言い方。捨てるとか捨てられるとか、そんなのは私たちの時代にはないの」

「ふーん、じゃあどうなの？　ただ何となく別れちゃうってこと？　そんなことありえないでしょう。どっちかがどっちかを嫌いになるとか、他に好きな相手が出来るとか、それで別れるっていうのは、いまも昔も変わらないんじゃないの」

「それならそれでいいじゃない。嫌いになっても無理に付き合うなんて、惨めったらしいし、不幸よ」

「へえーっ、あんたそれでもいいの。嫌いになりました、はいさようなら——で、平気なの」

「うん、平気だわ」

「ふーん……」

母親は娘の顔をまじまじと見つめて、

「そうなのか。美由紀、あんた、松浦さんとは、まだなのね？」

言いにくそうに言った。

「えっ？　何よ、まだって、何が……」

娘にすぐに気づいて、顔が赤くなった。

「やだ、そんなこと、どうしてそういうこと言うかなあ。決まってるじゃない。娘によくそんなことが訊《き》けるわねえ」

言いながら母親のそばを離れて、自室に向かった。後ろで正子が「ふーん、そうだったのか……」と、感に堪えないように呟《つぶや》くのが聞こえた。廊下を歩きながら、なんだかやる瀬なくて、涙が出そうになった。

部屋に戻ったとたん、正子が「電話だよ」と呼びに来た。松浦からかと思ったらそうではなかった。

「浅見さんていう人だけど……」

探るような目つきをしている。

「ああ、浅見さんかァ」

わざと軽そうに言ったが、心のほうも軽く弾んだ。なぜなのか分からないけれど、浅見の名前を聞き、彼の面影をイメージしたとたん、柔らかな陽光を感じた。

「お待たせしました、美由紀です」

「こんにちは、浅見です」

バリトンの、心にしみるようないい声が聞こえた。

「飯島昭三さんが歩いたルートを、少し訪ねて来ました」

「えっ、じゃあ、長野県のほうへいらっしゃったんですか？」

「いや、今回は広島県へ行って、帰りに神戸に寄ってきました」

「そんな遠くまで……」

美由紀は驚いた。ただの物好きや興味だけで、わざわざ広島まで行くものだろうか。

「それ、お仕事ですか？」

遠回しに訊いた。

「いや、今回は仕事抜きで、純粋に飯島さんのことを調べる目的だけです。呉の亀山神社というところに行ったんですが、そこで思いがけない収穫がありました」

「呉って、どの辺なんですか？」

「あ、呉を知りませんか。ほら、音戸瀬戸《おんどのせと》の北にある」

「音戸瀬戸っていうと……」

「そうですね、それよりは江田島の対岸と言ったほうが分かりやすいかな」

「ああ……」

何も知らないと思われるのもしゃくなので、分かったような相槌《あいづち》を打ったものの、美由紀の脳裏には、呉はもちろん、江田島の地図も浮かばなかった。

「亀山神社というのは、やはりそこも八幡様なんですが、飯島さんはそこの氏子だったと思われる鯉田という人がいないか、探していたようです。しかし、亀山神社は戦争で焼けてしまって、氏子の名簿なんかは焼失しちゃったんですね。それで……」

浅見が喋《しゃべ》っている途中で、キャッチホンのコール音が小さく鳴った。

「ごめんなさい、ちょっと待って」

フックボタンを押して切り換えると、父親の孝男だった。「かあさんに代わってくれ」と言っている。

「だめよ、いま話し中だから」

「じゃあ、そっちを後にしてもらえ。ちょっと急ぎの用事なんだ。早いとこ頼む」

浅見にそのことを言うと、「僕のほうはいいですよ、また電話します」と言った。

「すみません……」と電話を切りかけて、

「あ、もし何でしたら、明日の昼前頃、『旅と歴史』に顔を出しますけど、お時間、取れませんか」

「いいですよ、明日の昼前ですね。じゃあ、このあいだの喫茶店で待ってます」

孝男の電話の用件は、これからハムの仕込みに入るので、今夜は少し遅くなる——

というものだった。

「なんだ、そんなくだらないことだったら、伝言だけでよかったじゃない」

そう母親に八つ当たりしたが、電話の邪魔が入ってよかったという気も、少しした。

浅見に会うというのは、ほかの男たち——編集者やカメラ仲間に会うのとは違って、なんとなくうきうきするものを感じる。

かといって、松浦と会うような、安らいだ気分とか、甘えた気分とか、そういうのとは違う。多少の緊張感を伴った、ゲーム感覚のある心地よさ——みたいなものだ。

（こういうのって、ひょっとすると精神的不倫の一種かな——）

そんなばかなことを考えたりした。

第七章　神風特別攻撃隊

1

「旅と歴史」の打ち合わせは早々に済ませた。編集者のペースに任せていると、つまらない雑談まじりに、長々とやりかねない。下手すると、そのまま昼飯まで付き合わされる危険さえある。

「なんだい、美由紀ちゃん、やけに急ぐじゃないの。男でも待ってるのかい?」

慌ただしく帰りかける美由紀の背中に向けて、担当の長谷川《はせがわ》というのがいやみを投げかけた。根はいい人間なのに、わざと下品に、ヤクザっぽく振る舞いたがるのが欠点だ。

「やめなよ、ハセやん」

藤田編集長が窘《たしな》めた。

「いいんですよ、ほんとに長谷川さんの言うとおりなんですから」

美由紀はドアのところで言った。

「グッドラック」

長谷川が怒鳴るのに、美由紀は手を振って応《こた》えた。

ビルの隣の喫茶店は、まだ昼休み前で、店の中はほどよい混み具合だった。

奥のほうの席から浅見は伸び上がるようにして、「こっち、こっち」と手招きをしている。着古したような、くすんだ茶色のジャケット姿だ。

もうコーヒーを飲み干していて、ウェートレスが注文を取りにきて、美由紀が紅茶を頼むと、「僕も」と言った。

「呉って、遠いんですねえ。広島からもずいぶんあるでしょう?」

「大したことはありませんよ。広島でレンタカーを借りて、短すぎるくらいのドライブでした」

「それで、飯島さんは呉でどうしたって言いましたっけ?」

「呉で鯉田という人を探していたんですが、飯島さんが神社の紹介で話を聞きにいった先の、竹本さんというご老人と、僕も会いました。飯島さんはそこで呉軍港が……

あ、呉には昔、日本海軍の基地があったんです。それが戦争でひどい空襲に遭いましてね、そのときに沈んだ戦艦だとか航空母艦の写真集が竹本家にはあって、飯島さんはその写真集を拡げて涙ぐんでいたそうです。いや、僕だってそれを見て、胸がつまりましたよ」

浅見はそのときの感慨を呼び覚まされたのか、ちょっと言葉を止めた。

「そのことから思いついて、飯島さんの息子さんに確かめたら、なんと、飯島さんは戦時中、海軍航空隊にいたんですよ」

「はあ……」

浅見が意気込んで言うわりには、美由紀にはピンとくるものがない。

「その航空隊の基地は大分県の宇佐にありましてね、宇佐海軍航空隊といったのですが、太平洋戦争末期に、そこで神風特別攻撃隊が編成されたのです」

美由紀はあいまいな顔で、黙って頷《うなず》いた。(それがどうしたの?……)という反応をするしかなかった。

「神風特別攻撃隊って、知ってますか?」

浅見は心配そうに言った。

「ええ、そのくらいは知ってます。特攻っていうんでしょう。このあいだも、うちでその話題が出たんです」

「ほう、どんな?」

「えっ、いえ、大したことじゃないです」

美由紀は慌てて、思わず顔が赤くなった。松浦との「別居結婚」から特攻隊の話になったなどとは言えない。

「それより、その神風特別攻撃隊がどうしたんですか?」

「そうそう、それでですね、その宇佐航空隊の神風特別攻撃隊には、出撃ごとに隊名がつけられていたんです。その名前が何だったと思いますか?」

浅見のキラキラ光る眼で覗き込まれて、美由紀は少し背を反らしぎみにして、首を横に振った。

「分かりませんよ、そんなの」

「それがなんと、『八幡護皇隊』とか、『八幡神忠隊』とか『八幡振武隊』といったように、全部『八幡』が頭につくんですよ」

「えっ……」

美由紀にもようやく、浅見の興奮の意味が伝わった。

「もちろん、その名前をつけたのは、宇佐八幡宮にちなんだものですけどね」

「じゃあ、飯島さんもその神風特別攻撃隊の隊員だったのですか?」

「そう、そのとおり。飯島さんの場合は、いちど出撃して行って、飛行機の故障で引き返してきて、それで死なずに終戦を迎えたのだそうですよ」

「よかった、助かったんですね」

「ははは、僕もそう言ったら、話をしてくれた元特攻隊員のご老人に叱られましたよ」

「どうしてですか?」

「当時の特攻隊員には、助かったという、そんな気持ちは毛頭なかった。死ねなかったことが仲間にすまないという気持ちだけだったというのです」

「そうなんですか……でも、中には助かってよかったと思った人だって、ほんとはいたと思いますけど」

「ははは、そんなふうに言ってしまっては、身も蓋《ふた》もないな」

浅見は笑った。

男の人って、建前と分かってはいても、そういうふうに美化しておきたいものがあるんだ——と美由紀は思った。

「運よくというか、武運つたなくというか、とにかく、死ななかった神風特攻隊員はかなりいたみたいです」

　浅見は表情を引き締めて、言った。

「たしかに全部が全部とは思えないけれど、そのご老人が言ったように、戦友たちにすまないという気持ちを抱えながら、戦後を生きてきた人も少なくなかったのじゃないでしょうか。たとえば飯島さんのように」

「それじゃ、飯島さんの八幡神社巡りは、そういう戦友の人たちの霊を慰めて歩いていたわけですね」

「たぶんそれが主な目的でしょうね。いわば鎮魂の旅だったと思います。ただ、そのことだけが目的かどうかは分からない」

「というと？」

「小内さんもそう言ったけど、広島で聞いてきた印象からいっても、やはりどうも、飯島さんは人探しをしていたような気がしてならないのですよ」

「ああ、それはそうだと思います、私も」

　美由紀は奥信濃の小内八幡神社の境内に、ひっそりと佇《たたず》んでいた飯島の姿を思い浮かべた。それから、小布施の和風レストランで、八幡様のことや日本の教育のこと、日本人の誇りについて、熱っぽく語っていた表情や仕種《しぐさ》のあれこれを、つい昨日のことのように思い出した。

「やっぱり、飯島さんはただの巡礼なんかじゃありませんよ。いまの浅見さんの話を聞いて、はっきりしました。それに、人探しもだけれど、それだけではなく、もっと大きな、大切な目的があって、一所懸命探し求めて旅をつづけていたのだと思います」

浅見は紅茶をストレートのまま口許《くちもと》に運んだところだった。上目遣いに美由紀を見て、次の言葉を待っている。

「もしかすると」

と、美由紀は自分の胸の内でずっと燻《くすぶ》っていた疑惑のようなものを、思いきって打ち明けることにした。

「飯島さんが探していた人は、やっぱり小内という人かもしれないって思うんです。それも、ひょっとするとうちの祖母じゃないかなっていう気もするんです」

「ほうっ……」

浅見は驚きの声を洩《も》らした。

「小内さんのお祖母さんだという根拠は何ですか？」

「私が松浦って名乗って、祖母の知り合いに小内っていう人がいて、熊本に住んでいるって言ったときの、飯島さんの表情が、ずっと気になってならないんです。もしあのとき、私が嘘なんかつかないで、ちゃんと小内って名乗っていれば、飯島さんはきっと、『祖母の知り合い』のことを、根掘り葉掘り聞き出そうとしたに違いありません。飯島さんが知ってる小内さんは大分の人だって言ってましたけど、熊本と大分は隣だし、小内なんて、そんなにある名前でもないですしね。もしかしたら関係があるかもしれないでしょう」

「ちょっと待って」

浅見が小さく手を挙げて美由紀の話を遮った。

「飯島さんが言ってた『小内』という人は、いくつぐらいの女性なんですか？」

「それは聞いてないんです。それどころか、女性ということも、はっきりそう言ったかどうか、憶《おぼ》えていないんです」

「えっ、そうなんですか」

「そんな、呆《あき》れたような顔をしないでください。でも、私はそう思ったんです。飯島さんのいう小内さんは、飯島さんと同じくらいの歳で、女性だって……それに、たぶん若い頃は私に似たところがあったんじゃないかしらって……そういうの、なんとなく分かるものでしょう？」

「ああ、それはね、分かると思います」

浅見は真面目に頷いてくれた。

そのとき美由紀は、言葉ではなくても通じるものがあるのを、浅見に感じた。

「その話、お祖母さんにしてみたらどうでしょうか」

「えっ、祖母にですか？」

浅見の提案はしごく当然のことであるはずなのに、美由紀は考えてもみなかった。

「だって、もしかすると、お祖母さんは飯島さんのことを知っているかもしれないじゃないですか」

「それはそうですけど……」

美由紀はすぐに首を振った。

「だめですよ、ちょっと怖い」

「怖い？　どうしてですか」

浅見は鳶色《とびいろ》の目でじっとこっちを見る。心の奥まで見透かすような視線を外して、美由紀は言った。

「なんだか、パンドラの箱の蓋を開けるみたいな気がして」

「ふーん、そう感じますか」

「ええ、よく分からないんですけど、その話をしたとたん、何かとんでもないことが起きそうな感じです」

言いながら、美由紀は自分でもばかなことを言っている——と思って笑った。

「変ですよね、こんなの」

「いや、あなたがそう感じるなら、きっとそうなんじゃないかな。それだからむしろ、話したほうがいいと思うのだけれど」

「何が起きても、ですか？」

「何が起きますかね」

「たとえば、これって、祖母の過去に触れることになるんじゃないかしら」

「それはまあ、たぶんそういうことになるでしょうね」

「それが怖いんです」

「どうして？」

「どうしてって……だって、なんだか古いお墓を掘り起こすみたいな気がしませんか」

「ははは、それはまたオーバーですね。ドラキュラでも出てきそうだ」

「笑わないでくれませんか。私にしてみれば真剣なんですから」

美由紀は唇を尖《とが》らせて言った。浅見は笑いの残る顔で、首をすくめて見せた。

「いま考えてみると、祖母が昔どうだったのか、私はほとんど知らないんです。私のほうから聞かなかったせいもあるのかもしれませんけど、祖母自身、昔のことなんか、ぜんぜん話そうとしませんでした」

「ふーん、似てますねえ」

「似てるって、何がですか？」

「飯島さんの息子さんも、同じようなことを言ってました。お父さんは昔のことを話したがらなかったって」

「そうなんですか……でも、飯島さんはあのとき、私には昔の子供時代のことなんか、少し話してくれましたよ。囲炉裏端でお父さんの戦自慢の話を聞く風景なんか。ほら『囲炉裏火はとろとろ』っていう歌にある」

「ああ、知ってますよ。『灯火《ともしび》ちかく衣縫《きぬぬ》う母は』でしょう。たしか、大正の初め頃にできた『冬の夜』っていう歌です」

浅見は低くきれいな声で歌った。

「へえー、浅見さんて、見かけによらず古いことを知ってるんですねえ」

「ははは、古い古い、何しろ古い親に育てられましたからね」

浅見は白い歯を見せて屈託なく笑う。そんな浅見の様子を見ると、（この人、いい育ちなんだ――）と思ってしまう。

「でも、祖母だって古い人間なのに、そういう昔の話はあまりしたがらなかったわ」

「ご自分の身内には喋《しゃべ》りにくかったのかもしれませんよ。飯島さんだって、他人のあなたには喋っているんだから」

「そうなのかなあ……でも、いままでは気がつかなかったけど、ほんとに何も話してないんですよねえ。父の子供時代のことは父の口から聞いたりしてますから、その話の中に祖父や祖母のことも出てきて、その程度のことは分かるんですけど」

「小内さんのお祖父さんはどういう方だったのですか？」

「祖父は私が小学校三年のときに亡くなってますから、あんまり記憶に残っていないんです。無口で静かな人だったっていうことぐらいかしら」

「じゃあ、お祖父さんとお祖母さんが神奈川県に出ていらっしゃる以前のこと、熊本時代のことや、お二人の馴《な》れ初《そ》めのことなんか、まったく分かりませんね」

「ええ、ぜんぜん知りません。ただ、祖父たちがこっちに出てきたのは、戦争が終わって、そんなに経っていない頃だったっていうことぐらいですね」

「お祖父さんは、お仕事は何をしておられたんですか？」

と浅見が訊《き》いた。

「アメリカ軍の何かの施設に勤めていたとか聞きました。座間《ざま》とか厚木《あつぎ》とか横須賀《よこすか》とか、神奈川県には米軍基地がいろいろあるでしょう。そういう基地のどこかの、食料関係の施設だったと思いますけど」

「終戦直後は米軍も、いまよりはるかに大勢いたでしょうからね」

「それに就職先としても、わりと恵まれていたほうだったみたい。だから、うちはいつも食べ物だけは沢山あったって、父から聞いたことがあります」

「それ以前——つまり、戦前のことは分からないんですね」

「ええ」

「飯島さんの尋ね人が、小内さんのお祖母さんだとすると」

浅見は悩ましげに眉《まゆ》をひそめた。

「飯島さんとお祖母さんの関係というか、飯島さんがお祖母さんを知っているのは、どういう因縁なのでしょうか」

「そんなこと、ぜんぜん分かりませんよ」

美由紀は呆れて、思わず抗議するような口ぶりになった。

「祖母のことさえ分からないのに、飯島さんのことが分かるはずないでしょう」

「そうですね、愚問だったかな」

　浅見は苦笑した。

「なぜそんなことを言うかというと、飯島さんは、戦後まもなく帝国大学を卒業しているんです」

「あら、神風特別攻撃隊にいたんじゃなかったんですか？」

　美由紀はキョトンとなった。

「いや、もちろん宇佐航空隊にはいました。おそらく学徒出陣で、いったん学業を中断して入隊して、終戦後、また大学に復学したのだと思いますよ。当時はそういうケースは多かったそうですから」

「ふーん、そうなんですか」

「それに、飯島さんは東京出身で現住所も東京なのに、一時期、本籍地を大分県の宇佐に移したことがあるんです。なぜそうしたのか、神戸の元航空隊員の方に聞いた話ではそれはたぶん宇佐で結婚したから、そのときにいったん、宇佐を本籍地にしたのではないかっていうことでした」

「えっ、宇佐で結婚したっていうと、航空隊のときに結婚したんですか？」

「そうなんですよ。僕もそのことを疑問に思って訊きました。そしたら、特攻隊員になってから結婚式を挙げたケースはいくつもあるらしい。中には、神風特別攻撃隊の出撃前夜みたいなときもあったそうです」

「そうなんですか……」

美由紀はその情景を想像した。父親が言っていた、「なんだか特攻隊みたいじゃないか」という言葉の意味が、ようやく理解できた。その瞬間、松浦勇樹の面影が胸をよぎった。

「すごく愛しあっていたんでしょうね」

なんとなく、自分へのエールを送るような気分で、そう言った。

「いずれにしても、戦争が終わると軍隊は解体されましたから、飯島さんは戦後すぐといっていい時期に宇佐を離れ、東京に出て来ていることはたしかです」

浅見はこっちの胸の内にお構いなしに、叙事的な口調で言った。

「だとすると、やはり飯島さんとあなたのお祖母さんとは、それ以前でなければ知り合えなかったと思うのですけどね」

「そう、ですよねえ……」

たしかに浅見の言うとおりかもしれない。美由紀の祖父母も、戦後のわりと早い時期に熊本から神奈川へと出てきたそうだが、飯島のほうはそれよりも早く、終戦と同時に上京していたことは間違いないだろう。そうなってからでは、祖母と飯島が知り合うチャンスなんて、絶対になかったと思う。

飯島の話の様子だと、「小内」という人物は大分の人であるらしい。それに、こっちで知り合ったのだとしたら、長野や秋田を、いまさらのように尋ね歩く必要もないことになる。

「じゃあ、飯島さんが神風特別攻撃隊にいた頃に知り合ったっていうことですか」

「そうでしょうね、その可能性が強いと思いますね。もっとも、飯島さんとお祖母さんが知り合いであると仮定しての話ですけど」

「それはそうですけど。だけど、その頃の祖母って、どんなだったのかなあ……」

祖母はことし六十九歳になったはずだ。神風特別攻撃隊なんていうのがあった頃は、まだ十七か十八歳――花も恥じらう乙女の頃である。可憐《かれん》な女学生姿を想像させる。

そして飯島さんは――と思ったとき、映画で観た海軍士官の凛々《りり》しい姿が目に浮かんだ。真っ白な夏用の制服に金ピカの短剣。あの老人にそういう若き日があったのか――。

浅見は黙って、窓の外のあらぬところを見つめている。茫洋《ぼうよう》とした空想の海に、思索を漂わせている顔だ。

この人も同じことを考えているな——と、なんとなく美由紀には分かった。

それにしても、当時は美由紀たちの想像を絶するような過酷な戦時下、物資も食料も着るものもないような日々である。それでもそこには、どういう形にもせよ、青春群像があったことは間違いない。

海軍航空隊の士官と女学生——。

まるで映画かテレビドラマの一シーンのような情景だ。

「まさか、飯島さんと祖母が恋人同士だったなんてこと、ありませんよね」

美由紀は照れながら言った。

「それはね、僕も考えましたけど、たぶんそれはないでしょう。飯島さんはほぼ同じ頃に結婚してますからね。そんなにかんたんに相手を替えるような人柄とも思えないし。しかし、何らかの形でお付き合いはあったのかもしれませんよ。たとえば、戦友の恋人だったとか。あ、そうだ、ひょっとして、お祖父さんも宇佐の海軍航空隊にいたということはないかな?」

「聞いてみます」

美由紀は思いついて、席を立った。

母親に訊いても分からないだろうから、藤沢の店のほうにいる父親の孝男に電話した。孝男は「なんだ、昼どきで忙しいのに」と機嫌が悪い。

「ちょっと訊きたいんだけど、お祖父ちゃんは昔、海軍航空隊にいた？」

「なに？　海軍航空隊だって？　ばかばかしいことを訊くなよ。そんなはずがないだろ。じゃあな」

あっさり電話は切られた。

「父はそんなはずはないって言ってます」

席に戻って報告すると、浅見は「そうですか」と首をひねった。

「やっぱり直接、お祖母さんに訊いてみたらどうですか？」

いとも簡単そうに言った。

「お祖父さんのこともだけど、いっそのこと、飯島中尉を知っていらっしゃるかどうかを訊いたほうが早いですね」

「だからァ、それはだめですって！」

美由紀は大げさに両手を左右に拡げた。

「そんなこと、訊けませんよ。もともと祖母は話したがらないひとなんだし。何も知らないうちなら何でもなく訊けたけど、こんなややこしいことになって……それに、やっぱりパンドラの箱だわ。怖いですよ」

「じゃあ、僕が訊いて上げましょうか」

「えっ、浅見さんが？」

美由紀はびっくりして、それから急いで手を横に振った。

「だめですよやっぱり。それに祖母は熊本ですもの」

「熊本でもどこでも行くつもりです」

広島まで出かけた人だ。本気で行くつもりかもしれない——。

「さっきの話じゃないですが、他人になら話せるってこともあるかもしれない。それに、べつに小内さんの名前は出さずに、純粋な取材としてお話を聞くぶんには構わないでしょう。もしあなたがその結果を聞きたくないのなら、黙っていますよ」

「そんな……それは、私だって知りたいですけど……でも、祖母が飯島さんを知っていたとして、飯島さんの事件のこととは、どういう関係になるのかしら？」

「ああ、そのことを心配しているんですか。それはぜんぜん関係ないですよ。いくらなんでも、五十年以上も昔の知り合いが、この事件に関係するはずがないでしょう」

「それはそうですけど……」

理屈ではそうかもしれないが、美由紀はなぜか不安なのである。なんだか得体の知れない大きなものが、遠くからひっそりと近づいてくるような予感があった。

「何を恐れているのかな?」

浅見の鳶色《とびいろ》の目がじっとこっちを見つめていた。

(不安の中身が、彼にも伝わっているのかもしれない――)と美由紀はふと思った。

浅見の存在が急に近くなったような気がして、そのことがまた彼女を怯《おび》えさせた。

2

高知空港上空は厚い雲に覆われていた。高度を下げるとすぐに機体は濃い雲に包まれ、細かく振動した。まさに梅雨前線の中に突入して行くような状況の着陸であった。フライトの途中で、機長が「悪天候のため、場合によっては、他の空港に着陸する可能性もあります」と言っていた。美由紀は仕事柄、飛行機を利用することも多いから、慣れているはずなのだが、それでもちょっと不安になるほど、よく揺れた。

空港には松浦が出迎えに出てくれる手筈《てはず》なので心配だったが、気がついたら雲の下に出て、海や陸地がすぐ間近に見えていた。地図でお馴染《なじ》みの弓形の海岸線を見て、ああ、高知に来たんだ――と実感した。

機体の揺れも収まり、むしろいつもよりスムーズなランディングであった。思ったより視界はよかったらしい。

ロビーに松浦が手を振る姿を見たとき、美由紀はあやうく涙ぐみそうになって、無理に笑顔を取り繕《つくろ》い、手を振って応《こた》えた。

松浦は大きな傘をさして、美由紀の荷物を持ってくれた。美由紀は松浦の腕にすがるようにして歩いた。考えてみると、初めての相合い傘である。

「昨日、新車が入ったんだ。間に合ってよかったよ」

駐車場に向かいながら、松浦は得意そうに言った。新車は意外にもRV車だった。

「へえー、松浦さんてこういう趣味だったんですか」

「ああ、最初からこういうのにするつもりだった。山の中の村へも出掛ける仕事があるから、いずれオフロードを走ることになるだろうと思ってね」

「ふーん、そうだったんですか。私は松浦さんが車を買うと聞いたとき、なんとなく都会的なセダンかスポーツタイプの車を想像していたんだけど」

「そうかなあ、僕には似合わないかなあ。だけど、そういうきみだって、バンみたいなやつに乗ってるじゃないか」

「あれは商売道具だもの」

「これだってそうさ。高知県は何しろ広い。遠くの学校を訪ねるときなんか、これでなくちゃね」

「どこの車？」

「いすゞの車なんだ、珍しいだろう？」

美由紀のためにドアを開けながら、松浦は自慢げに言った。

「僕の祖父さんが、戦時中、軍隊で乗っていたトラックは全部いすゞ車で、とにかく頑丈一点張りだったって、自分のものみたいに威張っていたのを思い出してね」

ＲＶ車にしては割とスマートだが、運転する松浦のハンドルさばきは、少しおぼつかない感じだ。美由紀がじれったくなるほど慎重に左右に気を配って、ゆっくりと車をスタートさせた。

「松浦さんのお祖父さんも軍隊にいたんですか」

「うん、徴兵制度のあった時代だからね。あの頃の男たちはほとんどが軍隊経験があるんじゃないかな」

「陸軍ですか、海軍ですか？」

「海軍の飛行機乗りだったそうだ」

「えっ、海軍航空隊？」

「そうなんだろうね」

「どこの航空隊にいたんですか？」

「さあ、それは知らないな。あまり軍隊時代のそういう話はしなかったよ。負け戦だったからじゃないかな」

松浦はチラッと美由紀の顔を見た。

「美由紀は軍隊のこと、詳しいの？」

「ううん、そういうわけじゃないけど」

「だって、どこの航空隊だとか」

「祖母の知り合いに、海軍航空隊の人がいたって、聞いたことがあるだけ」

美由紀は何となく作り話をしたが、松浦はべつに気に留めていない。「なるほど……そうなのか、そういう年代なんだな」と、気のなさそうなことを言った。運転が忙しくて、それどころではないのかもしれない。

空港エリアを出てまもなく左折、国道55号を走る。十五分ほどで、パチンコ屋やビルなどの建つ、賑《にぎ》やかな街に入った。

「もう高知市ですか？」

「ははは、まだだよ。ここは南国市《なんこく》」

そこから先はしばらく、賑やかだったり寂しかったり、中途半端な街並みがつづき、やがて大きな川を渡った。

「ここはもう高知市だよ」

松浦は地元民のように宣言した。高知空港から高知市まではおよそ十五キロ、三、四十分の距離だった。

橋を渡ってしばらく行くと、写真で見慣れた路面電車や播磨屋橋《はりまやばし》、それに高知城などがつぎつぎに見えてきた。雨が降っているせいか、土曜日だというのに、人通りが思ったより少ない。

「市のある日だと、この辺りはけっこう賑やかなんだけど」

松浦は少し残念そうに言った。

そんな短い言葉に、なんとなく、松浦が高知の色に染まったような感じを受ける。美由紀の脳裏を、母親が言っていた「好きな人ができたのでは」という言葉がよぎった。

「ホテルはどこか取ったの？」

松浦が訊《き》いた。

「あら、私は松浦さんのところに泊まるつもりだったのに」

「えっ、ほんと？……」

ハンドルがぶれるほど松浦が驚いたのに、美由紀のほうもびっくりした。

「それはまずいよ、それは……」

「そう、なんですか」

白けた空気が流れた。

松浦は車を左に寄せて停めた。中央を電車が走る、広い通りだ。

「そりゃあ、そんなふうにきみが決めてきてくれたのは、僕としては嬉《うれ》しいけどさ。あそこは官舎だから、結婚前の女性を泊めたとなると、うるさいことになるんじゃないかな。とくに周囲の目がね。とにかく隣近所がみんな世話焼きばかりで、いつも監視されてるようなものだ。そこへきみが来たら大騒ぎになるよ」

「いいじゃないですか、事実上婚約しているんですから」

無意識に硬い口調になった。

「それはそうなんだけど、立場がね。なにしろ、僕は一応、これでも教育行政の模範となるべき立場の人間だからさ。変な噂でも立ったら具合が悪いことになる」

「ふーん、私は変な噂の女ですか」

「えっ？……おいおい、どうしたんだ、怒ってるのかい？」

松浦は美由紀の顔を覗き込んだ。

「しようがないなあ、そういう意味じゃないだろう。ひねくれて取るなよ」

「どうせ私はひねくれてます」

「ははは、参ったな。いつものきみらしくないぞ」

「いいえ、これが私の本性なんです。ひねくれていて、とてもいやな女……」

怒っているはずなのに、惨めな思いが先に立ち、悲しくて涙が溢《あふ》れてきた。美由紀は嗚咽《おえつ》を嚙《か》みしめて、松浦から顔を背け、窓を叩《たた》く雨を見た。

女の私に「泊まる」なんて言わせて、恥をかかせて、それに、このあいだ、ホテルですっぽかされたことだってあるし——と、いろいろな想いが涙と一緒にこみ上げてくる。そんなことで泣く自分が情けなくて、それがまた涙を誘った。

「ここで降ろしてください」

美由紀は言った。

「えっ、降りてどうするのさ」

「ここから帰りますから」

「ばかなことを言うなよ」

珍しく、いくぶん怒気を含んだ声で、松浦は言った。

「どうせばかですよ私は。松浦さんみたいなエリートにはふさわしくない女なんだわ。

そんなこと、最初から分かっていたのに」

「いいかげんにしないか」

松浦は本気で怒鳴った。彼のそういう声を聞くのは、大学時代に写真部の連中を怒鳴ったとき以来のことだ。

「いったい何がそんなに不満なのか、僕にはさっぱり分からないよ。いやがる女性を強引に誘って怒られるのなら分かるけど、結婚前の女性を大事に扱おうとして臍《へそ》を曲げられたんじゃ、間尺《ましゃく》に合わないな」

「違うでしょう? 私を大事にするより、自分の立場が大事なんじゃないですか」

「どうしてそういう……」

松浦は絶句して、しばらく間を開けた。

「そうか、そんなふうに取られたのか。なるほど、それは僕の不徳の致すところだね。いや、たしかに僕にはそういう臆病《おくびょう》な面もあるのかもしれない」

手を伸ばしてエンジンを切った。屋根を叩く雨音が湿っぽく聞こえた。

「ただし、勘違いしてもらうと困る。僕は自分の立場を守りたいから、こんなことを言ってるんじゃない。そりゃ、きみと婚約同然の関係だということは事実だよ。しかし結婚していないことも事実だ。たぶん九十パーセント……いや、気持ちとしては百パーセント結婚することは間違いないだろう。そうはいっても、結婚できない可能性だって、絶対にないとは言えない。万一、交通事故に遭ったらどうなる。現に、僕の前任者は事故に遭っている。それに、一週間前だって……」

松浦は言いかけてやめた。横顔がやけに深刻そうだ。

「一週間前、何があったんですか？」

美由紀は気になって訊いた。

「いや、大したことじゃないけど」

否定したことで、かえって「大したこと」だったような気がする。

「前にも言ったけれど事故を目撃してね、人ごととは思えないというわけ。とにかくそういうこともあるから、世の中に絶対なんてことはないと思わなければいけないんじゃないか。もし結婚できないようなことが起きたとしたら、あのとき松浦の家に泊まったあの女性は何だったのか――ということになるに決まっているだろう」

「ほら、やっぱり……」

美由紀は松浦の言葉を遮った。

「やっぱり自分の立場を気にしているんじゃないですか」

「そうじゃないよ。それじゃ訊くけど、僕はともかく、きみはどうなんだい？　もし僕と結婚できないような事態に陥ったとしても、構わないのかい？　男の家に泊まったことを後悔しないのかい？」

「ええ、私はちっとも構わないわ。そりゃ、理由もなしにポイッて捨てられたら悔しいですけどね」

美由紀は捨て鉢のように言い放った。

「そうか……よし、決まった」

松浦はエンジンキーを回した。心地よい振動が伝わってきて、ジトジトした雨音が消えた。なんだか生命力が賦活《ふかつ》したような気分であった。

「それじゃ、隣近所にきみを紹介するから、ちゃんと挨拶《あいさつ》してくれよ」

「えっ、紹介って、なんて？」

「決まってるじゃないか、フィアンセですって言ってさ」

「やだ、照れちゃう」

「何を言ってるんだ。照れるトシでもないだろう、おたがいに」

「だから、だから照れるんじゃないの」

幸福感がウワーッと拡がった。

「不思議なんだけど」

松浦がしみじみとした口調で言った。

「僕はきみに初めて会った瞬間、この女性とはいつかこうなると思った」

「えーっ、初めてっていうと、私が写真部に入った日のこと？」

「うん、新入部員との顔合わせでさ、みんなが集まった、四月二十六日のことだ」

「日にちまで憶《おぼ》えてるんですか？」

「ああ、奇妙に忘れられない。新人が八人いて、きみは右から二番目に坐《すわ》った」

「呆《あき》れた、すっごい記憶力ですね」

「そのときのことだけはね。それからはずっと、きみのことを心にかけていたよ」

「わー、感激しちゃう……」

美由紀は冗談めかして笑いながら、胸の内では（そうだったのね――）と思い当たることが多かった。男性の部員たちが、悪ふざけで絡んできたりしたときなど、松浦が少し大げさなほど怒ったのも、決して理由のないことではなかったのだ。

「しかし、おかしなもんだなあ……」

松浦は顎《あご》を上げるようにして言った。

「きみと会ったら、いろんなことを話そうと思っていたけど、ぜんぜん別の話題になってしまった」

「こんな低次元の話、するはずじゃなかったって言いたいんですか？」

「ははは、まあそう突っかかるなよ。次元が低いとは言わないけどさ、いきなり痴話喧嘩《げんか》みたいな話になっちゃって、いささか出端《ではな》を挫《くじ》かれたって感じかな」

「話したかったって、どんな話ですか？」

「たとえば仕事の話。高知県における教育行政に関する抱負だとか。しかし、そんな話は興味ないかな」

「そんなことないですよ。聞きたいわ、そういう話も。松浦さん、すごくやる気まんまんていう感じだもの」

「うん、それはね、たしかに自分でもそう感じているんだ」

松浦は大きく頷《うなず》いてみせた。

「高知県というのは歴史的にいっても、教育については熱心な土地柄なのだそうだよ。たとえば『赤い鳥』運動の弘田龍太郎《ひろたりゅうたろう》なんかも安芸市の出身だったり」

「ごめん、弘田龍太郎って？」

「あれ？　知らないかな。童謡の『浜千鳥』とか『春よ来い』『叱られて』なんかを作曲してるんだけど」

「ああ、あの人ね」

「ははは、なんだか急に気安そうに言うな。それに、僕も知らなかったんだけど、小中学校の教科書無料配付は、高知市郊外の長浜というところの学校から起きた運動の成果だったりね」

「へえー、そうなんですか」

「それに、いまの知事が若くて、僕なんかよりはるかにやる気がある。『君が代』問題で発言して、物議をかもしたり、わりと向こう見ずなところもあって、いままでの官僚タイプとは違って、教えられることが多い。地方の時代っていうけれど、それを実感できる人なんだよ。もしかすると、何かが変わるかもしれないってね。そのことだけでも、僕はここに来てよかったと思う。中央省庁の役人は地方に出向してスポイルされるっていうけど、そんなことはないな。二年になるのか三年になるのか知らないが、僕はこの車で高知県内ばかりでなく、四国中を走り回って、草の根の教育問題を吸収して帰るつもりだ」

運転のほうが心配になるほど、松浦は熱心に、よく喋《しゃべ》った。

「いいなあ、男の人って、何でもできて」

美由紀は呟《つぶや》いた。

「ん？　いや、女だって同じさ。その気になれば何でもできるよ」

「でも、現実はなかなかそうはいかないわ。たとえば仕事のことだってそうじゃない。子供ができれば、この仕事、続けられないのかもしれない」

「続ければいいじゃないか」

松浦はむきになって言った。

「きみが仕事を続けるのなら、僕はむしろ奨励するよ。そりゃ、育児に必要な一定期間は休業しなければならないだろうけれど、手が離れたら再開すればいい」

「ほんと？　ほんとにいいの？」

「ああいいよ」

「だけど、奥さんがカメラマンなんかやっていて、役所の上司とか、いろいろうるさく言わないかしら」

「言ったって構わないさ。男女雇用機会均等法だとか、口では言うけれど、役所の人間から体質改善しなくて、どうやって男女の平等なんて達成できる？　やる気のある女性は自由に働くことができるような環境作りだって、教育行政や生涯教育に課せられた使命だと思っているよ」

（頼もしい――）

美由紀は松浦の凜々《りり》しい横顔に、あらためて見入ってしまった。

3

道をいくつか曲がって、東京の下町のような雰囲気の街を走って行った。「官舎」というから、いかめしい建物か、それとも殺風景なコンクリートの集合住宅を想像していたのだが違った。

小ぎれいな、しもたやふうの二階家が松浦の住む「官舎」であった。建物の脇の空き地に車を駐《と》め、玄関に荷物を放り込むと、その足で隣家を訪問した。

隣家の奥さんはもう五十歳近いかと思える「肝っ玉かあさん」タイプの女性で、松浦が美由紀を「婚約者です」と紹介すると、大仰に「あらまあ」と驚きのポーズを作った。

「いつも晩ご飯のおかずを戴いたり、お世話になっているんだよ」

松浦の紹介に呼応して、美由紀は「今後ともよろしく」と挨拶した。

「こちらこそよろしゅうにねえ。まあまあ、きれいな奥さんやこと……あ、まだ奥さんやなかったわ。なんて呼んだらえいやろうか。お嫁さんいうのも違うし……」

話しっぷりから察すると、お喋りが好きらしい。まあとにかく上がってくださいと言うのを断って、早々に引き揚げた。
「ほかのお宅はいいんですか？」
官舎の玄関に入って、美由紀が訊《き》くと、松浦は「いいんだよ」と笑った。
「あの奥さんに挨拶しておけば、ものの一時間もしないうちに町内中に伝わってい
る」
そう言い終わらないうちに、隣家のドアを開閉する音に続いて、賑《にぎ》やかなサンダル
の音が遠ざかった。耳をすませて聞いて、二人は肩をすくめて笑った。
松浦の家は一階がダイニングキッチンと居間、二階が寝室と書斎——という使い分
けになっているらしい。まだ部屋の片隅に、梱包《こんぽう》のままの荷物があったりして、いか
にも男の独り住まいという感じだ。
「これでもきみのために片づけたんだよ」
松浦は照れくさそうに言った。
二階に上がって書斎のカーテンを開けて外を見たけれど、見えるのは雨にけぶる下
町風景だけで、おまけにすぐ前にスーパーマーケットが建っている。
「でも、緑が多い街ね」
高知市の「住人」である松浦に、いちおう敬意を表して言った。

「ああ、住めば都だ」

松浦はカーテンを閉めて、「おいで」と美由紀の手をたぐりよせた。

ごく自然な形でキスを交わした。

松浦はいったん唇を離し、おどけたように「ようこそ高知へ」と言って、今度はさっきより深いキスをした。甘美な味と同時に、小さな戦慄《せんりつ》が美由紀の背筋を走った。

「そうだ、まだお茶も出してなかったな」

どういう連想からお茶のことを思いついたのか、松浦は「きみはここにいていいよ」と言って、階下へ下りて行った。ついて行きたくても、美由紀は全身の力が抜けた感じで、松浦のデスクの前の椅子に坐り込んだきり、動けなかった。

デスクの上には松浦が撮った美由紀の写真が飾ってあった。

（よかった――）と思った。

母親が言ったように、もしも違う女性の写真でもあったりしたらどうしようと、ひそかに恐れていたのだ。

階下に下りると紅茶が入ったところだった。簡素だが、四人掛けのテーブルと椅子のセットがある。二人は向かい合いに坐って、ティーカップを掲げて乾杯した。

「どこかで昼飯を食って、桂浜へ行こう」

「嬉しい。できれば四万十川も行ってみたいけど」

「四万十川か、いまからだと、時間的にちょっときびしいかな。帰りは夜になっちゃうかもしれない」

時計を見て、首をひねった。

「いいじゃないですか。どうせ泊まるんですもの」

「そうだなあ、きみが疲れてなければいいけどね」

「大丈夫、体力だけは自信があるの」

「それは分かってるよ」

松浦は笑って、

「あ、そうそう、いまホテルに電話して部屋を取った」

「えっ、どうして……」

美由紀は非難の色を見せて、椅子から立ち上がった。

「ここじゃ、あまりにもムードがなさすぎるだろう。東京のホテルほど立派じゃないし、予算の関係でスイートじゃないけど、それでもいいよね」

「ああ……」

気が抜けて、美由紀は腰を下ろした。

「意地悪なんだから……」

松浦の笑った顔を睨《にら》んでいるうちに、涙が出そうになった。

桂浜も雨に濡《ぬ》れていた。広い弓状の砂浜は鈍色《にびいろ》で重たげだ。写真ですっかりお馴染《なじ》みになっている岩と松と打ち寄せる波の風景も、どんよりと霞《かす》んで精彩がなかった。

土曜日だというのに、人影は意外なほど少ない。雨のせいもあるけれど、年間を通していまがいちばん観光客の少ないシーズンなのだそうだ。

「晴れた日の、ここの空と海の色はすばらしいよ。きみにもぜひ見せたかったんだけどなあ」

松浦はしきりに残念がった。

「いいわよ、また夏になったら来るから」

「そうだな、チャンスはいくらでもある」

あまり長い時間をかけずに、記念の写真だけ撮って、四万十川へ向かうことにした。

高知県は南北の自動車道がやっとできたばかりで、西へ向かう道路はあまり整備されていない。高知市から四万十川の河口である中村市までの、およそ百二十キロのほとんどは片側一車線の一般国道だ。

東京近辺ほどではないけれど、道路はところどころで渋滞した。

「やっぱり無理かもしれないな」

松浦は時計とにらめっこをして言った。

「このぶんだと、帰りは八時頃になってしまいそうだ」

「そうね、やめましょうか。また今度っていうこともあるわ」

「ああ、そうしたほうがいいね。四万十川に辿《たど》り着いただけで、上流のきれいな水を見ないのじゃ、あまり意味がないしね」

トンネルを潜ると中土佐町という道路標識が過ぎて行った。

「このあいだ、ここまで来たよ」

松浦は思い出して、車を左折させた。

「久礼《くれ》という漁港の町でね、ここの魚市場は有名で、けっこう遠くから買い出しに来るのだそうだ。僕も魚を買って帰った」

「ふーん、一人でお料理もするのね」

「そりゃ、料理ぐらいはするよ。いつも外食ってわけにはいかない」

神社の境内で車を止めた。何気なく見た鳥居に「八幡宮」の大きな額が掲げられてあった。

「あ、ここにも八幡神社がある」

思わず呟《つぶや》いた。

「ああ、ここは久礼八幡宮っていうんだ。小さいけど、割と有名らしい。なんだ、美由紀は八幡様に興味があるのか」

「そういうわけじゃないけど、ちょっと理由があるんです」

「どんな理由？」

「話すと長くなるわ」

「なんだ、ややこしい話なのか」

「ややこしい話っていうか……ほら、このあいだ話したじゃない。長野県の中野市っていうところへ行ったとき、知り合ったおじいさんのこと。そこに私と同じ名前の小内八幡っていう神社があって、そこでおじいさんに会ったんだけど、そのおじいさんがね、殺されちゃったの」

松浦が「えっ」と振り向いた。

「それ、美由紀は見たのか？」

「まさか、見やしませんよ。そうじゃなくて、長野で会ってから一カ月ばかり後に、秋田で殺されたっていう週刊誌の記事を見たんです。そのおじいさん——飯島さんていうんですけどね、いろいろ話したり、食事をご馳走《ちそう》になったりしたものだから、まったくの他人ていう気がしなくて、それからずっと、とっても気になって……」

思い出すだけで、美由紀は心が塞《ふさ》がる。

「ふーん、そんなことがあったのか」

雨は上がっていた。二人は車を出て、神社の境内を歩いた。鳥居の大きさや境内の広さに比べると、社殿は小ぶりだ。どことなく、長野の小内八幡神社と似通った雰囲気がないこともない。

揃って柏手《かしわで》を打って参拝した。

「飯島さんはあちこちの八幡様を巡って歩いていたんですって。だから、もしかするとこの八幡様にも来ていたのかも」

美由紀は低い屋根を見上げて、言った。

「ははは、八幡神社巡りをしてたからって、ここに来てることはないさ。何しろ八幡神社っていうのは、全国に四万以上もあるらしいからね」

「それは知ってるけど……あら、松浦さんも八幡様のこと、詳しいんですか?」

「いや、詳しいっていうほどじゃないけど、つい最近、室戸岬に近い吉良川っていうところにある八幡神社に行って、八幡様の故事来歴なんかを仕込んできた。御代田八幡宮といって、高知県ではもっとも古い八幡様なのだそうだ。そこの宮司さんが教育者としてもなかなかの卓説の持ち主でね。とくに国を愛するということについて、いろいろ教えられることがあったよ」

「もっとも古いんですか？」

美由紀は、松浦の話の中でそこだけが気になった。

「だったら、飯島さんはそこの八幡様に立ち寄ったかもしれないわ」

「ああそうだね、八幡様巡りをしていたのなら、御代田八幡のほうに行った可能性がある。そこのお祭りは国の重要無形民俗文化財に指定されているそうだから、ひょっとするとそっちへ行ったのかな」

「そうですね、そっちかもしれない」

「何だったら、明日、そこへ行ってみる？　いっそ室戸岬を通って、徳島空港までドライブしてもいいよ。途中、海亀の日和佐《ひわさ》に寄っても、最終便までには間に合うだろう」

「えっ、ほんとに？　ほんとに八幡神社へ行ってくれるんですか？」

「なんだか、やけに熱心だな。八幡様なんかに信心しちゃったわけじゃないだろうね」

「違うけど、飯島さんのことがね、やっぱり気になるんです」

美由紀は社殿に背を向けて歩きだした。

「そんなに気にすることはないだろう」

松浦は憂鬱《ゆううつ》そうな美由紀の顔を覗き込むようにしながら、並んで歩いた。

「その飯島さんというご老人が殺されたのは、美由紀にはまったく関係のないことなんだから」

「それはそうだけど、気になる理由は、そのことだけじゃないんです」

「ふーん、何なの？」

どう説明すればいいのか、美由紀は思い悩みながら黙って歩いた。

境内を出て、港町に入って行く。すぐに賑やかな路地になった。両側には鮮魚店や精肉店、青果店、乾物などを扱う店がズラッと並ぶ。近所の人ばかりでなく、松浦が言うとおり、遠くから車で買い物に来たらしい客が大勢いる。

とくに、たったいま港に上がったような新鮮な魚が、無造作に販台の上に並べられているのが、魚好きの美由紀には魅力だった。美由紀の家がある湘南の海で獲《と》れるのとは、少し違う種類の珍しい魚が目を引く。

「こういうの買って帰って、お料理したら楽しいでしょうね」

「ははは、なんだ、美由紀らしくもない。所帯染みたことを言うなよ」

「あら、私はこれでもけっこう所帯染みたところがあるんですよ」

「嘘つけ。きみにはやっぱり、カメラを構えた姿がよく似合うよ。無理して家庭に納まることはないさ」

「そうかなあ。エプロンなんかしちゃって、だんな様に美味《おい》しいものを作ったりするの、似合っていると思うけどなあ」

「それはね、そういうのも悪くはないだろうよ。悪くはないが、しかし才能のある人間は才能を埋もれさせるべきではない。個人の才能っていうのは、大げさにいえば人類の財産なのだから」

「うわーっ、オーバーだわ、そんなの」

「オーバーなものか。社会は個々人の才能によって構築されているんだし、それを原動力にして進歩もするんだ」

「それにしたって、私のカメラの才能なんて、高が知れてますよ」

「ふーん、ほんとにそう思ってるのか？」

　松浦はまた美由紀の顔を覗き込んだ。

「それが本心なら、いますぐにでも僕のところに来てもらいたいな」

　美由紀はピタッと足を停めた。

いつの間にか市場通りを過ぎていた。

クルリと踵《きびす》を返して、ふたたび市場通りを歩いて行った。

「意地悪ねえ」

「ん？　どういう意味だい？」

「本心で才能がないなんて言ってませんよ。そんなこと分かっているくせに」

「ははは、それ見ろ、それでいいんだ。美由紀が変に謙虚になったりするのは好きじゃないよ。負けん気が強くて、自分の才能を信じて生きてゆく——そういうきみが好きだ」

松浦がそんなふうに自分を評価してくれるのが、美由紀には少しつらくもあった。

五時過ぎにホテルにチェックインした。東京のホテルのようにむやみに大きくはないけれど、清潔感のあるシティホテルだ。部屋はセミスイートのダブルだった。ボーイが非常口の説明などをして行ってしまうと、気まずい空気になった。美由紀は意味もなく窓辺に佇《たたず》んだ。

七階の窓から街を見ると、ほとんどの建物が見下ろせてしまう。幅の広い道路の真ん中を電車がのんびり走っている。久礼の漁港の町よりも、こういう風景のほうが旅愁を感じさせることに気がついた。

「晩飯にはまだ早いから、ラウンジにお茶でも飲みに行こうか」

　松浦が所在なげに言った。

「ううん、ここで少し休みたい」

「ああ、そうだな、そのほうがいい。きみはずっと動きっぱなしだった」

「バス使ってもいいかしら？」

「ん？　ああ、もちろんいいさ。お湯、入れてやろう」

「いいわよ、私がします」

「いいからいいから、きみはお客さんだ」

　バスルームに入って、湯を威勢よく出した。ままごと遊びの亭主のように、いそいそした様子なのが美由紀はおかしかった。

「僕のおふくろがさ、初めてホテルに泊まったとき、足拭《あしふ》きマットをバスタオルと間違えて、体を拭いたんだそうだ」

　濡《ぬ》れた手をブラブラさせながら現れて、笑った。

「あら、それと同じ話、うちの母も言ってました」

「へえー、そうなのか。その年代の連中っていうのは、そういうエピソードの持ち主が多いんだ」

「それから洋式のトイレのこともあるわ。東京駅前のビルのトイレに入ったらそれで、どうやって使えばいいのか分からなくて困ったんですって。そしたら、便座の上にいくつも靴跡があるから、ああこの上に乗ってするんだと思って、外国人はずいぶん窮屈な思いをするのねって思ったって……」

「ははは、そりゃいい、傑作だな」

松浦はのけぞるようにして笑った。

「松浦さんがお母さんのこと話すの、珍しいですね。ううん、初めてだわ、きっと」

美由紀がそう言うと、松浦は急に冷めた顔になった。

「そうだったかな、そんなことはないと思うけど」

「そうですよ、話しませんよ。お祖父さんの話はときどきしてくれるけど、お母さんのことはめったに話さないですよ。それにお父さんのことは一度も聞いたことがないんじゃないかしら」

「そうだったかなあ。しかし、いいじゃないかそんなもの、どっちでも。親は親、子は子、関係ないよ」

ひどく突き放すような言い方をしたので、美由紀は驚いた。

美由紀の大きく瞠《みは》った目で見つめられて、松浦は照れたように苦笑した。

「父親は嫌いなんだ。話したくもないほどにね」

「何かあったんですか？」

「だから、話したくないって……」

「ああ、ごめんなさい」

「いや、ごめん、僕のほうが変なんだ」

松浦はバスタブの状態を覗いて、「もう少し」と戻ってきた。

「父は女にだらしのない男で、身分不相応な外車を乗り回しているようなやつだった。息子の僕が、ああはなりたくない——と思うような人間なんだから、僕が話したがらないのも分かるだろう」

美由紀は訊《き》かれて、仕方なく頷《うなず》いた。

「つまり、父親は僕にとって反面教師だったわけだね。おかげで、僕は面白くもなんともない人間に仕上がってしまった」

「そんなことないですよ」

否定しながら、美由紀は（ああ、そうだったのか——）と、松浦について抱いていたいろいろな疑問について納得した。大学時代からいまに至るまで、松浦の必要以上に自分を抑えているような生き方は、たえず（ああはなりたくない——）という意識が、ブレーキをかけ続けていたからなのだ。もしかすると、運転免許を取らなかった理由もそれだったのかもしれない。

（かわいそう――）

そう思ったとき、松浦が自分より年下の男のようにいとおしくなった。

「お風呂、入ってきます」

レモンイエローのジャケットを脱ぐと、ノースリーブのシャツだ。顔はけっこう日焼けしているのに、剝《む》き出しになった上腕部は自分でも恥ずかしいほど色が白い。

松浦は眩《まぶ》しそうな目をした。

「僕、外、出てようか」

「ばかねえ」

美由紀は笑った。

「ちょっとだけあっちを向いててくだされればいいんです」

クローゼットのハンガーにジャケットやパンツをかけて、ほかのものはチェストに仕舞って、ショーツだけになってバスルームに入った。松浦は律儀に約束を守って、ずっと向こうを向いたままでいた。

「もういいですよ」

ドアを閉めるとき、かくれんぼの鬼に言うように声を投げた。

クルッと振り向いた松浦の目と、ドアの隙間から覗いている美由紀の目が合った。

松浦はばつが悪そうに視線を逸《そ》らした。

「電気消してくれれば、入ってきてもいいですよ」

「えっ、ああ、うん……」

松浦はうろたえたように答えた。

（来るかしら？――）

バスタブに浸《つ》かりながら、美由紀は期待と不安をこもごも抱いた。松浦の自分に対する気持ちや、それに「男らしさ」を試すような気持ちもどこかにあった。

ずいぶん長い時間が経過したような気がした。（何をしてるのかしら――）と美由紀は焦《じ》れたが、実際にはそれほど長くなかったのかもしれない。

「入るよ」

いきなり声がして、ドアが薄く開き、明かりが消えた。ドアの空間に部屋の薄明かりを背景にした松浦の裸身が現れて、美由紀は思わず顔を伏せた。

ドアが閉まると、下端の隙間からかすかに光が洩《も》れてくる以外は、ほとんど真の闇になった。

「うわー、真っ暗だな」

松浦はおどけた声で言い、爪先《つまさき》探りにやってきた。「入るよ」ともう一度言い、バスタブの中に足をさし入れる気配と、湯の揺れる音がした。

美由紀はバスタブの端で膝《ひざ》を抱えるようにして、精一杯身を縮めた。それでもじきに松浦の体が美由紀の足に触れて、とたんに、疼《うず》くような緊張感が体を貫いた。

4

どれほど眠ったのだろうか。まどろみの底から浮き上がったとき、松浦はバスローブ姿で椅子に坐《すわ》り、ぼんやりと煙草を燻《くゆ》らせていた。

「テレビ、つければいいのに」

美由紀は毛布の端から、亀の子のように頭を擡《もた》げて言った。

「ああ、目が覚めた？」

松浦は優しく笑いかけて、ベッドに歩み寄った。

「大丈夫か？」

「ん？　うん……」

美由紀は裸の腕を伸ばして、松浦の首を抱えるようにしながら、「見つめないで」と甘えた声で言った。

松浦はかすかに声を出して笑い、毛布の上から覆いかぶさるようにして美由紀を抱きしめた。

「僕はしあわせだよ」

「私だって」

松浦の首に巻いた腕に力を入れると、なんだか切なくなって、美由紀は涙が出た。それを隠すように、「いま、何時かしら?」と訊いた。

「そろそろ七時を過ぎたかな」

「やだ、そんなに眠っちゃったの?　ご飯食べに行かなくちゃ」

「ああ、そうだな。だけど、なんならルームサービスを取ってもいいよ」

「だめですよそんなの、恥ずかしいもの」

「そうかな、外へ出るほうが照れるような気がするけど」

「それは男の人はそうなのかもしれない。世間体だとか、そういうのを気にするから」

「いや、そういうのとは違うよ。このまま、じっとこうして、至福の時に浸っていたいものなのさ」

松浦はそう言って、バスローブを脱ぐと、毛布の中に身を入れてきた。

エアコンで少し冷えた松浦の肌が、美由紀の火照《ほて》った肌に心地よかった。逞《たくま》しい腕でたぐり寄せられるまま、松浦の胸に頬を載せる恰好《かっこう》になった。

「ほんと、こうしていると、いつまでもこのままでいたくなるわね」

「ああ、穏やかないい気分だ」

「だけど明日は帰らなきゃいけないし、仕事もしなきゃいけないし、つまんない。いつ頃になれば、東京に戻って来られるの？」

「二年か、三年先かな」

「長いわねえ」

「急ぐことはないさ、僕たちの先は長い。時間は永遠に近いくらいある」

「永遠か……」

美由紀はため息のように言った。

「それまで離れ離れで暮らすのって、がまんできるのかしら？」

「なんだ、それを言ったのは美由紀のほうじゃなかったのかい？」

「ええ、それはそうなんだけど……」

美由紀は思い出し笑いをして言った。

「父がね、私たちの別居結婚の話をしたら、特攻隊みたいだなって言ったの」

「特攻隊？　どうしてさ」

「昔、神風特別攻撃隊員と恋人は、出撃の前の日に結婚式を挙げて、籍まで入れたんですって。そのときは、父が私たちの別居結婚のことをばかにして、そう言ったのかと思ったんだけど、そうじゃなくて、むしろ感心して言ったのかもしれない」

「ふーん、どう感心したの？」

「なんて言ったらいいのかな……特攻隊員と相手の女性がね、明日は死ぬって分かっているのに、そうやって絆《きずな》を確かなものにしないではいられないほど、愛し合っていたっていうことかしら」

「おいおい、明日は死ぬなんて、それとは比較にならないだろう」

「そうかなあ、離れていれば、何が起こるか分からないじゃないですか。たとえば浮気だとか……母なんかはそっちのほうを心配してましたけどね。高知の女性はお酒と情が強いんですって」

「ほんとかよ、そいつはひどいな。そんなに信用がないのかなあ」

松浦は笑ったが、すぐに厳粛な顔に戻って言った。

「特攻隊員の結婚の話だけど、僕は違うと思うよ。愛の絆を確かなものにするとか、そんな情緒的なことではなく、もっと切実で必死な想いがあったのだと思う。彼も彼女も、存在のあかしが欲しかったのじゃないかな」

「存在のあかしって？」

「男にとっては自分がこの世に存在したあかし。女にとっては愛する優れた男が存在したあかし……平たく言えば子孫を残したいという動物的本能なのかもしれない」

「だけど、明日は死ぬって分かっているのにですか？」

美由紀は少し顔を上げて、松浦の顔を斜め下から仰ぎ見た。

「ご主人がいなくて子供が生まれたら、これからの生活だってどうなるか知れないじゃないですか」

「そうだね、常識で考えたら無謀に近いね。しかし彼らにとっては常識とか理性とかは超えた次元のことじゃなかったのかな。打算なんかは関係がない、やむにやまれないものがあったのだと思うよ」

「ふーん、そういうものかしら……」

美由紀はふたたび松浦の胸に顔を押し当てた。心臓の鼓動が、聴診器を当てたように、意外なほど大きく聞こえた。これと同じリズムの鼓動が、やがて自分の胎内で聞こえるのかもしれない——と思った。

街に出て「得月楼《とくげつろう》」という店に行く。美由紀はスパゲティでも何でもいいと言ったのだが、松浦がどうしても土佐名物の皿鉢《さわち》料理を食べさせたいと主張した。

おそろしく大きな料亭なので、美由紀はしり込みしたい気分だった。小人数用のいちばん小さな部屋ということだったが、それでももったいないくらいの広さがある。

「ねえ、高いんじゃないのかしら？」

美由紀は松浦の袖《そで》を引いて訊《き》いた。

「ははは、そうでもないよ。大したことはない」

松浦は鷹揚《おうよう》に構えている。県庁の課長さんがどのような地位なのかピンとこないけれど、東京の本省にいるときより、急にひと回り大きくなったように見えた。

（男の人って、日毎《ひごと》に成長するのかもしれない——）

そう思うと、エリートコースに乗った男にとって、女——とくに妻の存在とはどういうものなのか、少し気になった。

たった二人きりの席なのに、ちゃんと仲居さんがついて面倒を見てくれる。

「いつもご贔屓《ひいき》いただいて」と挨拶《あいさつ》したところを見ると、松浦は顔馴染《かおなじ》みらしい。

「何回も来てるんですか？」

仲居さんが席をはずした隙に、まだ高知に来て日が浅いというのに——という意味を込めて訊いた。

「はははは、まだこれで二回目だよ。役所全体ではずいぶん利用しているかもしれないけどね。あれはいってみれば、商売用の常套句《じょうとうく》みたいなものさ」

「ちょっと心配なんだけど、私みたいなのが一緒に来たってこと、噂になるんじゃないかしら」

「どうしてさ。僕はいっこうに構わないけどな。それに、こういう店は口が固いから、噂になんかならないんだ。残念だけどね」

皿鉢料理は感動ものだった。京風料理と違って、味は繊細というわけにはいかないけれど、盛りつけも味も豪快で、いかにも土佐そのものという貫禄《かんろく》がある。

美由紀のために仲居さんがこまやかに面倒を見てくれる。太めのおばさんだが、箸《はし》遣《づか》いなどは器用なものだ。

「こちらのお姐《ねえ》さんは秋田出身の人なんだそうだよ」

松浦が紹介した。

「秋田のどの辺なんですか？」

飯島昭三の事件も秋田だった。美由紀はちょっと気になって、訊いた。

「ほほほ、言っても分かんねすべども」

仲居さんはわざとお国訛《なま》りを強調した。

「日本海沿いのちっちゃな田舎町だす。金浦町《このうら》って」

「えっ、金浦町というと、象潟のそばのですか？」

「あれえ、よく知ってるすなあ。んだす、象潟のすぐ北隣だす」

「あそこに、なんとか潟とかいう、大蛇伝説のある沼があるでしょう」

「んだ、竹嶋潟だべ。あらまあ、まんず懐かしいな。んだば、お客さんも秋田と関係のある人だったすか？」

「ううん、そうじゃないんですけど……」

美由紀は語尾を濁した。

「それはあれかい？」

松浦が脇から言った。

「飯島とかいうご老人が殺されたっていう、それがそこなのかい？」

美由紀は遠慮がちに小さく頷《うなず》いた。こういう場にはふさわしくない話題なのに——

と思った。

案の定、仲居さんは「えーっ」と悲鳴のような声を上げた。

「やんだ、ほんだら、竹嶋潟で人が殺されたんだすか。それだばきっと、大蛇の祟《たた》りでねえすべかなあ」

「ははは、大蛇の祟りはよかったな」

松浦は笑ったが、美由紀も、それに仲居さんも真顔である。

「ほんとだす、竹嶋潟には昔から大蛇の祟りがあると言われてるだすよ。私ら子供の頃だば、潟には近寄らねかったすもんね。竹嶋潟はずっと上の長潟と地下で繋《つな》がっていて、大蛇はそこを通って来るという話でした」

「ふーん、じゃあ富士五湖の西湖《さいこ》と精進湖《しょうじこ》みたいなものですね」

「はあ、んだすべか」

仲居さんは富士五湖のメカニズムは知らないらしい。

飯島老人の事件が大蛇の祟り伝説に置き換えられて、軽い話題になってしまったのが美由紀には不満だった。少なくとも、その事件に真剣に関わって、わざわざ秋田県の現場まで出かけて行った人間がいるのである。

松浦と仲居さんのやり取りはまだ続いていたけれど、美由紀の気持ちの半分は、浅見光彦という、鳶色《とびいろ》の目をした不思議な魅力の持ち主のことで占められた。

（いま頃あの人、熊本へでも向かっているのかしら？――）
ふとそのことが気にかかった。

（下巻につづく）

この作品は2002年9月角川書店より刊行されました。
なお、本作品はフィクションであり実在の個人・団体などとは一切関係がありません。

徳間文庫

はちまん 上

2019年11月15日 初刷

著者 内《うち》田《だ》康《やす》夫《お》

発行者 平野健一

発行所 株式会社徳間書店

東京都品川区上大崎三―一―一 目黒セントラルスクエア 〒141―8202

電話 編集〇三(五四〇三)四三四九 販売〇四九(二九三)五五二一

振替 〇〇一四〇―〇―四四三九二

印刷 製本 大日本印刷株式会社

ISBN978-4-19-894511-4 (乱丁、落丁本はお取りかえいたします)

徳間文庫の好評既刊

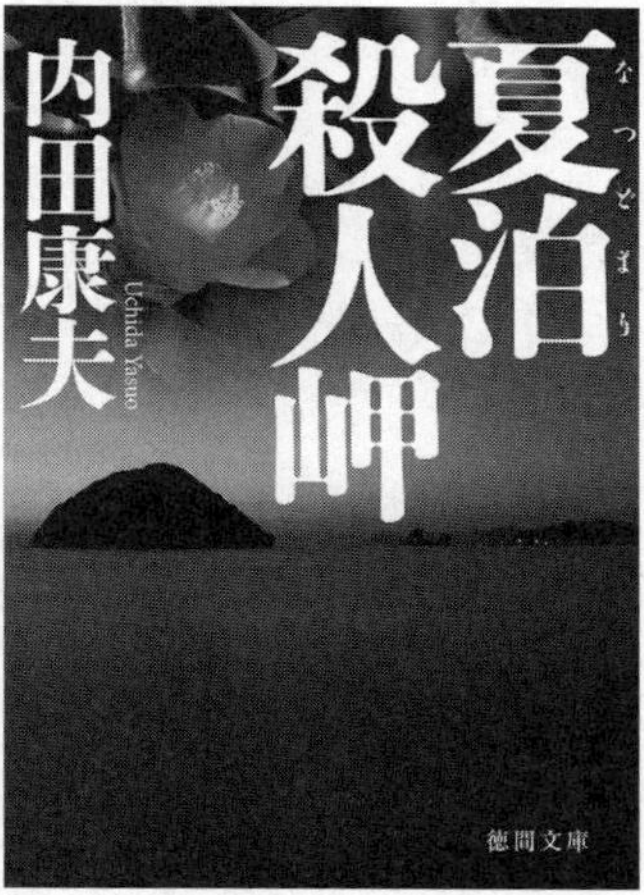

内田康夫

夏泊殺人岬

　青森県夏泊《なつどまり》半島にある椿《つばき》神社を訪れた男がその夜、民宿で毒死した。大学の雅楽部の合宿で夏泊に来た江藤美香《えとうみか》は、その男が以前三重県の実家を訪ねてきた人物らしいと知る。美香の実家もまた〝椿神社〟と呼ばれる神社だった。男は何かを求めて全国の椿神社を歩いていたのだ。そして第二の事件が！　雅楽部員の秀山《ひでやま》が撲殺《ぼくさつ》され、民宿の従業員・吉野《よしの》が姿を消した……。椿神社には一体何が？